U0005398

Arsène Lupin 亞森・羅蘋冒險系列 09

Le Triangle d'or

黃金三角

莫里斯・盧布朗／著
高杰／譯

好讀出版

推薦序

間諜謎情之淘金大夢

推理部落客　余小芳

《黃金三角》是亞森・羅蘋探案系列中，較爲早期的作品。脫離了與福爾摩斯對決的時代，碰上其他強大的勁敵，揭露內心徬徨和童年舊事之後，即便遇上再艱困的角力，羅蘋總能歷劫歸來、大難不死。他一副高高在上、高傲自大又不可一世的模樣刻鑿人心，卻也同時有著溫柔多情、柔情感性的一面，不過在本書裡頭，又能在他聰慧自得的行動中，探見他生命裡堅貞果敢、守護家國的意念。

小說背景設置於第一次世界大戰期間，剛好與當時國際態勢重疊，那時法、德二國分立於不同國際團隊，彼此對峙狀況嚴重。在此時代背景和政治景況的催生之下，軍事或政治自然而然地成爲故事內的主力。

雖然論及國際陰謀、愛國情操，不過由於操作重點並非著重於諜報的緣故，本書依然不歸屬於間諜小說，只是它多少沾染了那樣的味道：投入動人愛情的元素，以跨越國際的空間範圍，讓億萬錢財成爲貪婪的誘因，使智力、暴力與權力周旋於不同人物之間，並且與事件相互攪和。

間諜小說屬於推理小說的分支之一，主角通常是經過特種訓練、潛伏於敵方組織內搜索情報或從事顛覆活動之人，由於可能涉及不法情事，時常遊走於道德邊緣，個人特色、英雄色彩十分濃烈，諸多推理作家皆曾對此類題材小試身手。站在寫實的基礎下，富含特定時代的氛圍，多有冒險過程、鬥智段落，因而引起閱讀時的緊張、驚悚氣息。第一次世界大戰、第二次世界大戰、美蘇冷戰時期及九一一恐怖攻擊事件等國際情勢的變化，都是小說家爲撰寫諜報主題而擷取養分的重大時機，而世代交替的創作置入不同時代的特徵，亦放入不同國情的設計，正好巧妙地延續此類型小說的命脈。

先進論作家們對於諜報素材的挑戰是否成功，他們對此的確是有所嘗試：聞名於世的福爾摩斯，辦案時曾涉入政治醜聞及國際事件之中；文壇祭酒G・K・卻斯特頓曾以漁仁爲主角，寫出一本橫越推理小說及間諜小說類型的《知道太多的人》；阿嘉莎・克莉絲蒂亦曾書寫以間諜、國際組織爲主的小說題材等。這讓推理小說與間諜小說的源流混域情形更加明顯、關係更爲密不可分，而創作時間居於第一次世界大戰期間的此作，沾染上一絲絲國際謀略及雙面特務等材料，實屬自然。

從小到大接觸一些電影、動漫、電玩或小說，內容不乏爲了求取一夜致富的美夢而與戰友反目成仇、交相廝殺；「黃金三角」的祕密本身即融合了人性的掙扎及貪念在其中。雖說信物的巧合於現代電視劇內相當常見，但是回推至盧布朗的寫作年代，摻雜甜美的愛情、命運的牽引等情節，是否也因爲被氣氛渲染而感到浪漫許多呢？

守護摯愛的驚魂冒險

——談《黃金三角》

推理作家　既晴

發表於一九一八年的本書《黃金三角》（Le Triangle d'or），是羅蘋探案第五部長篇。故事的時間發生在《８１３之謎》（813，1910）後，也就是羅蘋跳崖自盡以後的事。包括本書在內，以及接續的《棺材島》（L'Île aux trente cercueils，1919）及《虎牙》（Les Dents du tigre，1920），羅蘋均以西班牙貴族堂・路易・佩雷納（Don Luis Perena）的身分出現，所以這三部作品也經常被稱爲「佩雷納三部曲」。

三部曲的第一作《黃金三角》，描述了在第一次世界大戰期間，傷退的上尉軍官派特里斯・貝爾瓦爾（Patrice Belval）在醫院裡結識了護士克拉麗・艾薩雷（Coralie Essarès），無意間得知她可能會被人綁架，決心保護她，不料遭拒，但派特里斯已經愛上克拉麗，他無法棄她不顧，繼續深入追查後，才發現克拉麗捲入了一件龐大的陰謀。

和《８１３之謎》與《虎牙》相同，《黃金三角》篇幅較長，盧布朗將故事區分爲〈火花雨〉（La Pluie d'étincelles）及〈亞森・羅蘋的勝利〉（La Victoire d'Arsène Lupin）兩部。〈火花雨〉的故事主

軸，放在派特里斯力守克拉麗，設法讓她脫離其夫銀行家艾薩雷（Essarès）控制的始末；而羅蘋則是出現在故事後期，當這場陰謀已經嚴重到影響國家安全，超乎派特里斯想像之時，隱姓埋名的羅蘋才遽然登場，一口氣收拾全局，讓眞相水落石出。

同樣的處理方式，也發生在三部曲的第二作《棺材島》裡。這部作品寫的是孤島連續謀殺，羅蘋一樣是到最後才出現。縱觀全作，雖然羅蘋仍是解決謎團的關鍵人物，但所佔篇幅不多，一般咸認，這時的盧布朗，對羅蘋探案恐怕已進入厭倦期。

英國作家亞瑟．柯南．道爾（Arthur Conan Doyle）原本鍾情歷史小說創作，但因爲乏人問津，只好轉寫夏洛克．福爾摩斯（Sherlock Holmes）探案，沒想到大受歡迎。道爾成名後，不願意繼續撰寫通俗的推理小說，便在〈最後一案〉（The Adventure of the Final Problem，1893）終結了福爾摩斯的性命。但，如此安排卻引發讀者的強烈不滿，道爾不得已只好讓他在〈空屋〉（The Adventure of the Empty House，1903）再度復活。

以創作純文學經典爲目標的盧布朗，似乎也出現了類似的心理情結。在《８１３之謎》裡安排羅蘋自殺後，盧布朗雖然又發表了《水晶瓶塞》（Le Bouchon de cristal，1912）等作品，但故事都安排在更早的時間點。即使到了《黃金三角》與《棺材島》中，故事的主人翁也不再是羅蘋，他倒像是個旁觀者，只在適當時機伸出援手而已。

與福爾摩斯探案動輒消失十年、相對唐突的處理方式不同，第一次世界大戰期間的羅蘋，僅暫時卸除意氣風發的主角身分，退出鎂光燈下，空出舞台讓其他角色盡情發揮，這也使得羅蘋探案得以容納更多的可能性、演出更多的變化——《黃金三角》的作品價值，正在於此。

推薦序

擁有獨特魅力的亞森・羅蘋

推理評論名家　景翔

《五代史平話・周史》中有「兵在乎精，不在乎多」這句話，也就是我們常說的「兵在精而不在多」。若是「兵精將勇」，在將士用命的情況下，對方即使是「兵多將廣」，也可以寡擊眾，取得勝算。

劉禹錫的《陋室銘》一開始就說：「山不在高，有仙則名；水不在深，有龍則靈。」也和上面所說的一樣，強調的是「質」要比「量」來得重要，和平時常聽到的「重質不重量」意思相同。

奧斯卡金像獎史上最傳奇性的佳話之一是英國女星裘蒂丹契於一九九八年在《莎翁情史》一片中以前後總計六分鐘的兩場戲奪得最佳女配角。她不是一位以美豔著稱的明星，卻有獨特的個人魅力和精湛的演技。一出場就成為觀眾注目的焦點。事實上，很多演員都有這種特質：只要出現在鏡頭裡，無論畫面中有多少人，也不管他是不是在最顯眼的位置，甚至不必有什麼表演，觀眾馬上都會把眼光集中在他身上。即便他不是整齣戲的主角，也會認為他是這場戲的主角。

在談《黃金三角》前，之所以說了這些有關「質」和「量」的問題，是因爲在這本小說裡，系列主角亞森・羅蘋並不是從開始便在主導的地位，而是一直要到全書情節進行了五分之三才出現，而在登場後，作者還是沒有都以他爲中心來推展劇情。然而但凡有亞森・羅蘋在（甚至包括部分「暗場交代」的片段），讀者就會清楚感受到他的獨特風格和魅力。

基本上，《黃金三角》在結構上和此系列的另外一本《棺材島》有些相似。主線情節都是一個曲折的冒險故事，其中有浪漫的愛情、兩代的恩怨情仇、巨額的金錢、政治糾葛、貪婪、背叛、報仇、謀殺……，當然還有各式的詭局和很多的謎團。而這些都維持了這個系列的一貫水準。

可能閱讀經驗豐富的讀者很早就能看穿書中一項重要詭局設計的眞相。所以在這裡必須提醒一下：《黃金三角》是推理小說早期的作品，和大部分的經典一樣，成爲後人學習和模仿的對象。書中這一設計，現在看來十分普通常見，是因爲後來用的人太多，在當年卻是很有創意的。

書中另外一個關鍵性的解謎線索牽涉到「盲點」的運用。我們一般所謂的「盲點」大多指的是見之未及的地方，其實更重要的是那些明明就在眼前卻「習焉不察」與「視而不見」因而忽略了的事物。唯其如此，才更令人在得知眞相時益發感到驚嘆。

誠如亞森・羅蘋在說明此案的來龍去脈時所說的：「我們喜歡把問題複雜化，其實，往往很多事情沒必要想太多，那些外在的、表面的現象就足以解決問題。」但重點還是如何掌握線索，來作取捨和分析，再做出正確的判斷、這才是亞森・羅蘋的功力所在。

contents 目錄

I 火花雨

II 亞森・羅蘋的勝利

chapter 1 護士克拉麗

傍晚六點半時，天色漸漸暗去，廣場中間漂亮的蠅子草正開得旺盛，周圍的街道旁，樹木掩映，整齊成排，對面的嘉里艾拉博物館①隱約可見。這時，兩名士兵出現在夏佑街和皮耶－夏隆街的交會處。

他們一個是步兵，身穿天藍色軍大衣，只有一隻腳；另一個是塞內加爾人，下身一件米色寬大短褲②，上身圓領上衣，就是佐阿夫士兵③或黑人士兵穿的那種軍裝，他則只有一隻手。

兩個人一前一後繞著廣場走了一圈，最後都停下來。步兵扔掉的香菸，又被塞內加爾人撿起，只見他用力地吸了幾口之後，把菸掐滅，放進自己的口袋。

他們誰也沒有說一句話。

過了沒多久，從嘉里艾拉街上又走來兩名士兵，很難說他們屬於哪個部隊，他們的軍服破爛不堪，讓人難以辨認。唯一能看清的就是其中一個戴著佐阿夫圓帽；而另一個則戴著法國炮兵的軍帽。這兩個人，頭一個拄拐，後一個拄杖。

他們走到人行道的報亭旁也停了下來。

緊接著，皮耶－夏隆街、布利涅爾街和夏佑街分別冒出三個新面孔，三個大兵一起朝這邊聚攏過來，一個一身殲擊機飛行員打扮，少了一隻腳；第二是個跛腳的坑道兵；第三個的腰杆幾乎直不起來，他是個海軍陸戰兵。三人先是徑直朝這邊走來，然後，每人找了一棵大樹，靠在樹幹旁，剛好讓陰影擋住他們殘缺的身軀。

這些從戰場上退下來的傷兵像是互不相識，誰也不理誰，誰也不和誰說話，就像眼裡根本沒有其他人一樣。

他們有的站在樹後，有的站在報亭旁，有的蹲在蠅子草叢後面，誰也不打算挪動半步。這時是一九一五年四月三日的晚上，這條光線幽暗的冷僻街口，行人本就寥寥無幾，更不會有人去注意這些立在陰影裡的魁梧身影。

很快的，六點半的鐘聲響起。忽然，好像跟鐘聲約好一樣，廣場對面一棟房子的大門打開了，一個男人從裡面走出來，他先是朝四周觀望了一下，然後關上門，穿過夏佑街，繞過了廣場。

這個男人一身卡其色軍官服，戴在頭上的紅色軍帽繡著三道金色飾邊，整個腦袋上纏著寬大的繃帶，幾乎遮住了前額和脖頸。身材高大清瘦，拄著一根拐杖，他沒有腳，右腿下方只接著一根木棍，而木棍的末端釘著一塊橡膠圓片。

他離開廣場，來到皮耶－夏隆街人行道上。然後，他轉了個身，沉著地朝幾個地方張望了一番。

他一邊仔細觀察，一邊來到小廣場上的一棵樹旁，用拐杖輕輕戳了幾下，躲在樹蔭裡的士兵立刻將突出在外的肚子收了回去，軍官隨即離開那裡。

只見軍官離開皮耶－夏隆街，朝巴黎中心地帶走去，最後走上香榭麗舍大街左側的人行道。

在距他兩百步開外的地方有一家寬敞的旅館，但根據旁邊的掛牌可以知道，這裡已經被改成了戰爭時期的野戰醫院。他在不遠處選了個地方小心地藏了起來，像是怕被人發現一樣。

大鐘先是敲過六點三刻，接著是七點鐘，然後，大概又過了幾分鐘的光景，只見醫院裡先是走出五個人，緊接著，又有兩人離開那裡。之後不久，一位年輕女士從裡面走了出來，此人身穿藍色罩衣，上面繡有紅十字標誌，看樣子是一名志願護士。

「出來了。」軍官低聲自言自語道。

護士走的就是軍官剛走來的路，她一直走到皮耶－夏隆街，然後沿著右側人行道直走，朝著夏佑街的交叉路口走去。

她邁著輕盈有節奏的步子，由於速度很快，披在肩頭的藍色頭巾被風吹得朝後鼓起來。

她雖然穿著沉重的大衣，但是步調輕快極了。

軍官緊緊跟在後面，裝出一副悠閒散步的樣子，手裡卻在不停地轉動著拐杖。

現在這個時候，街上除了他們兩個，再看不見其他什麼人。

當女護士已經穿過馬爾索街，軍官還沒趕過來的時候，一輛停在街旁的汽車悄悄發動起引擎，緊緊跟上了護士，在她身後不遠處靜靜地往前開。

跟在後面的軍官立刻注意到這輛汽車，他看到車上載著兩個男人，其中一個蓄著濃密的鬍子，頭戴灰色氈帽，身子幾乎都要探出車窗，這傢伙正喋喋不休地對司機說著什麼。

而護士則全然不知，繼續走著她的路。就在當她快要接近路口的時候，汽車好像也加快了速度，軍官見狀，立即加緊腳步，來到護士所在的一側人行道上。

這時，街上既沒有行人也沒有一輛馬車或汽車。黑夜的天色，在兩條寬闊的街道交叉口上，唯有垂著窗簾的兩列有軌電車劃破沉寂，呼嘯而過。年輕護士貌似十分警覺，卻絲毫未察覺到異常之處，只是毫不遲疑地自顧向前走著，自始至終都沒有回過頭，更沒有發現身後有汽車跟著。

然而，汽車已經離她越來越近，等護士走到廣場的時候，汽車就在身後十幾米遠的地方行駛著，而她仍舊全然不知。當她走到第一排樹前的時候，汽車又逼近了一步。然後，司機將車子駛離車道，直逼左側的人行道駛去，剛才那個車裡探頭探腦傢伙猛地打開了車門，站上汽車的踏腳板。

軍官見狀立刻從馬路對面衝了過來，在這樣的關頭，除了緊盯自己的目標，已經沒時間考慮是否會暴露自己了。他清楚對方馬上就要採取行動，連忙叼起事先準備好的哨子。

果然，汽車開到距離報亭不到幾米的地方戛然停了下來，車裡的兩名乘客同時從車裡竄了出來，護士嚇得一聲驚呼，軍官連忙吹了聲哨子，但就在此時，兩個男人已經抓住了他們的獵物，正打算把人往車裡拖。七個傷兵聽到召喚，像是被樹樁彈出一般，徑直衝了出來，朝兩名劫持者飛奔過來。

沒過多久，七個傷兵就圍在汽車兩側，他們要麼舉起自己的拐，要麼舉起杖，軍官則端起他的左輪手槍，待在車裡的司機一看大事不妙，立刻發動汽車逃了個無影無蹤，兩個男人看到行動失敗，也嚇得拔腿就跑，最後在布利涅爾大街的盡頭消失了。

「混蛋！啞巴，」軍官朝斷臂塞內加爾人命令道：「無論如何，至少也要給我抓一個回來。」

然後他用手臂撐住馬上就要昏倒的年輕護士，關切地對她說：

「您別怕，克拉麗小姐，是我，貝爾瓦爾上尉……派特里斯・貝爾瓦爾……」

驚魂未定的小姐結結巴巴地說：

「啊，是您……，上尉……」

「是我，醫院所有的朋友都來了，您在野戰醫院給這些傷兵治過病，我是在康復中心裡把他們找來幫您的。」

「謝謝您……謝謝……」

然後，護士聲音顫抖著問：

「那兩個人呢？」

「跑了，啞巴去追了。」

「我不知道這兩個人想要幹什麼，不過，謝天謝地，幸好有您在，可是你們是怎麼知道……？」

「待會我再跟您解釋，克拉麗小姐。您先說說，您這是要去哪啊？瞧，您還是先跟我來吧，您需要好好休息一下，一切都等您恢復了精神再說。」

軍官在一個傷兵的幫助下把護士扶回他剛才走出的那幢房子。

「坐下吧。」他一邊說，一邊攙扶護士坐下，然後朝向剩下的士兵吩咐道：

「你，波拉爾，到餐廳拿個杯子過來。里布拉克，你去廚房倒一壺清水來……夏特蘭，去書房櫃子裡取一小瓶蘭姆酒來……不，算了，她不喜歡喝蘭姆酒……那麼……」

「給我倒一杯清水就行了。」克拉麗笑了笑說。

這個微笑讓她的臉色看上去比剛才好多了，雖然她的面孔仍舊像平時一樣，有些蒼白，但是她的嘴唇卻開始有了血色。

護士有著一張清秀迷人的臉孔，她的五官極其精緻，表情稚嫩無邪，她的前額包著白紗、頭戴黑色束帶，使她那雙水晶葡萄般的大眼睛顯得格外明亮，整個人都透著一股靈氣和活力。

年輕護士喝過水後，上尉驚喜地說：

「啊！您看上去好像好一些了，克拉麗小姐。」

「我好多了。」

「很好！剛才可真險啊！我們得搞清楚到底是怎麼一回事，不是嗎？不過，首先，夥計們，我們還是先和克拉麗小姐打聲招呼吧，是不是？你們生病的時候，多虧了克拉麗小姐的悉心照料，她把你們的枕頭拍得又鬆又軟，讓你們的腦袋不至於一靠上就陷進去，如此一來，你們的病情才能康復得這麼快，現在是時候好好回報克拉麗小姐了，是不是？」

七個傷病士兵一聽，立刻湊到小姐的跟前，而她則親切地和他們一一握手。

「里布拉克，您的腿怎麼樣了？」

「已經不疼了，克拉麗小姐。」

「您呢？瓦提奈，您的肩膀好些了嗎？」

「全好啦，克拉麗小姐。」

「那您呢，波拉爾？還有您，熱里斯？……」

一下子見到這麼多昔日被她當成孩子照顧的病人，她眞是激動極了。派特里斯・貝爾瓦爾見狀說：

「啊！克拉麗小姐，您又落淚了！小姐，小姐，所以我們總是掛心著您啊。每當我們趴在病床上痛不欲生的時候，只要眼前浮現出您默默落淚的情景，我們就告訴自己一定要咬緊牙關，因爲克拉麗小姐又爲她的孩子們傷心落淚呢。」

「要是這樣的話，我就會爲你們掉更多的眼淚，因爲讓你們爲我擔心了。」

「今天，您又落淚了。啊！不，您不要難過。您愛我們，我們也愛您，就是這樣，我們誰都不應該傷心啊。來吧，克拉麗小姐，笑一笑吧……瞧，啞巴，回來了，啞巴，他就天天都是樂呵呵的。」

克拉麗小姐一聽，一下子從椅子上站了起來：

「您覺得他能給我們帶一個回來嗎？」

「什麼？肯定能帶回來！我跟他說了：『啞巴，無論如何也要給我抓一個傢伙回來。』他肯定能辦到，我只擔心一件事……」

說著，兩人一起朝玄關走去，而這時，啞巴已經走了進來，只見他的右手掐住一個男人的脖子，這傢伙已經徹底軟成一團，就像一個布偶，任憑啞巴擺弄。上尉連忙命令道：

「放開他吧。」

啞巴得了命令，剛一鬆手，男人就立刻癱軟在地板上。

「我就是擔心這個。」軍官自言自語地說：「雖然他只有一隻手，但一旦讓它抓住了什麼人的脖子，不把他捏到斷氣就算是奇跡了。這個，德國鬼子可是領教過很多次了。」

啞巴簡直就是個巨人，他皮膚黝黑發亮，硬挺的頭髮蜷在頭皮上，下巴上稀疏的鬍渣也是捲曲的，左側的衣袖耷拉著，胸前別著兩枚獎章。他的臉上，一半的顴骨、臉頰連同嘴唇都在戰場上被炸飛了。後來，雖然做了植皮手術，可是這半邊臉的表情卻怎麼也補不回來了，僵硬得很。再瞧他剩下的那半邊好臉，嘴唇幾乎咧到了耳際，好像他一直在傻笑一樣，沒個停歇。

現在的啞巴根本沒辦法正常講話，頂多能發出些嗯嗯啊啊的響聲，所以大家就給了他這個綽號。

這時，啞巴仍舊一副得意洋洋的表情，再次發出嗯嗯啊啊的聲音，一邊哼哼一邊還時不時地看著他的主人和俘虜，好像一隻忠實的獵狗在審視自己帶回來的戰利品一般。

「很好，」軍官誇獎他道：「不過，我得重申一下，下次下手要再輕一點。」

軍官一邊說一邊湊到那傢伙跟前，將其仔細地檢查了一番，確定他只是昏過去之後才轉向年輕護士，對她說：

「您認識這個人嗎？」

「不認識。」護士回答。

「您確定，您沒在什麼地方見過這張臉？」

軍官嘴裡說的這張臉是一張大餅臉，他那黑色的頭髮理得油亮，鬍子卻已經開始花白，一身深藍色的西裝剪裁細緻，看得出此人穿著講究。

「沒有，從來沒見過。」年輕護士肯定地回答。

上尉搜了搜俘虜的口袋，沒發現任何證件。

「好吧，」他一邊直起身子一邊說：「等他醒了再說吧，啞巴，把他的手腳都捆緊，然後，你就待在玄關看著他。其他人，夥計們，你們該回康復中心去了。我這裡有鑰匙，喏，現在就和克拉麗小姐說再見，然後趕快離開吧。」

剩下的人和克拉麗一一道了別，軍官就把他們打發回去了。然後，他和克拉麗再次回到會客室：

「現在，我們好好聊聊吧，克拉麗小姐，還是我先說好了。」

於是，兩人坐到了壁爐前，壁爐裡的火苗快活地跳動著。派特里斯・貝爾瓦爾先是在克拉麗小姐的腳下墊一個墊子。很快，他又發現克拉麗被對面的電燈刺到了眼睛，於是又過去把燈關掉，總之，直到等確定克拉麗坐在那完全舒服了，他才開口道：

「您知道，克拉麗小姐，我是八天前從野戰醫院裡出來的，之後就一直住在納依區麥佑大道的康復中心裡，受傷士兵出院之後都會住到那裡。每天早上他們給我重新包紮，晚上我就睡在那。其他時間我都在外面，這裡逛一下，那裡吃個飯，我還時不時地去拜訪些老朋友。今天早上，我正在麥佑大道上一個很大的餐廳裡等朋友，可是，忽然就聽到了一段奇怪的對話。這間餐廳被一道一人多高的隔間分成兩區，一區是用餐區，一區是咖啡廳。當時，用餐區只有我一個人，而咖啡廳裡坐著兩名顧客，這兩人背對著我並沒有察覺到我的存在，我想他們肯定以爲周圍沒人，所以說話非常大聲。我一聽對話內容頓時就嚇了一跳，我把他們的對話都記到我的記事本上了。」

說著，他一邊從口袋裡掏出一個小本一邊繼續道：

「我記下這些對話，您現在大概知道是什麼原因了。但是在這之前，這兩個人還討論了其他一些事情，是有關什麼火花雨的。據他們講，戰前總共出現過兩場火花雨，他們確定還會有，而且他們還說等再出現火花雨的時候，就立刻行動，您知道他們這是在說什麼嗎？」

「完全不知道，怎麼了？」

「啊，我還忘了告訴您，這兩個人是用英語在對話。但從他們的口音判斷，很顯然，他們全都不是英國人。兩人接下來的對話被我原封不動地記錄了下來——

「那麼，」（其中一個說）：「都準備好了，你跟他今晚七點之前一定要趕到指定地點。」

「我們會準時趕到的，上校，汽車已經準備好了。」

「很好。記住，她晚上七點會準時從野戰醫院裡出來。」

「您不用擔心，不會有任何差錯的，她每天都走同樣的路線，都會從皮耶－夏隆街經過。」

「你們的計畫已經準備好了？」

「我研究了每個地方，已經準備好了。就在皮耶－夏隆街盡頭的廣場動手。我們人手有限，等她反應過來可就糟了，所以一定要速戰速決。」

「你們的司機可靠嗎？」

「我們給他的報酬很豐厚，他肯定聽話。」

「很好，我就在約定好的車裡等著，只要人一到手，他就得乖乖聽我們的了。」

「這年輕夫人眞是個美人啊，上校。」

「是呀，我很久以前就見過她，可惜沒機會向她介紹我自己，所以這次一定要抓住機會。她也許會哭、會鬧。這倒好！我反倒喜歡她有所反抗，可是誰又能拗得過我呢……」

「說到這，那傢伙發出讓人不舒服的淫笑，另一個也隨聲附和。看到他們付了帳，我立刻跟出去。但兩人中只有一個是從麥佑大道正門出去的，這個傢伙留著濃密的八字鬍，頭戴灰色氈帽。另一個傢伙則從側門離開。當時，街上剛好開來一輛計程車，大鬍子招手示意汽車停下後就上車離開了。我沒辦法跟上去，只好作罷。只是……只是……我很清楚，每天晚上，一過七點，您就會離開野戰醫院，然後會經過皮耶－夏隆街，是不是？所以，我就斷定……」

上尉停住了，年輕夫人看上去有些不安，她思考了片刻然後說：

「您怎麼都不事先告訴我？」

上尉一聽，急了，嚷嚷道：

「提前告訴您！是啊，但難道這樣他們就會放棄行動？爲什麼要讓您多擔心呢？況且，告訴您又有什麼用呢？這次您防備了，誰能保證他們不會在下次什麼時候又冒出來？要是這樣，事情可就更難辦了。所以我決定將計就計。於是，我通知了您曾經看護過，現在正在康復中心養病的傷兵。我那天在餐館裡等的那個朋友剛好就住在廣場這一帶，於是，我請他今天晚上六點到九點之間務必把房子借給我用。事情的經過就是這樣，克拉麗小姐。我知道的已經都告訴您了，現在您有什麼看法？」

年輕護士聽完，伸出手握了握上尉的手說：

「您救了我的命，貝爾瓦爾上尉，沒有您，誰知道會發生什麼事情，我眞的很感謝。」

「啊！不，我要的不是您的感謝。」上尉連忙說道：「救了您，我眞的很高興，但是我想要聽一下您對此事的看法。」

但年輕護士絲毫沒有猶豫，只是乾脆地回答道：

「我給不了您任何看法，您跟我說的這些，我一點都不曉得。」

「您就沒有什麼敵人？」

「沒有。」

「那兩個傢伙要把您交給的那個人，他說他認識您，您不知道他是誰？」

年輕姑娘一聽臉唰的一下紅了，最後，她說道：

「每個女人一生之中都會碰到一些公開追求她的愛慕者，不是嗎？但是，我不知道這個男人是誰。」

上尉聽完，好一會兒都沒再說話，最後，他說：

「看來，我們只有去問問我們的俘虜才能把事情弄清楚了，如果他不說，那就算他倒楣……我把他送到警察局，他們肯定有辦法讓他開口的……」

克拉麗一聽打了個哆嗦：

「送到警察局去？」

「是啊，您想要我怎麼辦，他又不歸我管，警察局才有權處置他。」

「哦，不！不行。」克拉麗一著急，禁不住喊了起來：「絕對不行！他們會來擾亂我的生活！到時候肯定會立案調查的！我又會被捲進過去的那些事裡！……」

「可是，克拉麗小姐，我不能……」

「啊！求您了，求求您，我的朋友，想想其他的辦法，我不想成爲眾人談論的對象！不想！」

上尉看著她感到十分震驚，他從來沒見過克拉麗護士這麼驚慌失措過，他說：

「不會有人談論您的，克拉麗小姐，都包在我身上好了。」

「那麼，您打算怎麼處置這傢伙？」

「天啊，」上尉笑著說：「我會先禮貌地問他是否願意回答我的問題，然後再感謝他對您的關注，最後讓他快滾，別再對您打任何歪主意。」

說完，他一邊站起身來，一邊問道：

「您要見見他嗎？克拉麗小姐？」

「還是不要了，我現在覺得很累，如果不是一定需要我在場的話，您就一個人去問吧，然後再把情況告訴我就好……」

她看上去確實已經是筋疲力盡。做護士，體力消耗本來就很大，剛剛她又遭遇了這樣的意外，情緒十分不穩定，上尉於是不再堅持，獨自一人走出了會客室。

年輕護士能聽見他在外面說：

「啞巴，看得好好的吧？有沒有新狀況？你的俘虜呢？啊！在這呢，先生？現在能呼吸了吧？啊！我知道，啞巴的手勁是大了點……嗯？什麼？不打算回答我？……啊！什麼！怎麼回事，他怎麼不動了，見鬼，該不是……」

上尉禁不住大叫了一聲，護士急急忙忙地從會客室裡跑了出來，來到玄關。上尉連忙迎上來攔住了她，然後，大聲說：

「您還是別過來了，已經沒用了。」

「可是您受傷了！」她激動地說。

「我？」

「您流血了，喏，在袖子上。」

「是啊，不過我沒事，是那傢伙的血。」

「這麼說？是他受傷了？」

「是的，從嘴裡流出來的，頸部血管被勒破了……」

「什麼？可是啞巴根本沒用力啊……」

「不是啞巴。」

「那是誰?」

「是他的同夥。」

「他們又回來了?」

「是的,他們把他勒死了。」

「他們把他勒死了?不,不可能。」

克拉麗不信,一定要親自去看看。她來到俘虜跟前,那人已經面色慘白,一動不動了。她發現,一根極細的紅絲線,兩端各繫著一枚扣子,死死地勒在這人的脖子上。

譯註:

①嘉里艾拉博物館(Musée Galliera):又稱為巴黎時裝博物館,西元一八七八年由嘉里艾拉公爵夫人捐贈給法國的宮殿博物館,一九七七年正式成立為時裝博物館,展覽三個世紀以來的流行服飾。

②一戰時期,非洲士兵、阿拉伯裔士兵的軍裝。

②佐阿夫士兵:佐阿夫軍團是創建於西元一八三〇年的法國輕步兵團,原由阿爾及利亞人組成,一八四一年起全部由法國人組成。

chapter 2 左腿與右臂

「世上的無賴又少了一個，克拉麗小姐。」

派特里斯．貝爾瓦爾陪年輕護士回到會客室，又和啞巴將屍體仔細檢查了一遍之後大聲說道：

「我在他的手錶上發現了他的名字：穆斯塔法．洛瓦萊約夫，您聽過這個名字嗎？」

他說起這些話來，語氣十分輕鬆，早已沒有了剛才的震驚。然後，他在會客室裡一邊踱步一邊說：

「我們經歷了那麼多的災難，親眼見到那麼多的英雄被奪走生命，克拉麗小姐，我們才不會爲這個被同夥謀殺的穆斯塔法．洛瓦萊約夫而哭泣呢。他甚至連哀悼都不配，不是嗎？啞巴現在就已經準備好了，只等廣場上沒人的時候，他就會把屍體帶到布利涅爾街，然後把他扔進嘉里艾拉博物館的花園裡去。雖然花園外的鐵柵欄圍牆非常高，但是憑啞巴這隻右臂，有什麼做不成的？然後，克拉麗小姐，這件事情就輕輕鬆鬆地解決啦，也不會有人來談論您，眞是謝天謝地。」

說完，他得意地笑了起來。

「是啊，謝天謝地！見鬼，我這個看守當得眞是不稱職，輕輕鬆鬆就讓他們把我的俘虜給幹掉了！我怎麼就沒想到襲擊您的第二個傢伙，就是戴灰色氈帽的那傢伙，他會跑去向第三人報信，然後兩人再一起殺回來救他們的同夥呢？他們就是趁著我跟您在會客室裡談話的功夫殺回來的，然後成功地撬開了側門，穿過廚房，來到前廳，躲在書房門外。他們把門開了個細縫，當時，這傢伙還昏死在玄關旁書房的沙發上。該怎麼辦？進去把人救出來，卻不驚動正在打盹的啞巴？這絕對不可能。可是如果就這麼把這傢伙丟在這，他就會如實招供，而他們就得倒楣，他們之前精心策劃的計畫也將落空。於是這兩個傢伙偷偷掏出一根紅絲線，兩頭繫上鈕扣，將它纏在了那傢伙的脖子上，然後拽住兩端，用力一拉，人就當場被勒死。眞是來無影、去無蹤，無聲無息啊！這麼一來，這傢伙就再也沒辦法開口了。」

現在上尉更加興奮了。

「他們的同夥再也不能說話了。」上尉接著說：「司法部門明天在緊閉的博物館花園裡找到屍體的時候也會一頭霧水。我們也是一樣，克拉麗小姐，我們永遠也不會知道他們爲什麼要綁架您。是的，如果我只是個看守，是個員警，那我也太沒用了。」

說罷，他繼續在房間裡踱來踱去。沒有了左腿，確切地說，沒有了左腳，似乎並未給他帶來太大的不便，頂多就是走路時，大腿與膝蓋銜接起來有些困難，肩膀和髖部不太協調罷了。可是他那高大的身軀，瀟灑的動作，還有全然接受現狀的態度則很好地彌補了身體上的不協調。

他身材魁梧，皮膚黝黑，像是經歷了嚴酷的日曬與風霜，但是他總是那麼豪爽、快活，愛開玩笑。

貝爾瓦爾上校應該有二十八到三十歲的樣子。他就像第一帝國①時期的軍官，長期的軍旅生涯造就了他們身上的那種獨特氣質，這使得這些軍人後來在女士中間深受歡迎。

他停下來凝視著克拉麗，克拉麗則一直盯著壁爐裡旺盛的火焰發呆。然後，他坐到克拉麗的身邊，輕聲對她說：

「您的事情，我還一點也不知道。在醫院的時候，醫生和護士都叫您克拉麗夫人。您的病人叫您克拉麗小姐。您姓什麼？您是已經結婚了？還是丈夫去世了？您住在哪？這些，大家都不知道。您每天都準時到達醫院，準時下班，每天都走同樣的路線。有幾回，還會有一個老僕人來送您上班，或是接您下班。這人花白的頭髮很長，鬍子亂亂的，總愛圍一條羊毛圍巾，戴一副黃色眼鏡，他總會坐在醫院院子裡的同一把椅子上等您。有時候，別人問他話，他也不回答。

「我一點都不瞭解您，但是有一點我很清楚，您太善良、太仁慈了。您也……我也許不該這麼放肆，可是這難道不是事實？您也太美麗了……也許是因爲，克拉麗小姐，您對我來說太神祕了，而且您看上去總是那麼的憂傷，所以讓我覺得您生活在某種痛苦或者是惆悵之中。您看上去總是那麼孤獨，沒人能夠讓您幸福，沒人能夠保護您的安全。所以我想……很久之前我就在想，找個機會向您吐露我的心聲……我想您大概需要個朋友，一個能夠保護您的兄長……您說，我說的對不對？克拉麗小姐？」

聽完他的一席話，年輕護士的身體早已經漸漸縮了起來，雖然對方的話句句說中要害，但她刻意讓自己和上尉保持一段距離，好像害怕對方闖進她的祕密似的。接著她輕聲說：

「不，您說的不對，我的生活很簡單，我不需要任何人的保護。」

「您不需要保護！」上尉激動地說：「這麼說，那些想要綁架您的傢伙，這場針對您的陰謀，還有那個他們害怕洩密而被殘忍殺害的同夥，這些對您來說都沒什麼囉？我說您有危險，您有一群可怕的敵人，需要有人出來阻止他們的陰謀，保護您，這些，我都說錯了？如果您不接受我的幫助……那麼……那麼……」

她仍然一言不發，只是坐得離上尉越來越遠，戒心也越來越重。

上尉用力敲了敲壁爐的大理石檯面，然後湊到年輕女子的旁邊：

「如果……」他堅定地說：「如果您不接受我的援助，那麼我就要強迫您接受。」

她搖了搖頭。

「我要強迫您接受。」上尉狠狠地重複道：「我有義務這麼做，這也是我的權利。」

「不。」對方聲音稍微提高些說。

「我就是有權利這麼做，」貝爾瓦爾上尉堅持道：「因爲我的理由充分，我甚至都不用徵得您的同意，克拉麗小姐。」

「爲什麼？」年輕女子看著上尉問道。

「因爲我愛您。」

他乾脆地丟出這句話，絲毫沒有戀愛中人的那種害羞與膽怯，而是爲他的感情感到自豪，高興自己能向心上人吐露心聲。克拉麗一聽，眼皮害羞地垂下，兩頰燒得通紅，而上尉卻開心地大聲說道：

「我直接跟您說了吧，小姐，不需要什麼大段激昂的鋪陳，不需要悲歌，更不需要什麼動作，我甚至不需要握住您的手。不，只這三個字就足夠了。我沒必要單膝跪地向您吐露我的心聲。就是這麼簡單，就像其實您早就明瞭我對您的感受一樣。是的，克拉麗小姐，您沒必要做出這種受驚嚇的表情，您知道我愛您，我知道的時候，您就已經知道了。我們是同時感覺到的，我想就是當您用那雙溫柔的雙手爲我包紮傷口的時候。其他的醫生護士都是在折磨我，只有您輕輕地撫摸我流血的頭部，您那同情的眼神，對我也是無盡的撫慰，您的眼淚也是一樣，您不忍心看我受罪。可是誰見了您怎會不愛上您呢？克拉麗小姐？啞巴就是那麼的喜歡您。他們是普通的士兵，他們不敢開口。我是上尉，所以我敢大膽地說出我的感受，您明白的。」

克拉麗雙手托住似著火一般的兩頰，上身側傾，不知道該說什麼，上尉則不管，聲音洪亮地繼續吐露他的心聲：

「您應該明白我爲什麼會勇敢大膽的向您示愛而絲毫不感到害羞。您應該明白，是不是？如果我戰前就像現在一樣是個殘廢，我絕對不會有今天這樣的勇氣。相反的，我會爲我的冒失而向您道歉，我會謙遜地對您表達我的愛。但是現在……請您相信我，克拉麗小姐，面對著您，面對著我深愛的女人，我甚至都快忘了我身上的殘疾。我不認爲我的大膽示愛會招致您的嘲笑或是蔑視，您也不會認爲我的行爲既可笑又自負。」

他停下來，喘了口氣，然後站起身來繼續說：

「就應該這樣，要知道，在戰爭中負傷後身患殘疾的人不應該被視爲不幸，更不應該被人排斥和輕視。我們應該像對待正常人一樣對待他們。是的，像對待正常人那樣對待他們！少了一條腿又怎麼樣？

這就意味著我們比別人少了些大腦或是良心嗎？因爲戰爭奪去了我的一隻手或是一條腿，或者更嚴重些，戰爭奪走了我的雙手和雙腳，那麼我們就沒有權利去勇敢愛了嗎？因爲害怕被拒絕？或者害怕被憐憫？憐憫？我們不需要這樣的同情，也不需要別人強迫自己付出努力來愛我們一點點，我們更不想讓別人假裝仁慈來對我們好。無論是面對我們心儀的女子，還是面對這個社會，無論是面對與我們擦肩而過的行人，還是我們身處的這整個世界。我們需要的就是絕對的平等，普通人會走運，好運氣也應該讓我們碰上；就像普通人會膽怯，我們也是一樣。」

上尉再次敲了敲壁爐。

「是的，絕對的平等。我們所有殘疾人，瘸腿也好、斷臂也好、一隻眼也好、雙目失明也好、肢體殘廢也好、器官畸形也好，我們要求在身心上與普通人保持平等。怎麼！戰場上，我們的雙腿幫助我們奮勇向前，戰後截了肢，你們就把我們和健全人隔離開來？我們的雙腿獻給了國家，他們的雙腿有什麼用途？懶洋洋地搭在壁爐上烤火取暖？所以，我們應該和他們平起平坐。相信我，這是我們應該享有的權利。另外，我們也和健全人一樣的有能力。健全人有權享有幸福，我們同樣有權；健全人能做的事情，我們同樣能做，只不過需要多付出些努力和心血罷了。啞巴的右臂比世上所有人的雙臂都更有力，我貝爾瓦爾上尉靠著一條左腿也能準時走完兩古里②的路程，如果我願意的話。」

上尉笑了笑，繼續他的慷慨陳詞：

「留給我的只有右手和左腿也好……左手和右腿也好，只要我們知道該如何利用它們，少一條腿或是一隻手又會怎樣？我們眞的比別人缺少了什麼嗎？我們能工作，生兒育女方面也沒有問題，我們不就和從前是一樣的嗎？甚至還會比以前更好，我想，我們的下一代不僅會有腿有腳，肢體健全，他們還會繼承我們剛強的意志和勇敢的心。我們沒有要求別的，克拉麗小姐，我們腿上的木頭不會阻礙我們繼續前行，我們的拐杖能讓我們和擁有雙腿的健全人一樣站得筆直。我們不認爲一個年輕女子嫁給盲人士兵就是做了多大的犧牲，應該受人歌頌與崇敬，認爲她有英雄氣概！

「再說一遍，我們不是淘汰品！我重申，任何缺陷都擊不垮我們。等著瞧吧，不出兩三代，所有人都會接受這個事實。您明白嗎？在一個像法國這樣的國家裡，當殘疾人口以數十萬來計算的時候，健全人的概念也就不再那麼清楚確定了。到最後，大家自然而然會接受新的人類分類方法：有些人擁有雙臂，有些人是獨臂，就像有些人是棕色頭髮，而有些人是金髮；有些人蓄鬍鬚，而有些人不蓄一樣，且每個人都是一如既往，按照自己喜歡的方式繼續著他的人生。而我的人生……全都屬於您，克拉麗小姐，只有您才能給我幸福，我再也等不下去了，所以今天才向您說出了我的心裡話。唔——總算說完了。其實，我還有很多話想對您說，不過，我們來日方長，是不是……」

他終於停了下來，可是年輕姑娘沒有回答，他被這沉默搞得有些不好意思。

從上尉開口傾訴衷腸到現在，克拉麗一直坐著不動，她的雙手先是從雙頰慢慢上升，直到擋住前額，她的肩膀也一直在輕輕地顫抖。於是上尉彎下腰去，輕輕挪開她的雙手，注視著這張清秀的臉孔。

「妳怎麼哭了，克拉麗小姐？」

上尉改口稱她「妳」並沒有讓她感到受到冒犯。面對一個曾經爲自己療傷的女子，這樣的稱呼恰好符合兩人之間特別的關係，況且這就是貝爾瓦爾上尉一貫的風格，有些隨性，但卻不失體統，所以沒人會覺得他討厭。他問克拉麗：

「是我讓妳掉眼淚了？」

「不，」克拉麗低聲說：「是您的樂觀，您的氣派深深地感動了我，您拒絕向命運低頭？說您是站在高處的命運主宰者都不夠呢，因爲你們之中最殘疾的人也能不費吹灰之力戰勝命運，我覺得沒有比這更美、更勇敢，更動人的了。」

上尉聽了這番話又坐回到她的身邊。

「這麼說，我對妳說了這些冒犯的話，妳不責怪我？」

「責怪您？」她反駁道，假裝自己不懂他的意思。「任何女人都同意您的看法！我們應該對從戰場上下來的士兵施予慈愛，特別是那些在戰場上遭受痛苦的英雄們。」

上尉搖了搖頭。

「我要的不是妳的慈愛，我要妳給我剛才的那番話一個清楚的答覆，妳還需要我再提醒妳一下我剛才的話嗎？」

「不。」

「那妳的回答是……」

「我的回答是，我的朋友，請您別再對我說剛才的那番話了。」

上尉一聽一下子嚴肅了起來。

「妳不准我再說那些話？」

「是的，我不准您說。」

「那好吧，那我就下次見面的時候再說……」

可是，克拉麗喃喃地說：

「您不會再見到我了。」

貝爾瓦爾上尉一聽這話感到很好笑。

「哦！哦！爲什麼不會再見到妳了？」

「因爲我不想再見您了。」

「這又是爲什麼呢？」

「爲什麼？……」

她緩慢地將目光轉向上尉，然後說：

「因爲我結婚了。」

這個回答並沒有嚇倒上尉，他只是冷靜地說：

「那妳就再結一次，很顯然，妳的丈夫是個老頭，而且他根本不愛妳，他肯定能明白，一旦有人愛妳……」

「請您不要開玩笑，我的丈夫他……」

她再也說不下去了，起身打算逃走，可是卻被上尉一把抓住了手：

「妳是對的，克拉麗小姐，我向妳道歉，我跟妳談論正經事，態度卻不端正。我們在談論的可是妳與我的人生啊。我相信我們的人生是命中註定綁在一起的。這世上，沒有什麼可以阻擋住命運，就算妳不願意也沒有用。我不強求妳什麼，但是我會等待命運來安排，遲早有一天我們會在一起的。」

「不會的。」她回答。

「會的。」他肯定地說：「肯定會的。」

「不會的，怎麼可能會呢？我請您以您的名譽保證再也不要來找我，也不要再問我的姓。我本想把您當朋友，但您今天說了這番話，我只好與您疏遠了。我的人生不需要任何人介入……不需要。」

她激動地講完這番話，使勁力氣想甩開抓住她的手。上尉則反駁道：

「妳錯了……妳沒有權利這樣做……求妳……再好好想想……」

可是，她一把將他推開了。就在這時，一個小意外發生了。她之前放在桌上的袋子一不小心被碰掉在地毯上，袋子裡一個草編的小盒也掉了出來。盒子一開始就沒蓋好，經過這麼一震動就自動彈開了。她剛要彎腰去撿，上尉早已搶在她的前頭。

「瞧，還有這個。」

上尉發現盒子裡面有幾顆斷了線的念珠。

兩個人站在那，誰也不知道該說什麼好，上尉撿起念珠仔細打量了一番，然後自言自語地念叨：

「真是太巧了，巧得奇怪……這些水晶珠子，還有金線，肯定是老式念珠……真奇怪，做工和材質居然一模一樣……」

他忍不住打了個寒噤，克拉麗連忙問道：

「怎麼了？」

上尉手裡抓著一顆大水晶珠子，珠子的一端連著一串由十多顆小珠子穿成的項鏈，另一端連著一串不太長的祈禱鏈。這顆大珠子實際上只有半顆，另一半已經不見了，不過鑲在外面的金爪還在。

「眞是太巧了，眞令人難以置信……我現在就要弄個明白……不過在此之前，請問這念珠是誰給妳的？」

「不是誰給的，它一直就是我的。」

「可是在妳擁有它之前，它肯定在其他什麼人手裡。」

「它是我母親的。」

「啊！是妳母親給妳的？」

「是的，我想應該是從她那得來的，因爲我所有的首飾都是她留給我的。」

「妳的母親已經不在了？」

「是的，我四歲的時候，她就去世了。我對她的記憶已經相當模糊了。您爲什麼問我這些？」

「因爲它，因爲我這裡也有半顆水晶珠子……」

說著，他打開自己的上衣，從馬甲口袋裡掏出一塊懷錶。銀鏈和皮鏈交錯扭成的錶鏈上繫著幾個小飾品。其中一件就是一枚只有半顆的水晶珠子，這顆珠子的另一半也不見了，外面也鑲著金爪。珠子的大小和克拉麗的那顆正好相當，水晶的顏色也和那顆一模一樣，同樣也是用金線串著。

他們互相不解地看著對方。最後，克拉麗結結巴巴地說：

「應該是巧合……是巧合罷了……」

「是這樣，可是，我們不得不承認，這兩顆珠子肯定對得起來。」

「不可能。」克拉麗趕快反駁道，害怕貝爾瓦爾上尉會向她證明這一點。

可是上尉決心已定，他右手拿著克拉麗的那半顆珠子，左手拿著自己的那一半緩慢地往一起湊。兩顆珠子碰在一起的時候，上尉的手禁不住抖了一下，然後又仔細挪了挪兩顆珠子，沒錯，對上了。

兩顆珠子的裂縫剛好吻合，它們就是一顆珠子的兩半，現在終於合上了。

兩個人都感到太訝異了，誰也不知道該說什麼，最後貝爾瓦爾上尉低聲說道：

「我也不知道我這半顆珠子的具體出處。我小的時候，這個東西就在了。我把他和其他一些不值錢的小玩意一起放在一盒紙盒裡，像是懷錶、鑰匙、舊戒指、老印章之類的。大概兩三年前吧，我挑出它掛在懷錶鏈子上。至於它是從哪裡來的，我不清楚，不過我知道……」

他把對起來的兩半拿開，又仔細檢查了一番，最後總結道：

「我知道，是的，沒錯，我知道妳的念珠中最大的這顆珠子曾經裂成兩半，一半留在念珠上，另一半因爲帶著爪鑲，就成了我這塊懷錶的吊墜。所以，妳和我各自擁有的半顆珠子二十年前應該是一顆，那時候不知道誰是它的主人。」

說著，他走近克拉麗，用同樣嚴肅而低沉的語氣說道：

「妳剛才還一直不相信我說的命運，不相信我們命中註定就是連繫在一起的，現在妳還打算繼續否認？所以這要麼就是偶然，可是這個偶然也太巧了吧，要麼就是活生生的事實，也就是說，您與我的

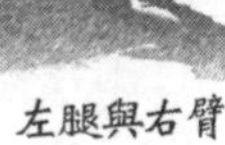

人生很早以前就有著千絲萬縷的連繫，將來也絕對分不開。將來的事情還那麼遙遠，我沒辦法預知。然而，既然現在妳有危險，作爲妳的朋友，我要幫助妳。我不再跟妳談愛情，我說的是單純的友誼，這樣，妳接受嗎？」

克拉麗呆站在那裡一動不動，現在的她還沒有從剛才那個神奇的巧合中回過神來，根本沒聽見上尉的話。

「妳接受嗎？」他重複道。

又過了一會兒，她才回道：

「不。」

「怎麼？」他半開玩笑地說：「命運都這麼安排了，妳還認爲不夠嗎？」

克拉麗沒有理她，只是決絕地說：

「我們以後不要再見面了。」

「好吧，我相信緣分的安排，我想下次見面距離現在不會太久。而這段期間，我保證不去找妳。」

「也不要打聽我的姓氏。」

「好的，我保證，不打聽。」

克拉麗和上尉握了手，最後說：

「永別了。」

可是對方卻堅決回答：

「再見。」

克拉麗轉身走遠了，走到門口，她又轉了過來，有些猶豫的樣子。而上尉仍然站在壁爐旁沒有動，克拉麗又說了一遍：

「永別了。」

上尉還是糾正對方說：

「再見，克拉麗小姐。」

現在，他們兩人之間該說的已經說過了，他也不再試圖挽留克拉麗，所以就放她走了。

貝爾瓦爾上尉聽見她走出了大門，連忙走到窗戶旁邊，他看著樹影中克拉麗纖細的身影，心一下子揪了起來。他還能再見到她嗎？

「是的，我當然能夠再見到她。也許就在明天，這難道不是命運的安排嗎？」

貝爾瓦爾上尉看到克拉麗走遠了，於是拿起了自己的手杖，拄著他的木頭腿也離開了。他在附近的餐廳用過晚餐後就回到了納依。野戰醫院的康復中心實際上是一幢漂亮的別墅，坐落在麥佑大道，對面是布隆尼森林。這裡管得很鬆，上尉夜裡幾點回來都可以，女舍監對他們也十分的寬容。

「啞巴在嗎？」上尉問女舍監。

「在，上尉先生，他和他的小情人在玩牌呢。」

「愛與被愛，這是他的權力，今天有我的信嗎？」他問道。

「沒有信，只有一個包裹。」

「誰寄來的？」

「是一個陌生人拿來的，他沒說別的，只說是給貝爾瓦爾上尉的，我就把它放到您的房間裡了。」

軍官回到自己位於頂樓的屋子，看到桌子上確實放著一個包得嚴嚴實實的包裹，外面還用一根繩子捆著。打開之後，裡面是一個盒子，盒子裡面放著一把很大的鑰匙。這把鑰匙鏽跡斑斑，從它的形狀和製造工藝來看應該是一把古時候的老鑰匙。

這是什麼意思？盒子上既沒標明位址也沒有其他任何提示的資訊。他懷疑也許是搞錯了，就不在意地把鑰匙放進口袋。

「今天晚上的謎眞是夠多的，現在，還是先好好睡上一覺吧。」

但是，當他剛打算拉上窗簾時，忽然看到布隆尼森林那邊有一個火花劃過。他立刻想起自己在餐廳裡聽到的那番話，那兩個打算綁架克拉麗護士的傢伙當時就在談論什麼火花雨。

譯註：

①西元一八〇四年，拿破崙稱帝，開始統治法蘭西，直到西元一八一五年結束，這段時期被稱為法國第一帝國時期。

②古里：法國古代距離單位，一古里大約相當現在的四公里。

chapter 3

生銹的鑰匙

派特里斯・貝爾瓦爾八歲那年被送到倫敦的一所法語學校，在那裡一待就是十年。在此之前，他一直與父親住在巴黎。

一開始，他每個星期還能和父親取得聯繫。可是，忽然有一天，校長告訴他說他的父親去世了，他成了孤兒，學費方面他不用擔心，等他成年之後，還能從一個英國律師那裡得到他父親留給他的大約二十萬法郎的遺產。

二十萬法郎對於喜歡奢侈揮霍的他來說實在是不太夠，何況他在被派去阿爾及利亞服兵役的那年，在還沒拿到父親留下的那筆遺產之前，就已經欠下了二十萬法郎的債務。

父親的遺產就這樣被他揮霍一空，他不得不開始工作。不過，他這個人頭腦精明，辦事主動，雖然沒有什麼特殊才能，但是憑藉著一腔的熱情和堅定的決心，敢想敢做，倒是贏得了不少人的信任，等他

找到了資金支持，就開始做起了生意。

供電、室內溫泉、室內瀑布、殖民地汽車買賣，他無不涉獵，他還跑過水運，開過礦，從事過的職業簡直就是五花八門。總之，幾年功夫不到，他就已經替別人管理過一打的企業，而且每一家都辦得如火如荼。

然而，戰爭的到來又爲他展開了一場全新的歷險，他剛入伍的時候還只是殖民地部隊的一名普通下士，馬恩河①一戰讓他一下子榮升爲中尉。後來在九月十五日，小腿中彈，同一天就被截了肢。兩個月後，沒人知道他耍了什麼花招，竟然登上戰鬥機，成爲法方王牌飛行員的一名偵查隨員。然而，一顆榴霰彈②擊中了他們的飛機，他頭部中彈，傷勢嚴重，獲救後立刻被抬到座落在香榭麗舍大街的野戰醫院，在他進入該院的同時，克拉麗也進到這所醫院做起了護士。

他的開顱手術雖然很成功，但卻讓他吃盡了苦頭，他疼痛難忍，但是卻從不抱怨。相反的，他還總是一副好心情的樣子，常常笑嘻嘻的和別人開玩笑，他天生樂觀的秉性和對生活的熱情感染著身邊的同胞，讓那些飽受病痛折磨的病友獲得些許安慰，這也換來所有人對他的喜愛，大家永遠都不會忘記他是怎樣捉弄來向他推銷義肢的商販的。

「啊！啊！跟我推銷義肢？您要我拿它做什麼呢？先生？爲了讓我拿它出去招搖撞騙，騙別人說我是個健全人，沒有截肢？這麼說，先生，您是覺得沒了腿是一件丟人的事情，我這個法國軍官，得好好地把它藏起來才能讓我避免失了體面？」

「我當然不是這個意思，上尉先生，可是……」

「您這玩意兒賣多少錢呢？」

「五百法郎。」

「什麼！五百法郎！您以爲我能體面地掏出五百法郎來買你這條假腿？而全法國數十萬截了肢的可憐傢伙，他們就只能裝個木頭腿？」

當時，所有在場的人一聽這話全都哈哈大笑，克拉麗護士在旁邊也笑呵呵地聽著他的講話，派特里斯・貝爾瓦爾不需要任何討好就能換來克拉麗護士的開心一笑。

就像他對她說的那樣，是的，從一開始，他就被她迷住了。她是那樣的美麗，她的心靈是那樣的善良，眼神是那麼的溫柔。她對病人的關心無微不至，給予病人莫大的安慰和仁慈的愛撫。從一開始，他就深深地被對方吸引，她的聲音讓他精神振奮，她的眼神和身上的香氣讓他迷惘神馳。就這樣，他墜入愛河無法自拔，但是他清楚他的愛慕對象十分的脆弱，甚至是弱不禁風，他也隱約感到她的周圍暗藏危機，所以他決定全心地效忠於她、保護她。

現在，事實證明他的猜測是有道理的，危險已經逐漸浮現。能夠拯救克拉麗免遭敵人的魔爪，這讓他感到很幸福。可是他清楚，雖然這次他成功了，但是事情還沒結束，那些人絕不會善罷甘休，他們肯定還會捲土重來。他不是已經在懷疑今早那兩個男人計畫綁架那年輕姑娘的密謀和剛剛的火花信號一定有什麼緊密的連繫了嗎？那兩個男人今天早上將這兩件事情放在一起商量，難道不是爲了同一樁不可告人的陰謀？森林那邊，火花仍然在不停地閃爍。

據派特里斯判斷，這火花雨應該就施放在塞納河上，發射地點應該是河的左岸特羅加德羅宮到帕西

車站一帶。

「這麼說，我離那裡頂多兩、三公里的距離，好吧，就去看個究竟。」

於是，上尉來到二樓，啞巴就住在那裡。他的房間裡有一絲光透過鎖孔隱約地射出來，他從女舍監那裡知道，啞巴現在正在和自己的小情人玩牌。

上尉開門一看，根本沒人在玩牌，撲克已經淩亂地撒了一地，啞巴早已躺倒在扶手椅上鼾鼾地睡了過去。他的臂彎裡躺著一個女人，這女人醜極了，嘴唇和啞巴的一樣厚，一口黑牙暴露在外，肥胖而發黃的皮膚就像是沁了一層油煙。這個女人叫安吉爾，她是廚師的女兒，也就是啞巴的相好。這時的她也不示弱，打呼打得震天響。

派特里斯得意地看著他們，這一幕證實了他的理論，就連啞巴都找到了愛情，那麼，還有哪個負了傷的戰鬥英雄沒資格享受愛情帶來的快樂呢？

他拍了拍塞內加爾人的肩膀，對方一醒來就朝他咧嘴傻笑。其實，啞巴早就猜出是他，還沒等完全清醒就已經笑了起來。

「我需要你的幫助，啞巴。」

啞巴高興地哼哼了兩聲，然後把懷裡的安吉爾順勢一推就推到桌子上，這女人睡得正酣，根本沒醒來，只是趴在桌子上繼續打著呼嚕。

兩人上街之後，樹林擋住了他們的視線，讓他們暫時看不到火花雨。他們先是沿著大街往前走，之後他們為了趕時間，搭上環城火車到亨利－馬爾丹大道，然後又從那走到拉圖爾路，最後到達帕西。

這一路上，上尉不停地和啞巴傾訴著他的擔心，雖然，他知道對方並不太明白他在說些什麼。但是這已經成爲了他的一個習慣。在戰場上的時候，他們一起打仗，兩人形影不離，啞巴對他忠心耿耿，就像獵人的獵狗對待主人一般。他和他的主人在同一天截肢，在同一天頭部中彈。啞巴覺得他的主人受的苦他也有份。他爲他負傷兩次，因此感到光榮之至，就像他感到有幸能和貝爾瓦爾上尉同生共死一樣。上尉把這個對自己愚忠效命的傢伙視爲一生的手足，他總愛拿他開玩笑，但是他對這黑鬼的友誼絕對是如假包換。而這也換來了啞巴對他的誓死效忠，他在自己不確定的時候可以找啞巴商量，但卻不必採納他的意見，心情不好的時候，還可以拿他當出氣筒。

「這件事情，你怎麼看，啞巴先生？」上尉雙臂端在胸前，一邊向前走一邊發問道：「我覺得還是那檔事，你也這麼想，是不是？」

啞巴哼哼了兩聲，表示他同意。

「是……」他哼哼道。

「這麼說，我們沒猜錯，克拉麗小姐肯定又有新的危險了，是不是？」

「是……」啞巴一般不反駁主人的意見。

「好。那麼現在就差弄清楚這火花雨是怎麼一回事了。還記得八天前，齊伯林飛艇③突然出現在天空，那時候我就猜……你有在聽我說話嗎？」

「是……」

「我猜這火花雨是那群叛國賊發射的，爲第二次齊柏林飛艇襲擊發信號。」

「是……」

「哦，不，你這白癡，不是……你怎麼會認爲它是齊柏林飛艇的信號呢，那天早上，那兩個傢伙不是已經說過了嗎？戰前，就已經出現過兩次火花雨了。況且，是不是什麼信號，還不一定呢。」

「不是……」

「什麼不是？不是信號，那它會是什麼？白癡！你還是閉嘴聽我說的好，實際上，你根本不知道我在說什麼……算了，我也不知道我在說什麼，我承認我被搞糊塗了，見鬼！怎麼這麼複雜？我怎麼就搞不懂呢？」

當兩人走過拉圖爾路口的時候，派特里斯．貝爾瓦爾變得更加困惑了。他的面前出現了好幾條岔道，他不知道該選擇哪條。雖然現在他們已經在帕西區的中心地帶，但是還是看不到天上有任何火花閃爍的痕跡。

「也許他們已經放完了，看來我們是白跑一趟了。這都怪你，啞巴。如果我不用大費周章把你從你那相好的懷裡拽出來，我們也不會浪費這麼多時間，現在也早就到了，我要向妳致敬啊，安吉爾，可是……」

上尉的信心正一點點消散，他開始相信在資訊不足的情況下，毫無計畫就冒失行動是不會給他帶來滿意的結果的。他剛想打消念頭，掉頭回去，一輛汽車卻突然從富蘭克林街頭閃過，這麼說，這車肯定是從特羅加德羅宮方向開來的，派特里斯心裡暗自想道。車子一邊疾馳，裡面坐著的一個男人一邊對著司機大喊：

「朝左轉……然後一直往前開，等我命令……」

貝爾瓦爾感覺這聲音似乎很是熟悉，好像就是今早他在餐廳裡聽到的那兩個對話的男人其中的一個。

「是不是那個戴灰色氈帽的傢伙？」他自言自語地說：「就是那個想綁架克拉麗小姐的傢伙。」

「是……」啞巴哼哼道。

「是吧。火花雨信號就說明他肯定會出現在附近，我們得牢牢抓住這條線索，快追，啞巴！」

沒必要讓啞巴去追了，因為當這輛老式汽車鑽進瑞諾瓦街的同時，他們兩人就已經在這條街的街口上，而那輛汽車剛好就停在離他們三四公尺遠的一扇大門前。

只見五個男人從車裡走了出來，來到大門前。

其中一個按響了門鈴。

大概過了三四十秒鐘的樣子，那人又按了一次，之後，那五個傢伙就在人行道上等著，過了一會兒沒人開門，他們又按下了第三聲門鈴。就在這時，大門上供行人出入的小門「吱」的一聲開了一道小縫。五個人並沒有動，開門人肯定是在詢問來客是誰。緊接著，只見五人中的兩個突然朝裡一推，小門猛地被推開，五個傢伙馬上闖了進去。然後是「碰」的一聲，小門再次關上。

上尉趕快看了看周圍的環境。

瑞諾瓦街是一條老舊的鄉間小道。在以前，這條街道穿過帕西村落的屋舍花園，蜿蜒下山，一直通向坡下的塞納河。但現在，在附近已經看不到幾戶人家了，只有在樹林裡還有幾棟隱蔽的老舊房舍，而

巴爾札克的故居就坐落於此。

五個人闖進的這棟建築四周豎著一道高高的圍牆。貝爾瓦爾看到他們的汽車還停在外面，所以不敢輕易靠近。這建築有著第一帝國時期的古舊飯店風格，建築正面很高，全部採用拱形窗設計，一樓外裝有鐵欄杆，二樓的窗子全部被百葉窗遮得嚴嚴實實，不遠處還連著另外一棟較小的房子，應該是側翼的獨立配樓。

「看來我們在這邊是無計可施了，房子嚴實得就像座古堡，走，到另外一邊去看看。」

瑞諾瓦主街向外延伸，連著許多窄小的巷子，穿過老區下行，一直朝塞納河通去，剛好高牆的另一端就建在其中一條巷子裡面。

上尉和啞巴沿圍牆走過去，巷子裡豎著一盞路燈，燈光微弱極了，透過它可以隱約看到小道上的礫石臺階。

「幫我一把，啞巴。牆是很高，但是我想攀著路燈柱子應該能爬得上去……」

在啞巴的幫助下，他一直爬到燈口下，可是伸手朝牆頭一摸，不妙，上面砌滿了玻璃碎片，根本沒辦法翻進去，上尉無奈又爬了下來。

貝爾瓦爾一下來就大爲光火：

「見鬼！啞巴，你應該早提醒我的，要是再往前一點，我這隻手就會受傷。你到底在想什麼？該死！你這麼不顧一切的跟著我，難道就是爲了要看我丟了性命？」

走到巷子盡頭，路開始拐彎，這一側沒有路燈，兩人只好摸索著前進。突然，啞巴拍了一下他主人的肩膀。

「幹什麼，啞巴？」

啞巴的大手把他推到牆邊，沒想到這裡竟然有一道小門。

「是呀，是一扇門。你以爲我就沒看見嗎？我當然沒有啦，只有我們的啞巴先生有長眼睛！」

啞巴掏出一盒火柴給上尉，他連著點了好幾根，好將這道旁門仔細地檢查。

「我說什麼來著？」貝爾瓦爾咕噥著：「沒辦法，這門就是一整片木頭，上面還加上了橫杆、釘了鋼釘……瞧，這邊連把手都沒有……只有一個鎖孔……啊！得用鑰匙，還是那種訂製的老鑰匙，就像有人給我送來的那把。」

忽然，他有了個主意，雖然這主意聽上去眞是荒謬，但是這又不會讓他花費多少力氣，試一試也無妨。

於是，他連忙向後退了幾步，透過光，鎖孔露了出來。鑰匙就在他的口袋裡，他掏出來插了進去，朝左一扭，鑰匙居然動了，然後一推，門眞的開了。

「我們進去。」貝爾瓦爾命令道。

可是，啞巴沒動，他驚呆了。是呀，派特里斯自己也大爲意外。他的鑰匙怎麼可能打開這把鎖呢？那個給他送鑰匙的人是怎麼猜到他會用得上的呢？這怎麼可能？可是派特里斯決定，不管這是個難解之謎也好，還是別人的惡意玩笑也好，他都要闖進去一探究竟。

「我們進去。」他重複道，好像自己勝利了一般。

門裡面的空間依舊是漆黑一片，上尉隱約感覺自己應該是走在草地上，而且臉總被樹枝刮到，於是他想前面肯定是個花園。裡面簡直太黑了，一點光亮也沒有，根本沒辦法找到哪裡是路。走著走著，上尉忽然撞到了一堆石頭，倒楣的是，上面還積了一層積水，一下子流下來。

「該死！」貝爾瓦爾忍不住罵道：「瞧瞧，我全身都弄濕了，該死的啞巴！」

自從一進這院子，他就隱約聽見遠處有狗在叫。現在，狗的叫聲似乎越來越近，也越來越急促了，這畜生肯定是聽到了動靜，正朝這邊跑來呢。這時候，就算他貝爾瓦爾上尉再勇敢也禁不住感到一絲的緊張，在這樣的夜裡帶上了槍又有什麼用？你可以開槍打死那隻該死的看門狗，但這樣也就暴露了自己。

從它那叢林中野豬一般的跑步聲判斷，這隻惡狗十分兇悍，它肯定是掙斷了狗鏈，因爲你可以清晰地聽見鐵鏈拖地的聲音。派特里斯剛要夾緊身體準備防禦，啞巴已經竄了出去，他這麼一竄不要緊，剛好和惡狗撞了個滿懷。

「見鬼！啞巴，你爲什麼不讓我先上？你這樣太冒失了，夥計，我來了……」

貝爾瓦爾趕到的時候，啞巴與惡狗早已倒在地上打作一團。派特里斯彎下腰想要救出啞巴。然而，自己費了好大的勁才成功的一隻手抓住惡狗，一隻手抓住啞巴的衣服。而這兩個傢伙就像捲到了一起，正打得火熱，任憑他生拉硬拽也無濟於事。

幸好沒過幾分鐘，戰鬥就結束了，兩個傢伙都倒在地上一動不動，各自喘著粗氣，派特里斯分辨不出到底哪個才是啞巴。

上尉非常著急，連忙低聲嚷嚷道：

「啞巴？啞巴？你沒事吧？」

啞巴哼哼唧唧地站了起來。派特里斯點著一根火柴，只見啞巴那隻粗壯的獨臂拖著一隻兇神惡煞的大狗，五根粗壯的黑手指牢牢地掐住惡狗的喉嚨，狗兒喘著粗氣，項圈上還垂著那條被咬斷的鐵鏈。

「謝謝！啞巴，我沒事了，現在你可以放開牠了，牠應該不會想再咬我們了。」

啞巴很聽話，鬆開了惡狗。可是因爲剛才掐得太緊，他這一鬆手，那狗一下子癱軟在草地上，呻吟了幾聲就不動了。

「可憐的傢伙，牠來攻擊我們其實也只是爲了完成牠看家護院的任務而已……哎！我們還是繼續去完成我們的任務吧，雖然我也不太清楚它究竟是什麼。」

這時，遠處隱約有一道光從建築的窗戶裡射出來，他們順著光的方向走去，穿過用石頭鋪成的一道道臺階，最後來到了一幢房子的平臺上。這房子和外面看到的一樣，窗戶很高，上側爲月牙狀，裡面的百葉窗同樣全都緊閉，只有一扇窗子裡透過百葉窗射出一道亮光。

上尉命令啞巴藏到樹叢裡，自己則湊到牆邊仔細地聽，可是因爲百葉窗太厚，聽來的只是些含糊不清的對話聲，於是他決定繼續往前湊，過了第四扇窗之後，他就登上了平臺的臺階。

他發現在臺階的盡頭有一道門。

「既然花園的鑰匙是別人送來的，那麼房子花園這邊的後門沒道理不是開著的。」貝爾瓦爾心裡暗自想。

上尉一推，這門果眞開了。進去之後，聲音突然清晰了許多。上尉覺得這聲音是從上面的走廊臺階一邊傳來的，這臺階好像連著房子不住人的那頭。上尉看到那裡的亮光，連忙走了上去。上面有一道半掩著的門，他探頭進去看了看，確定沒有人，然後趕緊縮著腰鑽了進去。進去之後，他才發現自己原來是到了一間開放大廳的陽臺上了。這間大廳寬敞極了，三面圍滿了高大的書架，各式書籍一直疊到天花板，大廳的兩端各擺一座旋轉鐵梯。而連接樓梯橫在前面的圍欄上也擺滿了書，以至於派特里斯窩在這裡剛好不會被樓下說話的傢伙發現。

他輕輕撥開兩疊書正打算看個明白，樓下忽然開始嚷了起來。上尉定眼一看，才發現有五個傢伙正朝著一個男人撲過去，還沒等那人反應過來，五個男人就已經張牙舞爪地把對方撲倒在地。

如果是在平常，他早就召喚來啞巴，和他一起衝下去救人，因爲單憑他們兩個就能制服這五個傢伙。可是他看到這五個傢伙並沒有帶武器，似乎也不想對受害人下毒手，所以便打消了暴露自己的念頭。他們只是將那個男人按在地上，勒住他的喉嚨，抓住他的肩膀和腳踝，接下來，這些人打算做什麼呢？

五人之中有一個突然站了起來，這人應該是他們的頭頭，只聽這人命令道：

「給我捆起來，堵住他的嘴……不過，就算他喊破喉嚨，也沒人能聽得見。」

貝爾瓦爾一下子就認出了這個聲音，他就是自己早上在餐廳裡碰到的兩個傢伙中的一個。這人個子不高，很瘦，黃褐色的面龐，表情猙獰，但是打扮高貴。

「我們終於抓到這狡猾的傢伙了。」那男人說：「我想這回他該開口了，你們都準備好了嗎，夥計們？」男人補充道。

四人當中有一個惡狠狠地回答道：

「全都準備好了！這回就是天王老子來了也無濟於事了。」

這傢伙留著濃密的八字鬍，派特里斯一眼就認出他是早上自己在餐廳裡見到的另外那個傢伙，晚上綁架克拉麗護士未遂然後逃走的就是他，他的灰色氈帽正放在旁邊的椅子上。

「都準備好了？布林奈夫？是不是？」他們的頭頭冷笑一聲道：「很好，那我們就開始吧！啊！艾薩雷，我的老夥計，你不打算把祕密說出來！那麼就別怪我們不客氣了。」

五個人就像事先排練好一樣，動作十分熟練協調。只見他們先將俘虜抬到一張扶手椅上，然後掏出一根繩子，一下就把此人上身連同雙腿一起捆了起來。隨後他們找來一張和扶手椅面等高的凳子，把受害人的雙腿放在上面，脫掉他的鞋和襪。最後，他們的頭頭發話道：

「動手！」

派特里斯看到，位於一樓兩扇窗的中間放著一個壁爐。這時，壁爐裡的火燒得正旺，裡面的木炭大多已經通紅滾燙，少部分甚至已經化成了灰燼，以至於整個爐都熱烘烘的。接著，四個手下把扶手椅和搭腳的凳子一起靠近壁爐，直到最後把那人的雙腳伸進爐內，距離裡面的火焰半米遠的地方為止。可憐的傢伙顯然十分痛苦，他雖然被人堵住了嘴，還是不禁慘叫了一聲，雙腿下意識地蜷作一團，竭力想要將繩子掙脫開來。

「繼續！別停！再近一點！」綁匪頭頭瘋狂地喊著。

派特里斯·貝爾瓦爾已經端起了手槍。

「我也要動手了，我不能眼睜睜看著這可憐的傢伙受罪……」他自然自語地說。

可是，就在他剛要瞄準射擊的時候，忽然有了新狀況，很顯然他完全沒有料到這個場面，幾乎快要驚呆了。

原來，在他的對面，也就是大廳的另一側陽臺上有一個女人將頭探了出來，這人也是一樣，緊緊貼在圍欄的後面，她顯然也被眼前的一幕嚇呆了，兩隻眼睛瞪得大大的，死死地盯住冒著熊熊火光的壁爐……上尉認出了這個女人，她就是克拉麗小姐。

譯註：

①馬恩河會戰是第一次世界大戰初期發生在法國境內馬恩河地區的一次重要戰役。

②榴霰彈是炮彈的一種，彈壁薄，內裝黑色炸藥和小鋼珠、鋼柱、鋼箭等，彈頭裝有定時的引信，能在預定的目標上空及其附近爆炸，殺傷敵方的密集人馬。

③齊伯林飛艇：二十世紀初，德國製造的一種飛艇，後成為戰爭期間的一種武器。

chapter 4 火光熊熊

克拉麗小姐！克拉麗小姐怎麼也會藏在這裡，要知道早上綁架她的那夥人現在就在下面，就連他派特里斯也是誤打誤撞、莫名其妙才闖進來的。

他的腦子裡立刻閃過一個念頭，這讓他心中的疑雲開始消散，那就是克拉麗她也是從巷子那頭進到花園，然後穿過石階來到這裡的，這麼說，自己進來的這條路是她開闢的？但問題是，她是用什麼方法成功翻進高牆，繞過惡狗的呢？她來這裡又是爲了什麼目的呢？

這些問題一直在派特里斯的腦子裡打轉，可是他卻根本想不出來，出現在他面前的克拉麗就像一個幻影，讓他既驚訝又意外。忽然，樓下又傳來一聲慘叫，只見那男人的雙腳在壁爐裡已經扭作一團。

不過這回，看到克拉麗在場，派特里斯便打消了搭救受害人的念頭。他決定見機行事，在探清克拉麗會採取什麼樣的舉動之前，最好還是保持原地不動，以免暴露自己。

「停！把他拉出來，我看應該差不多了。」綁匪頭子命令道。

「怎麼樣，我親愛的朋友，艾薩雷？這回你滿意啦？要知道這可是剛開始，你要是不說的話，我們可是會持續下去的，就像大革命時期那些眞正的『焚爐工①』一樣，明白嗎？所以，你說還是不說？」

那人咬緊牙關，一語不發，綁匪頭子氣得大罵一句。

「什麼？你什麼意思？不說，是不是？見鬼，你這頭倔驢，難道你還不明白嗎？要麼你就是還抱有什麼希望？簡直就是個瘋子，你以為還有誰能來救你呀？你家裡的下人、看門人，貼身男僕以及這裡的總管都是我的人，我剛剛給他們放了八天的假。你指望你的女僕或是廚娘來救你？她們住在房子的另一邊，你之前不是經常跟我說嗎？就是這裡有任何動靜，她們也不會聽到。那麼還有誰呢？你的老婆？她也住得很遠，根本什麼也聽不見。當然還有你的老祕書西梅隆，是不是？他給我們開門的時候，就被我們給捆住了。對吧？布林奈夫？」

那個八字鬍傢伙此刻正扶著墊腳凳，他站起來問道：

「怎麼了？」

「布林奈夫，你們把祕書關在什麼地方？」

「我們把他捆到看門人的房間裡了。」

「你知道女主人的房間嗎？」

「知道，如果您給我的資訊正確無誤的話。」

「那好，你們四個都去，把祕書和女主人都給我帶過來！」

四個傢伙得了命令馬上放下手上的活，從克拉麗那一側開門出去了。沒等四人關好房門，他們的頭頭便憤憤地湊到受害人的跟前，開口說：

「現在就剩我們兩個人了，艾薩雷，我是特意把他們支開的，你可得好好利用這段寶貴的時間。」

說完，他繼續彎下腰，小聲在那人的耳邊咕噥著，派特里斯費了很大勁才聽清其中的一部分：

「這些傢伙都是些蠢貨，他們完全聽命於我，但是對我們的祕密卻全然不知。至於你我，艾薩雷，我們的事情只有你我保持合作才能成功，你一直不願意承認這一點，瞧瞧你現在落到哪步田地？得了，艾薩雷，別再固執了，也別再跟我耍什麼花招。你中了我的埋伏，成了我的俘虜，我想拿你怎麼辦都可以。所以，與其一味反抗，遭受這般痛苦，直到最後體力耗盡，還不如提早跟我合夥這樁買賣。我們兩個一起做，你願意嗎？我們停止對抗，一起平分。我的事情你可以參與進來，你的行動，我也可以參與。只要聯手，我們就能成功；要是對抗，就只會是兩敗俱傷，最後一起被勝利者一腳踢開。所以，我再重複一遍，我們一起幹，你說，行還是不行？」

說完，他拽出塞在對方嘴裡的毛巾，然後把耳朵湊了過去。派特里斯聽不清他說了什麼。不過沒過多久，那頭子猛地退了回來，還火冒三丈地叫囂道：

「嗯？什麼？你跟我說什麼？好，算你有種！這樣就想收買我？對布林奈夫或是他的夥計倒是行得通，他們肯定會欣然接受。可是對我？哦，不，朋友，我，法奇上校的胃口可大得多！我只同意和你平分，絕不接受那一點施捨！」

派特里斯一邊認真地聽著兩人的對話，一邊目不轉睛地觀察著克拉麗的動靜。只見這時的克拉麗表情凝重，顯然她很著急，也在聚精會神地觀察著下面的動靜。派特里斯借助壁爐上方的鏡子，能看到受害人正面的部分樣子：這男人上身穿一件天鵝絨飾帶睡袍，下身穿栗色法蘭絨褲子，看樣子五十多歲光景，禿頂，肥嘟嘟的面容，兩頰圓滾滾，很大的鷹鉤鼻子，眉毛濃密，兩眼深邃，兩頰的絡腮鬍已經花白。另外，派特里斯藏在壁爐左側，他還在樓下第一、二扇窗子之間發現了男主人的一幅畫像，畫像裡的那張臉孔則顯得朝氣蓬勃，咄咄逼人。

「一張典型的東方臉孔。」派特里斯在心中暗想：「我在埃及和土耳其就見過不少這樣長相的人。還有這些陌生人的名字，法奇上校、穆斯塔法、布林奈夫、艾薩雷，以及他們的口音，他們的一舉一動和外貌特徵全都符合那一帶地區人種的特徵。他還記得自己在亞歷山大②的旅館裡，在博斯普魯斯③海岸邊，在亞得里亞堡④的市集上，或是在愛情海的希臘商船上，都曾見過這般模樣的面孔。這些人肯定是地中海東岸移民，但是他們現在全都成了道地的巴黎人。艾薩雷，派特里斯似乎聽過這個名字，這人好像是個有名的金融家，而這個法奇上校，通過他的用詞和語氣，聽得出已經是個老巴黎了。

這時，只聽樓下房門外有人嚷嚷，緊接著，剛才出去的四個傢伙把一個綁了雙手的男人拖進門，然後把他扔到門口。

「這就是老西梅隆。」那個被大家稱呼爲布林奈夫的傢伙大聲說道。

「那女人呢？她最好在你手裡！」他們的老大急匆匆地問道。

「可是，她人不在房裡啊！」

「什麼？怎麼會不在？你們讓她給跑了？」

「她應該早就從窗戶逃跑了。」

「你們怎麼不去找呢？她肯定就在花園裡……剛才花園裡的那隻狗不是叫得很凶嗎？」

「可是花園裡沒有人，她逃走了。」

「什麼？怎麼可能逃走呢？」

「也許是從巷子那邊的那道門逃的。」

「不可能。」

「爲什麼？」

「那道門很多年前就沒人用了，鑰匙現在都找不到了。」

「就算是這樣吧。」布林奈夫最後說：「但我們可不想爲了找一個女人，提著燈到處亂竄。」

「你說的沒錯，但這個女人她……」

法奇上校話還沒說完，就已經氣得暴跳如雷，他轉向自己的俘虜對他說：

「算你走運，老東西。我居然在一天中讓這娘們兩次從我的手中逃脫！她跟你說過剛才的情況了嗎？啊！見鬼！眞倒楣！半路居然殺出來個什麼上尉……等著瞧吧，我們肯定還會再見面的，到時候我也要讓他嘗嘗被耍的滋味……」

派特里斯氣得使勁攥緊自己的拳頭，他現在全明白了，克拉麗護士原來是藏在自己的家裡。她聽到動靜，發現五個傢伙闖進了她的家，使勁全身力氣，跳出窗戶，從平臺繞到花園石子路，來到房子的背面，這面很少住人，然後鑽進藏書樓，這樣就能將樓下她丈夫的遭遇看得一清二楚。

「這就是他的丈夫！」派特里斯想到這心裡不禁一驚。

如果現在他還是心存懷疑的話，接下來發生的事情徹底讓他信服，因爲現在綁匪頭子開始說道：

「是的，艾薩雷，我的老夥計，我承認，我非常喜歡你的女人。但算我不走運，今天下午讓她給溜了。所以我今晚一處理完跟你之間的糾紛，就會跟她處理些比這快活得多的美事。等著瞧吧，等她到了我的手裡就得乖乖地做我的人質。直到你我之間達成的協定眞正開始進行，我才會把人還給你。到那時候，你肯定會規規矩矩的，是不是？因爲我知道，你是很愛你的克拉麗的嘛！我說的沒錯吧！」

說完，他走到壁爐右側，壁爐上位於第三、第四扇窗子之間的地方放著一盞壁燈，他走過去按了開關，打開它。這一側的牆上與艾薩雷畫像對稱的地方也掛著一張畫，但是畫用布蓋了起來。綁匪頭子掀開蓋在上面的布，畫像上克拉麗的面孔一下子現了出來。

「這裡的女主人！風華絕代！光彩四射！耀眼奪目！銀行家艾薩雷家的女皇！她眞是太美了！瞧瞧，她那清秀的面龐，那張清純的鴨蛋臉，還有她那迷人的脖頸，優雅的雙肩，在我們的國家，有誰的老婆會像克拉麗這樣美？也許很快我的就能和她媲美了，因爲很快我就能得到她了，啊！克拉麗！克拉麗！」

派特里斯仔細觀察藏在對面的克拉麗，她因爲羞愧漲紅了臉。

上尉自己心裡也感到怒火中燒，無比憤怒，今晚，在得知克拉麗是別人的妻子之後，他已經受到了足夠的打擊。現在的這一幕讓他更感到憤怒不止。在這些人的眼裡，克拉麗成了一隻無助的獵物，誰強大，誰就能擁有她。

派特里斯心裡納悶克拉麗爲什麼會出現在這裡，據他的推測，就算她沒辦法從花園裡逃脫，所以才藏在房子的這一端，但照常理看，她應該打開窗戶，對外呼救才是呀！她爲什麼沒有這樣做呢？她肯定是不愛自己丈夫的。因爲如果她眞的愛他的話，就會不惜一切地想辦法去救他。但就算她不愛他，難道她就忍心讓他的丈夫遭受酷刑？她忍心親眼看著他的丈夫受虐待？忍心聽著她丈夫痛苦地發出慘叫？

「夠了，別再廢話了！」綁匪頭子一邊說一邊把畫像又蓋了起來。「克拉麗，有了妳，我就萬事俱備了。不過，首先，我得讓妳知道，妳值得我這麼去做。繼續吧，夥計們，我們現在就來跟這位朋友做個了結。先來十釐米好了。很疼，是不是？艾薩雷？可是，你還是忍得住的，對不對？別著急嘛，我的朋友，別著急。」

說完，他解開綁在艾薩雷雙臂上的繩子，塞一張小圓桌在他雙臂之間，在上面放好鉛筆和紙張，然後說：

「既然你嘴裡塞著東西，那麼就寫下來好了。寫啊！你不可能不知道我們談的是什麼，是不是？只要寫幾個字母，你就自由了？明白嗎？什麼？不明白？夥計們，再來十釐米。」

這時，他走到老祕書跟前——派特里斯透過明亮地燈光認出這老夥計就是之前到醫院接送克拉麗的那個人——彎下腰來對他說：

「你，西梅隆，我是不會傷害你的。我知道你對你的主子忠心耿耿，可是有很多事情，他都沒有告訴你。我知道，你肯定不會把今晚發生的事情說出去的，因爲你知道，只要你透露一個字，倒楣的只有你的主子，而絕不會是我們。你明白嗎？好吧，什麼，你不打算回答？他們是不是把你的脖子勒得太緊了？等一下，我讓你呼吸點新鮮空氣。」

壁爐酷刑依然沒打算停下來。你可以清楚地看到，跳動的火苗透過那可憐的人被燒得通紅的雙腳發出刺眼的光芒。他竭力掙扎，用盡力氣想要蜷縮雙腿向後退縮卻不得而成，最後痛得自己撕心裂肺地不停地喊，慘叫聲聲聲不絕。

「啊！眞見鬼！難道他們打算就這樣像烤雞一樣把他烤熟？」

派特里斯又瞄了瞄克拉麗，她仍然藏在那裡一動不動，臉色慘白，兩眼瞪得大大的，像是被眼前的一幕給嚇呆了。

「再來五釐米。」他們的頭子站在房子的另一端一邊幫西梅隆鬆綁，一邊下達命令。

四個人將人質往爐子裡又伸了五釐米。這時，只聽一聲慘叫，派特里斯嚇得不禁打了個寒噤。可是就在同時，他無意中發現了驚人的一幕。上尉一開始還沒有注意，或者說沒在意。只見人質的一隻手慢慢地抓住小圓桌的外側邊緣，胳膊頂在大理石壁爐的邊緣上，派特里斯起初以爲他是因爲痛苦難忍才尋找支撐。可殊不知，這男人抓住了機會，他看到四個綁匪此時正全神貫注地按住他的身體，而他們的頭頭的注意力則全都集中到了祕書西梅隆的身上。他趁他們不備，居然悄悄地打開了一個壁櫥，然後將手伸進去，搆出一把左輪手槍後，立刻迅速將手縮回扶手椅裡。

在派特里斯看來，他這樣的舉動，或說他有這樣的企圖，簡直是太冒險，太不理智了。因爲他被綁得結結實實，根本沒辦法同時打倒五個行動自如、全副武裝的傢伙。不過，派特里斯透過鏡子，看到人質的臉上寫滿了決絕與堅定。

「再來五釐米。」這時，法奇上校已經回到了手下身邊，他如是命令道。

然後，他看了看人質的皮膚，笑著說：

「一些地方已經燙得腫了起來，筋都快爆開了。艾薩雷，看來我大喜之日的那天，你是沒辦法到場了。這倒沒關係，你的心意我心領就是了。來瞧瞧，你開始寫點什麼了嗎？還是沒有？你不想寫？還是不死心？還在盼著你的老婆來救你，是不是？得了，你瞧，雖然她逃走了，可是她不會說什麼的。怎麼？什麼，你這是在跟我開玩笑，是不是？……」

法奇上校氣得暴跳如雷，惡狠狠地喊道：

「把他的雙腳投進壁爐！烤焦他的蹄子！啊！你在跟我耍花招？好吧，等著瞧，夥計，我說到做到，不過在這之前，先割他一隻半隻耳朵再說……知道嗎？就像在我們國家那樣。」

上校說完，面目猙獰，毫不留情地從馬甲口袋裡掏出一把明晃晃的匕首，只聽一聲惡喊，他舉起匕首就要朝艾薩雷的耳朵砍去……

說時遲那時快，艾薩雷倏地端起手槍，然後是「碰」的一聲，上校手裡的匕首嘩啦啦掉到了地上。上校就像是被釘在那裡，手高高地舉在空中幾秒中，眼神呆滯，似乎還沒搞清楚狀況。然而幾秒之後，他便一頭栽到了人質的懷裡。艾薩雷已經瞄準了另一個綁匪，手槍卻被上校的身子砸個正著。

倒下去的上校居然還有呼吸，只聽他結結巴巴地說：

「啊！見鬼……見鬼……他把我給幹掉了……不過這就是你的損失了……因爲……因爲我早有準備。如果我今天夜裡回不去的話，警察局長明天就會收到一封信……到時候，整個巴黎都會知道你叛國的事情……艾薩雷……你的計畫……啊！該死！……你這樣做，難道不傻嗎？我們兩個本來可以聯手合作的……」

接下來，他又含糊不清地嘟囔了幾句，然後就倒在地毯上。

綁匪頭子臨死前的這番話比這場綁架本身更讓人目瞪口呆，他口中的那封信顯然既是對人質的控訴，又洩露了他告發此人的消息。這信裡到底有何玄機？

布林奈夫見狀連忙上前，一把將艾薩雷掉出來的武器奪了過去。艾薩雷則趁這個機會，猛地一抽，將腿從壁爐裡抽了回來，四個手下見了反倒沒有再按住人質。

可是，樓下出奇的沉默讓恐怖氣氛不減反升。只見上校的屍體橫躺在那裡，血染紅了地毯。不遠處的西梅隆倒在地上一動不動。人質的腿雖然已經撤了出來，但是他的身子依然綁在扶手椅裡，而壁爐裡的火舌像是要竄出爐膛一般，依然熾烤著他的身體。四個綁匪站在人質的左右，應該還在盤算對策，但是他們的表情始終是冷酷到底，就算不擇手段也要將人質制服。

三個不知姓名的傢伙全都看著布林奈夫，而他似乎已經有了主意。這個布林奈夫又矮又胖，非常壯實，派特里斯之前辨認出的八字鬍堅挺挺地立在他的上嘴唇上。這傢伙的樣子顯然沒有他們的頭子那麼地殘酷、專斷；表情也沒有他的儒雅，但是卻顯得更加的理智和冷靜。

至於上校，他們很快就把他忘了。既然這些綁匪殘酷到能幹出這種勾當，那麼他們就不會對任何人心懷同情。

布林奈夫最後終於下了決心，就像早有計畫一般，只見他不急不忙地走到房門旁，取下掛在上面的自己的灰色氈帽，從帽子裡掏出一卷小東西。派特里斯一看，頓時一驚。那是一卷很細的紅絲線，就是他在啞巴抓到的那個傢伙穆斯塔法・洛瓦萊約夫的脖頸上找到的那種紅絲線。

只見他拆開線繩，抓住兩頭，在膝蓋上壓了壓，以證明它結實耐磨，然後走回到艾薩雷旁邊，拽出塞在他嘴裡的毛巾，把繩子勒在人質的脖子上。

「艾薩雷。」布林奈夫說話時冷靜極了，這股冷靜比剛才上校的瘋狂叫囂甚至還要可怕。

「艾薩雷。」他說：「我不會讓你受罪，虐待酷刑這種手段讓我噁心，我可不想這麼幹。你知道你該怎麼做，我也知道我該怎麼做，我只要你一個字。如果你說同意，那麼我就會立刻放了你。如果你說不，那就……」

他停了幾秒鐘，接著說：

「那就結果了你。」

布林奈夫說得十分簡單，但是聽得出來他是決心已定，絕沒有商量的餘地。顯然，艾薩雷是到了生死關頭，他只有退縮，才能保全性命。再過一分鐘，他要麼同意，要麼就得死。

派特里斯又看了看克拉麗。他決定，如果克拉麗露出一絲著急的樣子，他就立刻衝出去救人。可是這回，克拉麗的表情仍然保持不變。難道她已經默默地接受了眼前這一幕幕的恐怖，就連對方以死逼迫她丈夫都讓她無動於衷？於是派特里斯忍了下來。

「大家都同意嗎？」布林奈夫轉向他的三個同伴問道。

「同意。」其中一個回答說。

「你們都打算負起自己那一方的責任？」

「我們負責。」

說完，布林奈夫雙手交叉，勒緊繩索，然後乾巴巴地問艾薩雷道：

「同意還是不同意。」

「同意。」

三個傢伙一聽頓時鬆了一口氣，在一旁騷動起來，慶賀勝利，布林奈夫也點點頭表示對方識趣的選擇才是正確的。

「這麼說，你同意了？……做得好，我想剛才沒人比你更接近死亡的了，艾薩雷。」

不過，布林奈夫仍然沒有鬆開勒在對方脖子上的紅絲線，他接著說：

「好吧，你會向我們攤牌，但是我很瞭解你。我承認，你的這個回答確實讓我感到意外，因爲我之前跟上校說過，就算是以死相逼也不會讓你說出祕密的，難道我錯了？」

「不，沒有，死和酷刑都不能讓我說出祕密。」

「這麼說你有其他理由？」

「有。」

「值得一說的理由？」

「當然，剛才你們出去的時候，我跟你們的上校就提過了，可是他拒絕了我的提議，因爲他想甩掉你們，和我合夥。」

「你怎麼知道我就會接受你的提議呢？」

「因爲這是千載難逢的機會，你知道的，你辛辛苦苦一輩子也不會遇到這樣的機會。」

「這麼說，你是想和我做筆交易？是不是？」

「是。」

「給我錢？」

「是。」

布林奈夫聳了聳肩膀。

「不就是幾千法郎嗎？你以爲我布林奈夫和我的夥計有那麼傻？你瞧，艾薩雷，你爲什麼以爲我們會妥協呢？你的祕密，我們可是差不多都知道……」

「你們知道祕密是沒錯，但你們卻不知道該怎麼利用它，你們也不知道這個祕密藏在哪，是不是？」

「我們會找到它的。」

「不可能。」

「當然可能，你死了就能幫助我們找到它。」

「我死了？還記得上校告發的事情嗎？所以只要我一死，不出幾個小時，你們就會被抓起來，到時候你們還怎麼去找這祕密呢？所以你們也是一樣，別無選擇，要麼接受我的錢，要麼進監獄。」

「要是我們接受你的提議，什麼時候付錢？」布林奈夫軟了下來，問道。

「馬上。」

「錢就在你身上？」

「在。」

「沒多少錢，是不是？」

「不，比你想像的要多，要多得多。」

「多少？」

「四百萬法郎。」

譯註：

①法國大革命時期，國家動盪不堪。當時法國就出現了一群專門的強盜。他們半夜潛入平民家中，利用酷刑，將主人的雙腳捆起來放在火上烤，迫使主人説出家裡的財寶藏在什麼地方。

②亞歷山大：埃及第一大港口，古埃及首都。

③博斯普魯斯：博斯普魯斯海峽又稱為伊斯坦堡海峽，連接黑海和馬爾馬拉海，是將土耳其亞洲部分和歐洲部分隔開的分界。

④亞得里亞堡：今土耳其埃迪爾內市，曾為鄂圖曼帝國首都。

chapter 5 艾薩雷夫婦

四個傢伙一聽全都嚇呆了，布林奈夫趕緊追問道：

「嗯？你說什麼？」

「我說四百萬，你們四個人每人一百萬。」

「什麼！……你是說真的？真的是四百萬？」

「眞的是四百萬。」

這筆數額太巨大，而且又這麼突然，就連派特里斯・貝爾瓦爾也感到大為吃驚。他們懷疑這其中是否有詐，布林奈夫忍不住問：

「我承認，你出的這個價碼確實讓我們感到很意外……所以，我想問，你為什麼要這麼做呢？」

「難道你希望我少出點？」

「是的。」布林奈夫不加掩飾地說。

「很遺憾，恕我沒辦法滿足你的這個願望。我要想活命就必須得把保險箱裡所有的寶貝都給你們，而我保險箱裡也只有四袋錢，每張的面額都是一千法郎。」

布林奈夫越想越覺得古怪，所以也越來越謹慎。

「你怎麼知道我們拿到四百萬法郎之後就不會繼續向你提更多的要求？」

「什麼更多的要求？你們想知道寶貝在什麼地方？」

「是的。」

「不，你們知道我寧願死也不會告訴你們的。四百萬法郎，是我能向你們提供的最大限度了。所以，你們現在決定吧，到底要還是不要？我不需要你們任何承諾或是起誓，而且我敢擔保，這四百萬法郎一到手，你們的腦子裡定會只有一個念頭，那就是趕快脫身，免得沾上人命官司，毀了自己。」

布林奈夫一聽，這人的分析倒是有理，遂不再辯解。

「保險箱就在這屋裡？」

「就在第一、二扇窗戶之間，我的畫像後面。」

布林奈夫連忙摘下畫像：

「我什麼也沒看見啊？」

「就在那，保險箱被砌在牆裡面，看到上面有一塊牆板了嗎？牆板的中間有一個玫瑰花樣的裝飾，不對，不是木頭的那個，是鐵製的那個。另外，牆板的四角各有四個同樣的花飾，每個花飾都有一個密碼，四角的密碼順時針依次是『Cora』一詞中的四個字母。」

「啊，是克拉麗的前四個字母？」布林奈夫一邊輸入密碼一邊念叨著。

「不，當然不是，是可蘭經①的前四個字母，你打完了嗎？」

過了好一會，布林奈夫才回答說：

「打完了，鑰匙呢？」

「沒有鑰匙，第五個字母「n」就是中間那個玫瑰花飾的密碼。」

「好吧。」

布林奈夫輸了字母，然後一轉，只聽「喀」的一聲，板子真的鬆動了。

「我的保險箱是用內牆的一塊石頭鑿成的，不太深，手伸進去一撈，裡面的錢袋就能拿出來了。」

艾薩雷指揮道。

派特里斯心想這肯定是個陷阱，只要這傢伙手一伸進去就有可能被什麼東西卡住。另外三個傢伙也不約而同產生了同樣的擔憂，布林奈夫本人更是如此，他露出狐疑的表情，小心翼翼地將手伸了進去。

然而，什麼意外都沒有發生，布林奈夫果真取出了四個錢袋，然後，他坐到艾薩雷旁邊。這四個錢袋個頭雖然不大，但是個個都是鼓鼓囊囊，用一條帆布繩子捆在一起。布林奈夫坐穩後，解開帆布繩，然後打開其中一個袋子。

他那擔著四百萬法郎鉅款的雙膝都開始不由自主的抖了起來，等到自己觸到大把大把的千元鈔票之時，他就像患了重感冒的老頭，兩隻手不停地發抖，嘴裡還嘟囔著：

「一千法郎一張……整整十捆千元大鈔……」

另外三個一聽全都衝了上來，你推我擠地搶走了自己的那一份，然後各自打開仔細檢查：

「十捆……確實是一百萬法郎……一捆十萬……」

緊接著，只聽一個傢伙扯著嗓子大喊一聲：

「快走……我們快走……」

四個傢伙一下怕得要死，好像再不走，房頂就要塌了似的，或是四面牆壁就要朝他們砸來，將他們包圍起來，直到他們窒息而死。不敢想像，艾薩雷居然眞的把這麼大一筆財富給了他們，而且他眞的打算放他們走，不再奪回四百萬。

派特里斯也不再懷疑，錢既然已經給了，艾薩雷就不可能現在就把它們搶回來，像他這樣一個深謀熟慮的人不可能在沒有下策的情況下就冒然行事。派特里斯感到胸悶，喘不上氣來，今晚的這一刻，眞是太震撼了。他看了看克拉麗，她也是一樣，驚得目瞪口呆。布林奈夫在這個時候回過了神，拽住他的同夥對他們說：

「別做傻事，就這麼走了的話，他和老西梅隆解開繩子後就會出去追我們。」

於是，四個傢伙齊上陣，全都一隻手捂著錢袋子，一隻手就把艾薩雷的雙臂捆到了扶手椅上。艾薩雷一看這陣勢遂嘲諷地說：

「一群蠢貨！你們來這裡的初衷是爲了偷走一個天大的祕密，現在卻被區區四百萬法郎弄得亂了陣腳，說起來還是上校更有膽識。」

捆好之後，四個人順勢堵上他的嘴，布林奈夫朝著艾薩雷的腦袋就是一拳，艾薩雷馬上暈了過去。

「這樣，我們就能溜之大吉啦。」布林奈夫說。

這時，另一個綁匪問道：

「上校怎麼辦，就把他留在這兒？」

「為什麼不呢？」

不過，他話一出口就後悔了，這不是一個好主意，於是，他改口道：

「算了，我們來這裡的目的又不是要陷害艾薩雷，上校要和我們一起走。等艾薩雷醒過來，他肯定也和我們一樣，打算一走了之。我猜最晚明天中午警察局方面就會收到上校寫的那封該死的檢舉信。」

「那我們怎麼辦？」

「我們把屍體帶走，在半路找個地方把它扔了，剩下的事情就讓警察局的人來辦吧。」

「要拿走他的證件嗎？」

「我們在路上再搜吧，快，幫我一把。」

就這樣，四傢伙先是給屍體包好傷口，以免血流得到處都是，然後他們四個人，兩前兩後，每人騰出一隻手，分別抬上校的手、抓他的腳，另一隻手則緊緊地攥著他們的錢袋子踉踉蹌蹌地離開了。

派特里斯聽到這個四個人慌慌張張地離開，先是穿過一間屋子，接著是前廳……

「現在，艾薩雷或是西梅隆肯定會按動什麼祕密按鈕，然後四個傢伙就會被關起來。」派特里斯心裡篤信。

可是，艾薩雷卻躺在那一動不動，西梅隆也一樣。

貝爾瓦爾上尉聽到他們已經眞的逃出房子，汽車門被他們打開，然後是引擎發動的聲音，最後那汽車就離開了。什麼神奇的事情都沒有發生，四個傢伙眞的帶著四百萬法郎逃之夭夭了！

有那麼好一會，樓下一點動靜也沒有，這叫派特里斯感到越發的恐慌。他總覺得今晚不可能就到此爲止，肯定還會有更意想不到的事情發生。可是他越想越害怕，甚至都想驚動克拉麗，看看她會有什麼反應。

不過，就在這時，他打消了這個念頭，因爲克拉麗慢慢地站了起來。

現在，年輕夫人的臉上再沒有了害怕和惶恐。派特里斯定眼一瞧，突然又緊張了起來。這個平日裡慈眉善目的女人現在卻像是充滿了怒火，只見她雙眼異常犀利，眉頭緊鎖，嘴唇緊閉。派特里斯知道克拉麗護士要行動了。可是，她到底想要幹什麼呢？難道接下來發生的事情才是今晚的結局？

只見她順著牆角的旋轉樓梯，慢慢地走下去，而且並沒有掩飾自己的腳步聲。她的丈夫肯定看見了她，因爲派特里斯透過鏡子看到醒過來的艾薩雷正抬起頭看著他的妻子。

而克拉麗堅定地邁著步子，她很清楚自己要做什麼。走下樓梯後，她停住片刻，像是在思考怎樣才能最好地實施自己的計畫。

「啊！妳要做什麼，克拉麗小姐？」派特里斯惴惴不安地暗自疑惑。

啊！他全明白了！他從側面看到克拉麗正目不轉睛地盯著從上校手裡滑落的那把匕首。

派特里斯肯定克拉麗定是要拿起匕首刺向他的丈夫，她的臉色十分蒼白，但表情卻堅定得甚至有些冷酷。他丈夫也立刻反應過來，禁不住一個寒噤，自己的妻子居然要朝自己動刀子！他掙扎著要將捆在身上的繩索掙脫開。然而，克拉麗絲毫不亂，繼續堅定地一直向前，最後在她丈夫的身旁停了下來。她就站在那等了片刻，然後猛地撿起了地上的匕首。

接著，她又往前走了兩步，讓自己貼近扶手椅，坐在裡面的艾薩雷和自己剛好一樣高。他稍稍轉了轉身子，剛好與妻子面對面，兩個人就這樣死死地盯住對方，誰也不說話。

派特里斯可以想像，這個時候，害怕、仇恨以及抑制不住的躁動正翻江倒海般在兩人的內心翻騰。這場對峙過後，一個人成了殺人犯，另一個則成了刀下鬼。他派特里斯到底該怎麼辦呢？是跳出去阻止克拉麗鑄成大錯？還是他要去幫助她，朝那傢伙的腦袋補上一槍？

其實，從一開始，派特里斯就一直被一種情緒所糾纏，這股現在情緒越漲越大，直到最後戰勝他內心的掙扎。其實，他並非單純對樓下發生的一系列玄虛而感到好奇，從一開始，他就只對這個女人好奇。這個他愛著的、神祕的女人一開始是被動地捲進了這場風波，然而，現在卻成了操控指揮棒的關鍵人物，可是她又怎能那麼冷靜，冷靜的讓人害怕。派特里斯同時也好奇，她爲什麼要這樣做呢？是爲了復仇？懲罰？還是因爲仇恨？

派特里斯就這樣僵在書架後面，百思不得其解。

克拉麗緩緩舉起匕首，他的丈夫也停止掙扎，他的眼神裡既沒有流露出祈求也沒有威脅，他已經妥協了，他知道做了斷的時刻到了。

而倒在一旁的西梅隆胳膊倚在地板上著急地看著二人，克拉麗穩穩地端著高舉的匕首，眼睛死死地

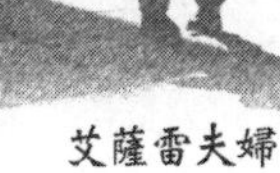

盯住艾薩雷的左胸口……突然，她用力戳了下去，但派特里斯看出她的眼神似乎有些游移，他知道她肯定是心軟了，克拉麗骨子裡就是個善良的人，根本下不了手。

「啊！克拉麗小姐，我就知道妳不會那麼做的……就算妳有千般理由，妳也不會去殺人……這樣做是對的。」派特里斯心裡暗暗嘀咕。

接著，他看到克拉麗緩緩地，又將手臂放下，剛才一直僵直的身體忽而舒展開來。派特里斯終於鬆了一口氣，他知道她終於放棄了殺人的念頭。她先看了看手中的匕首，像是剛剛從一場噩夢中蘇醒過來，接著割開了綁在他丈夫身上的繩索。

顯然，她很不情願這樣做，因爲她割繩子的時候小心翼翼，生怕與他的身體有任何接觸，眼神也有意避開對方的眼睛。繩子一條條被割開，艾薩雷這下自由了。

然而，接下來的一幕眞是讓人吃驚。艾薩雷剛才遭到酷刑的百般折磨，現在得救了，卻一句話也不說，既不向他的妻子道謝，也不追究她剛才的行徑，他只是拖著疼痛難忍的雙腿蹣跚著徑直向對面牆上的電話走去，就像一個快要餓死的人看到麵包，急著湊上去一樣。太好了！他又能活了！然後，只見艾薩雷氣喘吁吁地搶下電話，衝著聽筒一口氣呵斥道：

「快接中央39－40。」

接著，他轉向他的妻子，粗魯地罵道：

「滾，從這裡滾出去！」

克拉麗好像什麼也沒聽見一樣，只是平靜地走到老西梅隆的跟前，彎下身幫他鬆了綁。

艾薩雷握著電話，不耐煩地催促道：

「喂……小姐……妳接個電話難道要給我接到明天去？我現在就要接通……39－40……就現在！」

然後，他再次轉向克拉麗，蠻橫地重複著：

「滾！」

克拉麗做了個手勢表示她絕不會離開，相反的，她一定要聽到這通電話的內容不可，他的丈夫很是無奈，氣得揮起拳頭，然後繼續叫囂道：

「滾！從這裡滾出去！還有你，西梅隆，你也出去。」

老西梅隆從地上站起來，朝艾薩雷走去。他似乎想要開口說話，似乎想要表示抗議，可是，他猶豫了，愣在那兒想了半天，最後一句話也沒說出來，就默默地朝門走去，然後開門出去了。

「妳也滾！從這裡出去！」艾薩雷又是威脅又是恐嚇。

可是克拉麗非但沒被嚇倒，反倒更加堅定，她雙臂端在胸前，憤憤地走近他的丈夫。

這個時候，電話接通了，艾薩雷連忙追問道：

「是39－40號嗎？啊！好的……」

他有些猶豫，有克拉麗在，他感到左右爲難，很多話，他不想讓她聽見，可是現在時間緊迫，容不得他多想，於是對著聽筒用英語嘰裡呱啦嚷嚷道：

「喂？是你嗎？格利高里？……是我，艾薩雷……喂……，對，我現在在瑞諾瓦街……別囉嗦，我

們沒時間浪費……聽著……」

說著，艾薩雷拉了張椅子坐下，繼續道：

「聽著，穆斯塔法死了，上校也是……見鬼！別打岔！否則，我們也要完蛋了……

「對，是的，完蛋，你也一樣……聽著，他們都來了，上校，布林奈夫，還有其他所有人……他們對我用刑，還把我的全部家當都給搶了去……我把上校幹掉了，可是這傢伙臨死之前就準備了一封告發信，這封信說不準什麼時候就能送到警察局。所以，你明白嗎？布林奈夫和那三個傢伙搶了錢，等他們回家取完證件之後，肯定會找地方躲起來……據我估計，他們不出一小時，頂多兩小時，就會去找你避風頭，因為他們不知道你我的交情。所以，你那邊千萬不能有任何閃失，他們會去……」

艾薩雷停下來，想了一下，接著又說：

「你家所有的房間都有備份鑰匙，是不是？有？……很好。那房間裡的櫃子鑰匙，你那裡也有多的嗎？有？太好了。這樣，等到夜裡，確定他們睡熟之後，你就溜進這些傢伙的房間，打開櫃子，找到我的那四個錢袋，就是你之前見過的那些錢袋，拿出來，把它們裝到你的旅行包裡，然後趕快從那裡離開，過來找我。」

艾薩雷又停了下來，這回，他仔細地聽著電話那頭，沒過多長時間，他再次開口說：

「你說什麼？來瑞諾瓦街？你要來這裡找我？你沒瘋吧！你覺得上校把我告發之後，我還敢待在這裡嗎？到火車站旁邊的旅館和我會合。我中午，大概下午一點鐘吧，就會趕到那裡……呃，也許會更晚點……你中午先好好吃一頓，等我們見了面再商量對策，到時候見。」

艾薩雷掛了電話之後，不安之情一下子消失了。顯然，有了這通電話，那四百萬法郎就又能回到他的身邊。他走到剛才那把扶手椅前，轉過椅背，讓它背對著壁爐，然後坐了進去。只見他彎下腰，把捲起的褲腿重新放下，然後平靜地、慢悠悠地套上襪子，穿上拖鞋，雖然他疼得又是擠眉又是弄眼，很是吃力，但是現在他不用著急了。

克拉麗在遠處死死地盯著他。

「我該離開了。」派特里斯心裡自言自語道，他害怕聽到這對夫妻接下來的談話。可是，他還是沒有動，他怕克拉麗會有危險，因為，他聽到了艾薩雷接下來的反擊：

「怎麼，妳這麼盯著我看是什麼意思？」

她沒有回答，只是平靜地追問道：

「這麼說，剛才的話都是真的？」

艾薩雷用譏諷的語氣說：

「我為什麼要在妳面前撒謊呢？要是我不知道妳從一開始就一直在的話，我也不會當著妳的面打這通電話。」

「我剛才在上面。」

「這麼說，妳全都聽到了？」

「都聽到了。」

「也都看到了？」

「看到了。」

「妳看著我活活受罪，聽著我痛苦喊叫，居然一點都不想救我！」

「不想，因爲我今天終於弄清了事實眞相。」

「什麼事實眞相？」

「就是我一直不敢承認，但卻總是懷疑的那樣。」

「妳懷疑什麼？」艾薩雷追問道。

「你叛國了。」

「妳在說瘋話，我沒有叛國。」

「你沒必要跟我玩文字遊戲。有些事情，我可能還沒有弄清，還有那些傢伙說的話，以及他們跟你要求的東西，我也沒有完全聽懂，但是我知道你們說的祕密就是爲了叛國。」

艾薩雷聽完，聳了聳肩膀說：

「叛國是指背叛自己的國家，我又不是法國人。」

「你是法國人！」克拉麗憤怒地喊道：「你之前申請了法國國籍，和我結婚也是在法國，你一直住在法國，發跡也是在這裡。所以，你就是背叛你自己的國家。」

「就算妳說得對，我這麼做，又對誰有好處呢？」

「啊！我就是一直不明白這一點。這幾個月，也許已經有好幾年了，你和你的同夥，就是上校、布林奈夫他們一起密謀了一項大計畫，可是，現在你們卻鬧翻了，他們說你把好處獨吞了，而且還說你知道一個本來不屬於你的祕密。我想你們說的這個大計畫肯定比叛國還骯髒、還齷齪……眞不知道會是什麼強盜勾當。」

「夠了!」

艾薩雷氣得猛地捶打椅子扶手，克拉麗才不害怕，她繼續說道：

「是的，夠了。我們之間的話已經說夠了。因爲我知道，你馬上就要跑了。上校告發了你，你害怕警察會來抓你。」

艾薩雷一聽，故作不屑地聳了聳肩膀。

「我沒什麼好怕的。」

「好吧，可是你要走了。」

「是的。」

「所以，我們的話就說夠了，你什麼時候走?」

「明天中午的時候。」

「要是他們來抓你怎麼辦?」

「他們抓不到我。」

「但要是眞抓到了呢?」

「那我會讓他們放了我。」

「他們會立案調查，然後起訴你。」

「不，不會立案的。」

「你以爲不會……」

「我確定不會立案的，然後事情就此平息。」

「希望如此吧！那你肯定是要離開法國的了？」

「對，一處理完這邊的事情，我就走。」

「那是什麼時候？」

「兩三週後吧……」

「等你確定了，務必告訴我。到時候，我就能眞正鬆一口氣了。」

「我會告訴妳的，克拉麗，不過不是爲了妳說的這個原因。」

「什麼？」

「因爲得告訴妳地址，好讓妳過去和我會合啊。」

「和你會合！」

艾薩雷狡黠地笑了笑。

「妳是我的妻子，理應和丈夫一起共患難的。妳知道，在我們回教裡，妻子是完全屬於丈夫的，丈夫要她死都是合法的。妳是我的妻子，所以……」

克拉麗拼命地搖頭，鄙視地說道：

「我不是你的妻子，我對你只有仇恨和恐懼。我不想再見到你，無論發生什麼，無論你怎樣威脅我，我都不會再見你了。」

艾薩雷一聽，猛地站起身來走到克拉麗的身旁，雙腿顫抖著，只見他彎下腰，拳頭攥得緊緊地，質問道：

「妳說什麼？妳竟敢這麼說？妳屬於我，我要妳和我會合，妳就得和我會合。」

「我不會和你會合的。我發誓，你就算殺了我，我也不去。」

艾薩雷氣得近乎發瘋，扭曲著面孔，吼叫道：

「妳是說，妳想留下，嗯？對，妳這麼做肯定有原因，不說我都猜得出來……妳有其他的心事……妳的生活裡還有其他什麼吧，是不是？……住嘴！住嘴！……妳不是一直都討厭我嗎？……妳對我的仇恨可不是今天才有的，甚至也不是結婚之後才有的，從一開始，妳就恨我……我們生活在一起，卻像不共戴天的死對頭。我以前愛妳，那麼愛妳……只要妳一個字，我就會對妳俯首貼耳，就連聽到妳的腳步聲，我的心都會怦怦直跳……可是妳呢？妳對我只有厭惡。現在好了，我一走，妳就能重新開始新生活？休想！我寧願看妳死……」

艾薩雷簡直是氣急敗壞，他手指緊緊併攏，顫動的雙手舉到克拉麗頭部的兩側，就像要將他的獵物狠狠地捏碎一般。由於極度激動，他的牙齒咬得咯吱作響，光光的圓腦袋上沾滿了汗珠。

但是，身材嬌小的克拉麗站在那裡冷靜極了，你從她的臉上只能看到輕蔑和厭惡。一直提心吊膽的派特里斯本打算隨時出擊保護克拉麗。然而，艾薩雷慢慢讓自己冷靜了下來，然後接著說：

「妳會去和我會合的，克拉麗，無論妳願意還是不願意，我都是妳的丈夫。就像剛才，妳那麼堅定地想殺我，可是到最後還是軟弱了下來。妳就是這樣，到頭來，妳還是會放棄反抗，然後去找妳的主人會合。」

「我會一直待在這幢房子裡和你抗爭到底。我要挫敗你的叛國計畫。我不會帶著怨恨來做這件事情，因爲我對你沒有愛，所以現在也就沒有了恨，但是你記住，我絕對不會軟弱的。」

艾薩雷聽了，只是低聲說：

「可是我……我還在恨。妳一定要時時小心，克拉麗。也許當妳以爲再沒有什麼能讓妳害怕了的時候，我又會跳出來找妳算帳，妳要時刻提防。」

說完，他按了一下電鈴，老西梅隆馬上走了進來，他對他說：

「兩個男僕都跑了？」

還沒等西梅隆回答，他繼續說道：

「祝他們好運，有貼身女僕和廚娘兩個人就夠了。而且，她們肯定什麼也沒聽見，是不是？因爲她們的臥室離這裡太遠了。不管了，西梅隆，我一走，你就把這兩個下人監視起來。」

說完，他又看了看自己的妻子，訝異她爲什麼還沒有離開。接著，他轉身繼續對自己的祕書說：

「我明天早上六點得起來準備，我快累死了，送我回房間，然後你再回來關燈。」

然後，他就在西梅隆的幫助下離開房間。

派特里斯一下就明白克拉麗是不想在她的丈夫面前服軟示弱，但她實際上已經筋疲力盡了。艾薩雷剛一走，她一下子就沒了力氣，跪倒在地上，然後在胸前畫十字祈禱上天保佑。

就這樣過了幾分鐘，她剛要起來，卻發現前面的地板上扔著一張信紙，信紙上寫著她的名字，她將紙撿起來，上面寫著：

克拉麗小姐，單憑妳一個人的力量沒辦法和他對抗，爲什麼不向妳的朋友我求助呢？只要妳示意一下，我就會出來幫妳。

克拉麗一個踉蹌，她驚訝極了，派特里斯竟然如此大膽，可是他又是怎樣把這封莫名的信塞到這裡的呢？克拉麗使盡全身最後一點力量站起身來，然後從房間裡走了出去，並沒有示意派特里斯讓他現身。

譯註：

①可蘭經（Coran）：回教的聖經。

chapter 6 七點十九分

派特里斯凌晨時分回到康復中心，但輾轉反側，怎麼也睡不著。晚上的事情就像噩夢一樣糾纏著他。在這一系列的瘋狂之中，無論他是一個困惑的見證者也好，還是無能爲力的參與者也好，事情還沒有結束，在他試圖休息的同時，說不定會有更加瘋狂的事件正在醞釀展開。夫妻間暫時的永別並不能讓克拉麗遠離危險。相反的，此時危機四伏，而派特里斯既無力預見，更無力阻止。

兩小時過後，他依然醒著。於是索性打開燈，取來自己的日記本，快速的在上面寫了起來，他要將剛才的歷險通通記述一遍以試圖幫助自己理清眼下這一團亂麻。

早上六點鐘，整夜沒睡的派特里斯跑去叫醒了啞巴。他站在睡眼惺忪的啞巴面前，雙手交叉在胸前，抱怨道：

「瞧瞧！你的任務完成了，是不是？瞌睡蟲先生，你還眞是輕鬆自如，心大想得開，我還可憐的輾轉反側了一整夜。」

塞內加爾人被他主人的調侃話逗樂了，嘴咧得更大，高興的哼著。

「好了，我們說正經的。」上尉命令道：「剛才盡聽你鬧，現在找把椅子坐下，看看這些文字，然後說說你的看法。什麼？你不識字？啊，當然，在塞內加爾，根本沒必要坐在學校裡磨屁股混日子！多麼明智的教育啊！」

派特里斯說完，歎了一口氣，把紙從他的手中奪過來。

「聽著，我反覆思考、揣測了一番，最後得到幾個結論。現在，我們的處境是這樣的，我簡單地說吧：第一，這位富翁銀行家艾薩雷先生實際上是世界上最壞的無賴，他既背叛了法國，又背叛了埃及、英格蘭、土耳其、保加利亞和希臘，所以招致他的同夥們的烤腳虐待。他殺死了一個，用四百萬法郎打發了另外四個，現在又找來一個傢伙，五分鐘之內就能把他的巨款偷回來。而到了明天十一點，全部歹徒都將躲藏起來，因爲中午時，警察就會準時介入。」

派特里斯喘口氣接著說：

「第二，我在想克拉麗小姐爲什麼會嫁給這個無賴。她厭惡他，想殺了他；而對方愛她，卻也想置她於死地。還有那個已死的上校也愛著她，還有，一個什麼穆斯塔法爲了上校的事情被一個塞內加爾人給勒死了。最後，還有一個法國殘廢上尉也愛她，卻把她嚇跑了，因爲她有一個讓她厭惡的丈夫。她和這個上尉兩個人各自擁有同一顆水晶珠子的一半，另外還有其他一些奇怪的小玩意兒：一枚老鑰匙，一條紅絲線，一隻被勒死的惡狗，還有一爐燒紅的木炭。要是你明白我說的任何一個字，我就甘願聽你差遣，因爲我是一點也弄不明白，雖然，現在我是你的上尉。」

啞巴咧著半張嘴臉簡直笑開了花，依照他的上尉的吩咐，他確實對他的話一無所知，但這不重要，因爲每當看到派特里斯對自己暴跳如雷地大吼大叫，他都會高興得直跺腳。

「夠了，」上尉命令道：「現在該我分析推斷了。」

貝爾瓦爾手肘靠在壁爐的大理石臺面上，雙手抱頭。他那平日裡由於無憂無慮的天性而表現出的輕鬆樣子這回只剩下表面，心裡一直在爲克拉麗擔心，要怎樣做才能保護她免遭傷害呢？

好幾個計畫同時在他腦子裡出現，到底該怎麼做？是透過電話號碼找到叫做格利高里那個傢伙的老巢，然後揪出布林奈夫和他的同夥？還是趕緊報警？或者自己再走一趟瑞諾瓦街公館？他不知道該怎麼辦。行動，是的，他可以轟轟烈烈、不顧一切的行動。但爲什麼要行動？行動的目的是什麼？要怎麼突破眼前的困境？一系列的神祕事件要怎麼解釋？就像他自己說的，憑他要如何破解這些難解的謎團？

突然，他轉向啞巴，氣他一言不發。

「你哭喪著臉看著我是什麼意思！就是你在給我搗亂，讓我想不明白。有了你這個黑鬼在身邊，事情總是變得黑暗不可預料……快滾開。」

啞巴沮喪著臉，剛打算離開，這時忽然有人敲門，這人還一邊在外面大喊：

「上尉先生，您的電話。」

派特里斯連忙跑了出去，一大清早，誰會給他打電話？

「誰打來的？」派特里斯問走在前面的女舍監說。

「天哪，我不知道，上尉先生……反正是一個男人……這人聽起來很著急的樣子，電話響了好長一會，我一直在樓下廚房裡，所以一開始沒聽見……」

派特里斯不由自主地想到了瑞諾瓦街艾薩雷公館大廳裡的那通電話，這兩件事會不會有什麼關係？他連忙下了樓梯，穿過走廊，來到建築偏廳盡頭的洗衣間，電話就裝在這裡，派特里斯走進去，關好門，然後拿起電話聽筒。

「喂！……是我，貝爾瓦爾上尉，什麼事？」

電話那頭傳來的是一個男人的聲音，這個聲音很陌生，一直喘個不停，像是很著急的樣子！

「貝爾瓦爾上尉！……啊！很好……終於聯繫上你了……我擔心是不是已經太晚了……是否還有時間……你收到鑰匙和信了嗎？」

「請問您是？」

「你收到鑰匙和信了嗎？」那男人堅持問。

「鑰匙收到了，但是沒有收到什麼信。」派特里斯回答說。

「信沒收到！眞糟糕！這麼說你還不知道？……」

突然，電話那頭傳來一聲刺耳的尖叫，緊接著，派特里斯聽到好像有人在電話裡爭論，而且雜音很大，然後，派特里斯清晰地聽到那男人就像貼到電話聽筒上一樣，清晰卻斷斷續續地說：

「太晚了……派特里斯……是你嗎？……聽著，那個水晶吊墜，在我這……是的，吊墜在我這……啊！太晚了……我本該早些告訴你！派特里斯……克拉麗……克拉麗……派特里斯……」

緊接著又是一聲撕心裂肺的慘叫，派特里斯隱約聽見有人在喊：「救命……救命……哦！殺人兇手，壞蛋……」之後，這聲音變得越來越弱，直到最後聽不見爲止。又過了一會，突然，「喀擦」一聲，電話掛斷了。

整個過程最多只持續二十秒鐘的時間。派特里斯氣得死死握緊電話聽筒。他呆站在那，透過玻璃窗，院子對面建築的大鐘顯示七點十九分，他機械地重複著這個時刻，好讓自己記下事件發生的時間並存檔於腦中。然後，他開始問自己，這一幕到底是不是眞的？還是剛才的謀殺是他腦海中的想像？或者是他還沒睡醒，現在正在做夢？

但呼救的聲音此刻仍在他的腦子裡迴響，他猛地抓起聽筒，就像不願放棄希望一般對著它大喊：

「喂？小姐……是您給我轉接的電話？您聽到有人呼救了嗎？喂！喂！……」

電話那頭沒人回答，他氣急了，大罵接線員小姐，然後掛上電話，氣沖沖地走出洗衣間，卻一下子和啞巴撞了個滿懷。

「滾開！都是你的錯……是的！你本來應該一直待在那裡看著克拉麗。瞧，你現在就去瑞諾瓦街幫她，我去通知警察……要是你之前沒攔著我，恐怕我們早就這麼做了，事情也不會鬧到現在這一步，趕快走，快跑。」

啞巴剛要走卻又被他拉住。

「不，你別動，你這個計畫太蠢了，留在這裡。啊！不，不要留在這裡，還是跟著我！見鬼，你怎麼這麼不冷靜！」

派特里斯說完一把把啞巴推到門外，自己走回洗衣間。他在裡面像沒頭蒼蠅地來回亂竄，胡亂揮舞著拳頭，嘴裡還不停地詛咒。不過很快，他便從驚慌中冷靜了下來，心裡也有了主意。總之現在，還沒有證據證明事情就是發生在瑞諾瓦街。昨晚發生的一系列意外也並不能說明事情就會像他想像的那樣繼續。是的，預感告訴他，悲劇肯定發生了，但是也許是別人，也許並不是克拉麗。

派特里斯想通之後立刻又冒出了另外一個想法：爲什麼不親自去問問呢？

「是呀，爲什麼不呢？」他自言自語道：「與其採用這些慣常的做法，驚動警方也好，費勁找到給我打電話的那個傢伙也好，或是追本溯源也好，不如我直接打電話到瑞諾瓦街去，這樣只需要找個藉口、編個假名就能將事情搞清楚……」

雖然，派特里斯知道這麼做沒什麼太大意義。如果電話那頭沒人接，那麼這是說明悲劇已經發生了？還是說明其實大家都還沒有起床呢？

但不管怎樣，他總得做點什麼。於是，他拿起電話簿，從上面找到了艾薩雷家的電話，然後斷然地撥了號碼。電話裡無人接聽的聲音讓他很是不安。突然，他完全被驚呆了，電話居然通了，那頭有人來接。

「喂？」他說。

「喂，請問哪位？」一個男人的聲音傳了過來，接電話的正是艾薩雷。

雖然艾薩雷來接電話再合理不過，因爲他今天早早起床正是在爲自己的出逃做準備，可是派特里斯還是驚得發窘，只能腦子裡想到什麼就說什麼。

「是艾薩雷先生嗎？」他問。

「是的，請問您是……」

「我是野戰醫院的一名軍官，現在正在康復中心養病……」

「您是貝爾瓦爾上尉？」

派特里斯一聽，大感驚惶失措，克拉麗的丈夫居然知道他，他結結巴巴地回答：

「是的……是貝爾瓦爾上尉。」

「啊！眞巧，上尉先生！」艾薩雷高興地提著嗓門叫道：「您瞧，我剛才還給康復中心打過電話說要見您……」

「啊！原來剛才是您……」派特里斯打斷艾薩雷的話，顯然，他已經被搞糊塗了。

「是我，我想知道什麼時候能見貝爾瓦爾上尉您一面，好當面向您表示我的感謝。」

「剛才是您……是您……」派特里斯重複著，越來越感到莫名其妙……

艾薩雷有些訝異地回答：

「是啊，是我，您說巧不巧？可是又很不巧，我的電話被切斷了，好像有別的電話打到您那邊，占了我的線。」

「這麼說，您都聽見了？」

「聽見什麼？上尉先生？」

「呼救聲……」

「什麼呼救聲？」

「我猜應該是的，因爲電話裡聽不太清楚……」

「我這邊只聽見好像有人要和您通話，而且這人似乎很著急的樣子。我這邊電話斷了之後，就把電話掛上了，打算過一會再打給您好向您道謝。」

「謝我？」

「對呀。我的妻子昨天晚上遭遇不測，是您救了她。這些事情，我都知道了，所以很想親自與您見面表達我的感謝。我們今天下午三點鐘在康復中心見，您看如何？」

派特里斯沒有拒絕。這傢伙居然如此大膽，他就不怕被警察抓到，這讓派特里斯感到大爲驚訝。同時艾薩雷自己主動屈尊打來電話究竟是爲了什麼？而銀行家並沒有因爲派特里斯的沉默而感到不安，他依舊畢恭畢敬，滔滔不絕地進行著這場只有一個人獨白的對話，他甚至自在極了，自己回答自己的問話。

然後，兩人道了別，通話結束了。

不過這通電話總算讓派特里斯放下懸著的心，他感到心情好多了，回到自己的房間睡了兩個小時。等醒來後，他叫來了啞巴。

「再說一遍，」派特里斯對啞巴說：「一定要冷靜，不要像剛才那樣冒冒失失，你剛才眞是太好笑了。算了，我們還是別談這個了。你吃過午飯了嗎？沒有？我也沒有。醫生給你檢查過了嗎？沒有？我也沒有。不過，軍醫向我保證說要幫我拆掉頭上的繃帶的。你知道，這讓我有多麼高興嗎？有一隻木頭腿，還可以忍受，但我這個戀愛中的人，頭上卻纏著厚厚的繃帶，簡直成何體統。走，趕快！準備好了，我們就動身去野戰醫院，克拉麗小姐不能再阻止我見她了。」

當時的派特里斯感到幸福極了，一小時之後，他和啞巴動身朝麥佑門走去。就像他和啞巴說的那樣，整樁事情已經漸漸顯露出了眉目。

「是的，當然，啞巴，開始有眉目了，我想現在是這樣的。首先，克拉麗沒有危險。就像我猜測的那樣，危險離她遠著呢，是那些同夥之間起了內訌，應該是那幾百萬法郎鬧的吧。至於那個給我打電話的可憐傢伙，他肯定是一個冒失的、跟我不太熟的朋友，因爲他直呼我派特里斯，還用『你』來稱呼我。花園鑰匙就是他寄來的。不幸的是，本該一起寄來的一封信卻不見了蹤影。最後，他實在是等不及了，就決定親自打電話給我並且打算把事情的原委一五一十地告訴我。但不巧，正在這時，他遭人偷襲了。是誰偷襲了他？我想應該是哪個也捲進來害怕事情敗露的傢伙吧。你瞧，啞巴，事情再清楚不過了。當然，也有可能事實和我推斷的恰恰相反。但這不重要，重要的是做出判斷，不管對與錯。反正，如果我的推斷是錯的，我就把責任全都推到你身上，誰讓你覺得我說的有理呢！」

兩人走了沒多久就來到麥佑門，然後在那裡攔了輛計程車坐進去，告訴司機到瑞諾瓦街。然而當汽車開到帕西街口的時候，派特里斯看到克拉麗剛好從瑞諾瓦公館裡出來，身邊還跟著老西梅隆。

她攔了一輛計程車，西梅隆也跟上去，坐在副駕駛的位置。

於是，派特里斯吩咐司機跟著克拉麗的汽車，他們一直開到香榭麗舍大街的野戰醫院。

當時是上午十點鐘。

「看來一切都好，」派特里斯鬆了口氣：「她丈夫正在準備逃跑，而她決定繼續自己往常的生活。」

派特里斯和啞巴在附近用了午餐，然後在大街上閒逛，監視著野戰醫院的一舉一動，直到下午一點半的時候，他們走進醫院。派特里斯一進院子，一眼就看到坐在閒聊士兵中間的西梅隆。西梅隆頭上仍然包著那條羊毛長圍巾，帶著他的黃色眼鏡，叼著菸斗，坐在他常坐的那張長凳上。

克拉麗護士當時正待在三樓的一間病房裡，她坐在一張病床前，握著病人的手，得到安慰的病人正安靜地睡著。克拉麗護士雙眼深陷，面色比平時更加蒼白，看上去非常疲憊。

「可憐的克拉麗，再這麼下去，她遲早有一天是會被這些無賴給折磨死的。」派特里斯心裡暗自替克拉麗哀傷。

上尉想到昨晚發生的事情，一下子才明白了克拉麗為什麼避而不談她的私人生活，至少在這間不大的野戰醫院裡，她拼命也要隱姓埋名，讓大家只叫她的名字，只把她看成是仁慈的護士。她因為懷疑他的丈夫瞞著她做見不得人的勾當，所以才要刻意掩飾自己的夫家姓氏以及她的住處。她為自己感到羞恥，才刻意與別人保持距離，使得派特里斯不敢輕易接近她。

「不過！我不會讓她得逞的。」派特里斯倚在門口，從遠處悄悄地看著克拉麗。

他剛打算進去，一個女人卻急匆匆地從他身邊跑過，然後蹬蹬蹬跑上了樓梯：

「夫人在哪？她得趕緊回去，西梅隆……」

跟在後面的西梅隆示意克拉麗在病房最裡面，那女人連忙跑了進去。

女人沒說幾句，克拉麗立刻露出慌張的神情，匆匆跑出了病房，後面跟著那個女人和老西梅隆。

「我出來的時候剛好有輛計程車，我就攔下來了，現在就在外面等著呢。我們得趕快，夫人……警察先生說……」那女人氣喘吁吁，邊跑邊說。

派特里斯雖然只聽到這些，但是他已經明白了，所以也連忙跑下了樓梯，在走廊裡叫上啞巴，兩個人出門叫了一輛計程車，讓司機跟著克拉麗的車子。

「新情況，又有新情況了，啞巴。怎麼這麼快。那個女人肯定是艾薩雷家的僕人，是警察局的人讓她來這裡找她們家夫人回去的。看來上校的檢舉信已經起作用了。警察已經到了艾薩雷的家，現在正在那裡調查情況呢，克拉麗小姐不希望的事情都發生了。你竟然還讓我謹慎行事？我怎麼可能會讓克拉麗小姐捲進這場風波中呢？你的心眼可眞壞，見鬼，啞巴！」

忽然派特里斯的腦海裡閃過一個念頭，於是，他大叫道：

「見鬼！艾薩雷這個無賴不會是已經讓警察給抓起來了吧！那就太糟了！他眞是太有自信了，肯定拖拖拉拉，才把時間給耽擱了……」

貝爾瓦爾上尉這一路上簡直快要擔心死了，到最後，他甚至已經確信不已，因爲只有艾薩雷被捕了，他家的僕人才會方寸大亂，慌慌張張地來找克拉麗。所以，克拉麗一聽就匆匆地離開了醫院。既然如此，他還有必要繼續猶豫自己是否要介入其中嗎？他知道的情況可是能夠幫助警方調查，至於要透露多少訊息，全看要怎樣做才能對克拉麗有利……

兩輛計程車幾乎是同時停在艾薩雷公館的門外。當他們趕到時，街上還停著另外一輛汽車。克拉麗匆匆穿過大門，消失在裡面，西梅隆和女僕緊接著也進了門。

「快來！」派特里斯對塞內加爾人說。

大門半掩著，派特里斯趕緊跟進去，可是前廊的兩側站著兩名警衛。

派特里斯匆匆做了個手勢，向二人表示致意，裝出一副家裡人的樣子，硬生生地闖了進去。

上尉走在石板上，一聽到自己的腳步聲就想起昨晚布林奈夫那幫傢伙逃走的情景，他們走的肯定就是這條路。前面左側有一間會客室，沒錯，就是昨晚那間會客室，上面就是藏書樓，布林奈夫他們就是從這裡把上校的屍體抬出去的。派特里斯一邊走一邊回憶，最後聽到會客室裡面好像有人說話，連忙走了過去。

他聽到克拉麗喊著，像是很害怕的樣子。

「啊！上帝呀！上帝呀！怎麼可能？」

這時，他被把守在會客室的大門處的兩名警員給攔下。於是，派特里斯對他們說：

「我是艾薩雷夫人的親人……她唯一的親人……」

「可是我們有命令，上尉先生……」

「是，我知道，不要讓任何人進來！啞巴，你待在這裡。」

說完，派特里斯便闖了進去。

大廳裡有六七個人擋住了他的視線，這些人看樣子應該是警察局探員或是法院的人，他們正盯著什麼東西看得出神。派特里斯剛要湊過去，克拉麗忽然從裡面搖搖晃晃地走了出來。女僕人緊緊地扶著她，把她攙到扶手椅旁讓她坐下。

「出什麼事了？」派特里斯連忙問。

「夫人不舒服，我不知道該怎麼辦。」女僕還是慌慌張張地說。

「到底怎麼了？爲什麼夫人會不舒服？」

「因爲先生！……啊！這場景……我也一樣不舒服，眞夠嚇人的。」

「什麼場景？」

這時，一位先生走了過來問道：

「艾薩雷夫人很難受，是嗎？」

「倒是沒有大礙，」女僕回答說：「只是昏過去了，夫人向來身體很虛弱。」

「等她能走了，就帶她離開吧，她在這裡也幫不上什麼忙。」

接著，這位先生對派特里斯說：

「您是？」

派特里斯假裝不明白：

「好的，先生，我們待會就帶艾薩雷夫人出去，她在這裡確實幫不上什麼忙，只是在走之前，我必須得……」

說著，派特里斯繞開和他對話的那位先生，看到前面的人群稍微散開來，便立刻擠了上去。

這下，他徹底明白了克拉麗爲什麼昏了過去，而她家的女僕又爲什麼驚惶不知所措。現在，就連他自己也感到汗毛直豎，頭皮發麻，眼前的這一幕簡直比昨晚還要恐怖。

壁爐旁邊的地板上，差不多就是昨晚艾薩雷慘遭燒烤的地方，現在橫躺著他的屍體。他的身上還穿著昨晚的衣服，上身天鵝絨飾帶睡袍，下身栗色法蘭絨褲子。從肩膀到頭部的地方已經用一塊餐巾蓋了起來。不過這時剛好一名法醫掀起餐巾，指著死者的面部，向調查人員低聲地講解著。

這張面孔已經面目全非了，一部分被燒成了焦炭，另一部分血肉模糊，一些地方燒得只剩下骨頭，皮膚組織、頭髮、鬍鬚黏在了一起，眼睛只剩下一隻，而且也已經燒得變了形。

「哦！太殘忍了！」派特里斯感慨道：「他們把他給殺了，頭直接倒入了火堆上，你們是從壁爐裡把人弄出來的，是不是？」

剛才和他對話的那個人看來應該是負責這裡的人，他走到派特里斯的跟前問道：

「請問您是？」

「我是貝爾瓦爾上尉，先生，是艾薩雷夫人的朋友，她曾經救過我的命……」

「好吧，先生。」負責的這位先生說道：「可是您不能待在這裡，任何人都不能。警探先生，請您讓不相干的人都從這裡出去，除了醫生之外，任何人都不得留下。另外看好大門，沒有我的命令，不要讓任何人進來，有任何理由都不行……」

「但是，先生，我有重要的消息要對您說。」派特里斯堅持道。

「我很願意聽，上尉先生，不過要等一會兒，好嗎？對不起。」

chapter 7 正午十二點二十三分

艾薩雷家有一道從瑞諾瓦街一直通向花園平臺的石階走廊，走廊順著地勢往上延伸，將整棟房子一分兩半。

左側依次是會客室和藏書室，後面地勢較高，連接一幢獨立建築，得走專門樓梯才能到達。右側有一間桌球室，然後是餐廳，上面一層是臥室，艾薩雷的臥室靠近瑞諾瓦街一側，克拉麗的靠近花園一側。外側則是僕人住的樓層，老西梅隆也住在這邊。

他們讓派特里斯和啞巴在桌球室裡等著，過了大概一刻鐘的光景，老西梅隆和貼身女僕走了進來。老祕書似乎因爲主人的死受到了刺激，變得有些瘋瘋癲癲的，他一個勁地低聲嘟囔。派特里斯問他，他就湊到他的耳朵旁：

「還沒結束……還會有事情發生……是的！今天就會有……很快就有……」

「很快？」派特里斯問。

「是的……是的……」老傢伙哆哆嗦嗦地回答道。

派特里斯什麼也沒說，就又轉向女僕問了問情況，女僕回答道：

「今天早上我就發現了一件奇怪的事情：總管以及先生的貼身男僕和看門人都不見了。然後，早上六點半左右，西梅隆過來通知說，先生吩咐說他會一直待在藏書室裡，誰也不能去打攪他，就連中午用餐的時間也不准過去。夫人不太舒服，我們早上九點給她沖了熱巧克力送去了。十點鐘的時候，她和西梅隆一起離開了家。我收拾完臥室之後就一直待在廚房裡……直到下午一點鐘，外面忽然有人敲門，我透過玻璃窗看了看，有四位先生開著車過來。我趕緊出去開了門。他們說是警察局的，說要見先生，我就帶他們過去了。可是，他們敲了半天的門卻沒人應。藏書室的大門被反鎖了，警察先生後來等了半天，最後實在沒轍了，一位先生掏出他的一堆工具，撬開了門鎖……後來……後來的情景，您應該已經都看到了……哦……當時的情況甚至還更糟，因爲那個時候，先生的頭……啊，眞可憐……他的頭就在壁爐呢！啊！怎麼可能有這麼殘忍的傢伙！先生是被人謀殺的，是不是？雖然其中一位警察先生說先生是死於中風，身子向後一倒，一頭栽到了壁爐裡，不過依我看……」

老西梅隆剛才一直在聽，一言不發，他全身仍在顫抖，花白的鬍子亂蓬蓬的，眼睛藏在那副黃色眼鏡後面，不動聲色。可是聽到這裡，他忽然冷笑了一聲，然後走近派特里斯，湊在他的耳朵旁悄悄對他說道：

「恐怕還會出事！……會出事！克拉麗夫人……她得離開這裡……要快……否則，她也會有危

險……」

上尉聽了這話，不禁一驚，剛想要追問下去，但不巧，這時一個警員進來請老傢伙到藏書室去問話。西梅隆進去很久才出來，接著，廚娘和女僕也接受了問話。最後，他們又找克拉麗瞭解情況。四點鐘的時候，外面又來了一輛汽車，有兩個人從上面下來。這二人穿過前廊的時候，所有的人都向他們敬禮。派特里斯認出他們正是司法部長和內政部長。兩人一進門就直接去了藏書室，在裡面待了大約半個小時，然後又匆匆地離開了。

大約五點鐘的時候，終於有警員來叫派特里斯，將他帶到二樓去，這人敲了門後就退下了。派特里斯被請進一間不大的小會客室，裡面只有爐火照亮著，有兩個人坐在裡面。派特里斯先是彎腰向克拉麗行了禮，她的對面坐著的是一開始找派特里斯問話的那位先生，他應該是本案的負責人。

這男人五十歲上下，長得肥頭大耳，舉止笨拙，但一雙眼睛卻機敏有神。

「先生，您一定是偵辦此案的檢察官囉？」派特里斯問道。

「不是，我叫戴斯馬尼翁，以前是個法官，現在則專門負責此案……但是，不是爲了您說的偵辦，因爲我不認爲有偵辦的必要。」

「什麼？」派特里斯一聽，忍不住喊了出來：「沒有偵辦的必要？」

說罷，他望望克拉麗，克拉麗正專注地盯著他，然後又轉向戴斯馬尼翁先生，這人繼續說道：

「當您弄清楚情況以後，上尉先生，我敢肯定，我們在所有方面都會達成共識的……就像夫人與我之間的意見一致一樣。」

「這一點，我不懷疑。」派特里斯說：「但恐怕有許多事情還不清楚。」

「當然，不過我們會把它搞清楚，我們一起來搞清楚，您願意跟我說說您知道的事情嗎？」

派特里斯想了想，然後說：

「坦白講，我確實感到很吃驚，先生。我要向您反映的是很重要的事情，可是這裡卻沒人幫您記錄。不是得按照規矩詢問，讓我先發個誓，然後還得在筆錄上簽字之類的嗎？」

「上尉先生，我看，還是由您自己來決定，如何向我說明的這價值十分重大的情報，或是您想要據此做出何種推論吧。我們現在就是先事先談一談，交換一下意見……另外，我想您要告訴我的事情，艾薩雷夫人恐怕也已經都對我講過了。」

派特里斯沒有馬上回答，字裡行間，他好像聽出克拉麗和前法官之間似乎已經達成了某種共識，而他的出現與熱忱似乎有不受歡迎之嫌，人家想要打發他走呢。於是，他決定先持保留態度，等前法官亮了底牌再說。所以，他說：

「是呀，夫人肯定已經和您說過了。這麼說，我昨天在餐廳裡聽到的事情，您已經都知道了？」

「是的。」

「他們想要綁架艾薩雷夫人的企圖，您也知道了？」

「是的。」

「那麼暗殺呢？」

「我知道。」

「艾薩雷夫人跟您說過昨天晚上有人綁架了艾薩雷先生，對他用刑，後來上校死了，艾薩雷給了剩下的綁匪四百萬法郎把人打發走後，又給一個名叫格利高里的傢伙打電話，最後他還朝自己的夫人威脅恫嚇？這些事情，夫人都跟您說了？」

「是的，上尉先生，這些，我都知道了。也就是說，您知道的我都知道。另外，我還知道一些其他的事情。」

「是啊……是啊……」派特里斯回答說：「看來我不必多費口舌，您已經有證據可以做結論了。」

上尉一邊繼續提問，一邊回避回答，派特里斯追問道：

「我想問您，您是在某個問題上已經有結論了嗎？」

「天啊！我的上尉，我的結論還沒有最後確定。但是我將依據艾薩雷先生今天中午寫給他妻子的信件來做個論斷，除非有能反駁它的證據。那封信只寫了一半，是在他的書桌上發現的。艾薩雷夫人請我讀了這封信，必要的話，您也可以看看。信的內容如下：

今天，四月四日，中午，

克拉麗：

昨天，妳把我的出走歸咎於不可告人的祕密，妳錯了。而我沒有替我自己做足夠的辯護，可能也是我的不對吧。我離開的目的只有一個，那就是我的周圍充滿了仇恨。妳已經看到了，這些恨我的傢伙是多麼的殘忍無情。他們千方百計，恨不得剝我的皮，扒我的肉，我只有一走了之。所以我走了，但要記住我的話，克拉麗。我一發出信號，妳就得來和我會合。如果妳不離開巴黎，那麼我就有權利憤怒，到時候，就算我死了，妳也……我已經做好一切安排，萬一妳不來……

「信就寫到這。」戴斯馬尼翁把信還給克拉麗，「有證據表明這封信是艾薩雷先生在死前不久寫的，因爲他倒下的時候，書桌上的一個座鐘也被打翻了，鐘停在十二點二十三分的位置。我猜想，他一定是感到很不舒服，想站起來，可是頭一暈就栽倒在地。不幸，壁爐離得很近，爐火正旺，他的腦袋撞到鐵欄杆上，因爲他傷勢很重——這法醫已經檢查過——接著就暈了過去。他人離火太近，所以才被燒成了這副模樣……這些，您都已經都看到了……」

派特里斯對這種出人意外的解釋大吃一驚，他說：

「這麼說，先生，您認爲艾薩雷先生是死於意外？不是謀殺？」

「謀殺！沒有任何謀殺的跡象啊。」

「可是……」

「上尉，您被聯想給誤導了，這也是正常的。這幾天，您接連看到了一系列悲劇事件，您的想像自然導致您作出謀殺之類的悲劇性結論。不過請您好好想想……爲什麼是謀殺，是誰殺的？布林奈夫還有他的同夥？他們至於如此嗎？他們得了大把的鈔票，就算那個叫格利高里的男人從他們手中又把錢奪走，可是殺了艾薩雷先生也不能再把錢奪回去了啊。再說，他們是從哪進來的？又是從哪出去的呢？不，上尉，艾薩雷先生死於意外，這不容質疑，這是法醫的意見，他也會依此寫一份報告。」

派特里斯對克拉麗說：

「夫人的意見也是如此嗎？」

克拉麗有點不好意思地回答：

「是的。」

「老西梅隆也這樣認爲？」

「哦！西梅隆，」前法官又說：「他那是瞎說，按他的說法，還會有事情發生，而且危險還會波及艾薩雷夫人，她必須得馬上走。這就是我從他所說的話裡得出的印象。他還把我領到花園裡頭，給我看花園朝向巷子的舊門，給我看一隻看門犬的屍體，後來又帶我進藏書樓，指著留在陽臺門與臺階之間的腳印給我看。這些物證，您應該也都知道吧？是您和您的隨從經過時留下的吧。那隻被掐死的狗，我想一定是塞內加爾人幹的，是不是？」

派特里斯明白了，前法官的保留態度和解釋，以及他和克拉麗達成的默契，所有這些的眞正意圖，現在已逐漸地不言自明。

派特里斯想到，艾薩雷果然有見識，法律眞的保持了沉默。可是，爲什麼克拉麗也就此妥協，打算保持沉默呢？他直截了當地問：

「那麼不是謀殺囉？」

「不是。」

「那麼也不需要調查了？」

「不需要了。」

「那就這麼結案，不了了之？」

「是的。」

貝爾瓦爾上尉開始習慣性地踱起步子，他想起了艾薩雷的預言：「他們抓不住我……要是抓住我，我也會讓他們把我放了……也不會立案，事情就此平息……」

現在的這個情形讓上尉感到非常憤怒，很明顯，克拉麗與戴斯馬尼翁之間有著什麼協議。所以，他懷疑這傢伙肯定是騙了克拉麗，讓她犧牲自己的利益，去成全他的謊話。所以，現在他們首先要避開他派特里斯。

「哦！哦！」派特里斯心裡想：「這傢伙的冷淡和譏諷眞讓人討厭，他在竭力地蔑視我。」

他克制住自己的怒火，裝著願意和解的樣子，又坐到了前法官的身邊，然後說：

「請原諒，先生，我的固執一定冒犯了您。不過我這樣表現不僅僅是由於對艾薩雷夫人的同情或者感情——這種同情和感情，被夫人拒絕了。我這麼做，是因爲我們之間有一種神祕的連繫，這連繫源於我們的過去年代。不知道艾薩雷夫人有沒有跟您提過這些細節？我認爲這非常重要，不能不把它和我們擔心的事情連繫起來。」

戴斯馬尼翁看著克拉麗，待她點頭後回答說：

「是的，艾薩雷夫人告訴過我，她還……」

前法官有點猶豫，再次徵求克拉麗的意見，克拉麗紅著臉，不知道該怎麼辦。

而戴斯馬尼翁在等待她的允許，他是打定主意談下去的，克拉麗最後終於低聲說：

「貝爾瓦爾上尉有權知道我們剛才發現的情況，這個事實既關係到我，也關係到他，我沒有權利向他隱瞞，先生。」

於是，戴斯馬尼翁開口道：

「其實，還有必要用說的嗎？讓上尉瞧瞧我找到的那本相冊就夠了。給您，上尉先生。」

說完，戴斯馬尼翁遞給上尉一個很薄的灰布封面的相冊。

派特里斯不安地接過來，他剛一打開，不由得大叫一聲，眞是太奇怪了：

「簡直難以置信！」

相冊的第一頁放著兩張照片，右邊一張是一個穿著英國小學生制服的小男孩，左邊是一個小女孩。相片下面還標了註解，右邊寫著「**派特里斯，十歲**」，左邊是「**克拉麗，三歲**」。

派特里斯激動地翻過這一頁。

第二頁還是他們兩人的照片，分別是他十五歲時拍下的，和克拉麗八歲。再往後，有他十九歲時的照片，二十三歲時的，還有二十八歲時的，而每次，左邊都有克拉麗的照片陪伴，從女孩，到少女，再到女人。

「簡直不敢相信！」派特里斯喃喃地說：「這怎麼可能？是誰在我不知情的情況下偷拍了這些照片，顯然是業餘水準。可是，這些照片正是我的成長軌跡。這是我服兵役時候拍的……這是我在騎馬……是哪個傢伙找人拍的？又是誰把我的照片和妳的放在了一起？」

他盯著克拉麗，克拉麗則避而不答，只是垂著腦袋。相冊中擺出來的兩人的親密無間讓克拉麗本人感到很不自在。

派特里斯堅持又問：

「誰把它們放到一起的？妳知道嗎？這相冊是從哪來的？」

戴斯馬尼翁先生回答：

「法醫給艾薩雷脫衣服的時候發現的，艾薩雷襯衫裡面穿了一件緊身衣，緊身衣的內側有一個口袋，法醫一摸，就發現了這個相冊。」

兩人一聽，面面相覷，竟然是艾薩雷收集起這些照片，製成相簿，然後，二十五年來一直把它穿在身上，死去時也要帶著它。派特里斯完全驚呆了，都忘了去想他爲什麼要這麼做。

「您確定是這樣，先生？」派特里斯問。

「法醫發現相冊時，我就在現場。」戴斯馬尼翁先生說：「另外，我還找到了另外一樣東西能夠進一步證實相冊的眞實性。我發現了一枚嵌在水晶裡的吊墜，吊墜的四周鑲滿了金線。」

「您說什麼？說什麼？」派特里斯著急地喊了起來：「您是說一個吊墜？一塊水晶吊墜？」

「您自己看吧，先生。」前法官瞧了瞧艾薩雷夫人，徵求她的同意。

說著，戴斯馬尼翁先生遞給上尉一枚水晶做的玩意兒，這東西要比克拉麗念珠和貝爾瓦爾懷錶吊飾合起來的那顆水晶珠子大一些，四周纏繞的極細的金線剛好是做念珠或是鐘錶配飾時需要的材料。吊墜一側裝有搭釦。

「我得打開它？」派特里斯問。

克拉麗點頭表示同意。

他打開，裡面放著兩張極小的照片，用一塊活動的水晶片分開，一張是克拉麗，照片上的她身穿護士服，一張是截肢之後的派特里斯，身穿軍官服。

派特里斯面色慘白，他想了一會兒說：

「這枚吊墜從哪來的？是您找到的嗎？先生？」

「是的，上尉先生。」

「從哪找到的？」

前法官猶豫不決，不知道要不要說，派特里斯觀察克拉麗，她應該也不知道。

最後，戴斯馬尼翁回答：

「我從死者手心裡發現的。」

「從死者手心裡找到的？艾薩雷手裡？」

派特里斯一驚，這實在是太意外了，他身子傾向前法官，想從他口裡再聽一遍才敢確認。

「是的，在他的手心裡，我不得不扳開他僵硬的手指才把東西拽出來。」

聽到這兒，上尉忍不住，狠命地捶了捶桌子，然後站起來，喊道：

「好吧，先生，我還有一件事情要告訴您，這說明我在這件案子上並不是對您毫無幫助。在知道了剛才的事情之後，我要向您報告的這個事情就變得至關重要了。先生，今天早上，有人給我打來電話，電話剛接通，我就聽到電話那頭一片混亂，又是打鬥，又是尖叫，這個人好像是被人襲擊了，最後關頭，他好像是要告訴我什麼祕密，我只聽見他費勁地說著：

「派特里斯……克拉麗……水晶吊墜……對，在我這……水晶吊墜在我這裡……啊！太晚了……我本來早就想！派特里斯……克拉麗……」

「我就聽到這些，先生。不過，這裡提供了兩個事實：今天早晨七點十九分，一個男人被殺了，手裡攥著一個紫水晶吊墜，這第一個事實是無可辯駁的。幾小時之後，到了中午十二點二十三分，人們從另一個男人手裡發現了一枚同樣的吊墜，這第二個事實也是無可爭辯的。如果我們把兩個事實連繫起來看，您就能得出結論，早上的謀殺案就發生在這裡，在這所公館裡的圖書室。我從電話裡聽見了聲響，這間圖書室從昨晚開始就一直上演著一系列的悲劇事件。」

派特里斯反映的這一情況實際上是構成了對艾薩雷的又一次指控。而這次，似乎對前法官產生了影響，派特里斯的陳述讓前法官心裡起了懷疑，而且他的論據合乎邏輯，絕不會是栽贓陷害。

克拉麗則是迷惑不解，派特里斯卻根本沒有注意，只認爲她的慌亂是出於感到恥辱和害羞。

戴斯馬尼翁先生反駁說：

「您說這兩個事實都無庸置疑，是嗎？上尉，關於第一個事實，我提醒您注意，我們並沒有發現這個可能在七點十九分被殺害的男人的屍體。」

「我們會找到的。」

「好吧。第二點，關於我在艾薩雷手中找到的紫水晶吊墜，誰能證明它是艾薩雷從被害人手中奪走的，而不是從別的地方得到的呢？因爲，畢竟我們不知道這個時候，艾薩雷是否在家，或者他是否一直待在書房。」

「我知道。」

「您知道？」

「第一起謀殺案發生之後的幾分鐘，我給他打了電話，他接了，還和我通了話。此外，爲了怕露馬腳，他告訴我說他剛剛給我打過電話，但是沒打通。」

戴斯馬尼翁先生想了想又說：

「他早上出去了嗎？」

「那得問艾薩雷夫人了。」

爲了避開派特里斯的目光，她沒有轉過臉就說：

「我想他沒有出去，他死的時候，身上穿的還是睡衣。」

「從昨晚到現在，您沒見過他？」

「今天早上，七點到九點之間，他三次來敲我的門，我都沒有開。快到十一點的時候，我一個人就出去了。我聽見他在叫老西梅隆，讓他陪我一起出門，所以西梅隆很快就追上我，我就知道這些。」

接著，大家都不再說話，各自心裡琢磨著這樁奇怪的案子。

最後，戴斯馬尼翁先生終於想明白了，對他來說，貝爾瓦爾上尉這個傢伙太強硬，不好對付。他在行動之前一定要搞清對方的意圖才是，於是張口便說：

「坦白講，上尉先生，您的推論我看來還很模糊。您的看法到底是什麼？如果我不採納的話，您要怎麼辦？我的這兩個問題很重要，您能回答嗎？」

「您既然坦白地問了，我就明確地答覆您，先生。」

說罷，派特里斯走到前法官身邊：

「先生，這裡就是我選擇的戰鬥或者出擊的場所，是的，出擊，如果必要的話。從前，有一個人既認識我，也認識當時還是孩子的艾薩雷夫人。這個人把我們各個時期的照片收集起來，一定是出於什麼不可言明的、但是卻是爲我們好的理由，後來，是他把花園門的鑰匙送到我的手上，讓我和艾薩雷夫人接觸。他今早剛要打算向我說出隱情，但卻慘遭殺害。然而一切已經向我證明，是艾薩雷先生殺死了他。所以我決心要起訴，不管我的行動後果如何。請相信，先生，我不會放棄的，總會有辦法讓人聽到我的控訴……沒人聽，我就會一直喊。」

戴斯馬尼翁先生一聽笑了，他說：

「天哪！上尉先生，您還眞是執著啊！」

「認定的事情，我就要做到底，先生。而且我相信，艾薩雷夫人最後也會認可我。我這麼做都是爲了她，她是知道的。她知道如果不訴諸於法律，任憑事情平息下去，危險就會找上她。她知道自己是那些傢伙的障礙，且這些人冷酷無情，他們爲了達到目的，爲了把她幹掉，是絕不會退卻的。而更可怕的是，現在沒人知道他們什麼時候行動。我們必須與他們進行最頑強的較量，可是問題是，我們不知道戰鬥的關鍵何在。所以，只有法律才能揭穿他們。」

戴斯馬尼翁先生想了想，把手搭在派特里斯的肩上，然後冷冷地說：

「要是我們司法部門知道這場戰鬥的關鍵所在呢？……」

派特里斯驚訝地看著他：

「您知道？……」

「也許。」

「您能告訴我嗎？」

「我不得不說了，不是嗎？您已經把我逼到這了……」

「是爲了什麼？」

「哦！其實也沒什麼大不了！就是一小筆錢……」

「多少錢？……」

「十億！」

「十億？」

「對，就這些。不過，三分之二，不，是四分之三，戰前就已經運出法國了。可是剩下來的二億半或三億要比這十億法郎還値錢……」

「爲什麼？」

「因爲剩下的是三億金幣。」

chapter 8

艾薩雷的計畫

這下，貝爾瓦爾上尉似乎平靜了一些，他隱約明白警察局的人行事謹慎原來是有原因的。

「您確定？」他問。

「確定，上尉，我辦此案已經兩年多了，據調查這兩年來，一直有人從法國往外偷運黃金，但究竟怎麼個運法，我一直都搞不清楚。我承認，直到與艾薩雷夫人談過之後，我才瞭解金子是從哪運出去，以及是誰一直在運籌帷幄，調動全法國，乃至最不起眼縣鎮的力量，一點一點的將黃金運出國。」

「這麼說，艾薩雷夫人知道這件事情？」

「不，但是她懷疑一些事情。昨天晚上，在您到達之前，艾薩雷夫人就聽到艾薩雷和襲擊他的那些綁匪之間的一些對話，她把情況一五一十地全都告訴給了我，這對我揭開謎底有很大的幫助。我本想一個人來解開這個謎，這是內閣總理的命令，艾薩雷夫人也這麼要求。現在，您對此案的熱中讓我不再猶豫，既然沒辦法甩掉您，上尉，那麼我就……況且絕不能輕視了您這樣一位強硬的合作者。」

「所以說……」派特里斯著急想要知道更多細節。

「所以說，偷運黃金的主犯現在腦袋已經搬了家。他就是位於拉法葉街上的法蘭西－東方銀行總經理艾薩雷。此人看起來像是埃及人，其實是土耳其人，他在巴黎的金融業頗有影響力。雖然擁有英國國籍，但與土耳其這個埃及昔日的宗主國，仍然有著祕密聯繫。不知道他是聽命於該國何種神祕力量，其任務是偷走法國所有的錢歸該國所有。

「據一些資料顯示，艾薩雷在過去的兩年間已經成功從法國運出了七億法郎。最後一次運送也已經計畫好了，不料戰爭卻爆發了。要知道，動盪時期，想要把這麼多的金子運出法國可不是一件容易的事。火車到了邊境就得接受檢查，出港的貨輪也是一樣。總之，最後一次運送黃金沒能完成。剩下的兩億半也好，三億也好就留在艾薩雷的手上，久而久之，這傢伙起了歹念，想要將這些金子據爲己有，只是他的同夥們肯定不同意……」

「也就是昨晚我看到的那些人？」

「對，這五個可疑的地中海人，應該是保加利亞人，他們聽命於德國。這些傢伙到了法國開始替艾薩雷管理外省分行。他們爲了完成艾薩雷的任務，在外省的各個村落安插了成百上千的辦事員，他們吃喝玩樂，和農民們在一起花天酒地，就是爲了用鈔票和證券騙取他們手裡的金幣，掏空他們的錢財。戰爭一爆發，他們全都關門來到艾薩雷的身邊，艾薩雷自己也把拉法葉街上的辦事處關掉了。」

「然後呢？」

「然後，發生了一系列我們不清楚的事件。可能，這些傢伙從他們的政府那裡得知這最後一次的運送金錢成了泡影，他們也可能是猜出艾薩雷起了歹意，想要將他們辛苦收回來的這三億金幣據爲己有。所以，他們便起了內訌，自相殘殺，你爭我搶，都想從中分一杯羹，可是艾薩雷卻堅持不放，說金子已經運走了。直到昨天，他們之間的爭鬥進入白熱化。下午的時候，這些傢伙企圖綁架艾薩雷夫人，想要以此來要脅她的丈夫，到了晚上……就有了您看到的那幕高潮……」

「但爲什麼剛好是昨天晚上？」

「因爲他們料定艾薩雷昨晚打算轉移黃金。雖然他們不知道艾薩雷前幾次運送錢幣的具體辦法，但是他們確信每次運送前都會有一個信號。」

「就是火花雨，是不是？」

「是的。花園一角有個廢棄的溫室，以前是靠上面的爐子來保持溫度。現在這爐子廢棄不用，裡面塡滿了爐灰和垃圾，已經阻塞，所以一點火就會噴出火星和火花，老遠就能看得見。艾薩雷昨晚又去親自點了爐子，他的同夥們看到又有火花雨出現，十分不安，便決定做個了斷，所以就來到這裡。」

「這麼說，艾薩雷的計畫失敗了？」

「是的。另外，他同夥的計畫也落了空。上校死了，其他人只得到幾捆錢，日後還得從他們手中被搶回去。不過事情卻仍沒有結束，今天早上的結局又引發出一系列連環慘劇。照您的說法，今天早上七點十九分，一個認識您的人想要和您取得聯繫，卻慘遭謀殺。兇犯似乎是艾薩雷，他害怕被發現又專門給您打去一通電話製造不在場的證據。然而，幾個小時之後，正午十二點二十三分，艾薩雷本人也被人殺害，很可能是他的同夥幹的。事情的來龍去脈就是這樣，上尉先生。我知道的情況已經都告訴您了，您現在難道還不認爲此事不宜用正常程序調查起訴，而應祕密處置嗎？」

派特里斯想了想，然後說：

「我想您是對的。」

「當然！」戴斯馬尼翁扯著嗓門嚷嚷：「我們暫且不提這起祕密黃金事件聲張出去會引發多少人的遐想，您想想，要想在兩年之內將這麼大批金錢運出法國，勢必得打點買通多少關卡？根據我個人的調查，我發現很多大小銀行還有信貸公司都牽連其中，我們警方不想聲張，但是此事一旦敗露出去，媒體就會鋪天蓋地地報導。所以，我們還是保持沉默的好。」

「可是怎樣才能不聲張呢？」

「爲什麼不能呢？」

「見鬼！這些屍體怎麼解釋？比如說法奇上校的死？」

「自殺。」

「那嘉里艾拉博物館花園裡那位穆斯塔法的屍體又怎麼解釋呢？」

「當作一則社會新聞。」

「那艾薩雷的死呢？」

「意外。」

「讓民眾把它們各當成獨立事件來處理？」

「沒有證據能夠證明它們之間有關聯。」

「民眾可能不會這麼想。」

「我們想讓民眾怎樣想，他們就會怎樣想，別忘了，我們現在正處於戰爭時期。」

「媒體會把醜聞報出來。」

「媒體不會報導的，因為我們會做報導審查。」

「可是要是再出現新的謀殺案怎麼辦？」

「新的謀殺案？為什麼？事情已經結束了，至少主要的部分、悲劇的部分已經結束了。隨著艾薩雷被人謀殺，此案的主犯全部都已經死了，現在只剩下這些個配角，不出幾日，布林奈夫和其他的傢伙都會被關進集中營。他們手裡的這些錢到時候肯定沒人敢來認領，那麼便理所應當被充公，到時候，我會積極運作此事。」

派特里斯搖了搖頭。

「還有艾薩雷夫人呢？我們不要忘了，她的丈夫死前很明顯的威脅了她。」

「他已經死了。」

「這不重要，老西梅隆不是跟您說了嗎？」

「他瘋了。」

「不，他的意識很清楚，他知道危險迫在眉睫。先生，這件事還沒有結束，而且才剛開始。」

「好吧，上尉，可是我們現在不是在這嗎？您會想盡一切辦法來保護艾薩雷夫人，我會完全聽從您的安排。我會一直和您合作，因爲我的任務就在這裡。如果像您說的那樣，還會有事情發生的話——雖然我對此表示懷疑——那麼肯定還會發生在這幢房子或是花園裡。」

「您爲什麼會這樣想？」

「艾薩雷夫人跟我說了一些話。昨天晚上法奇上校重複過好幾次：『黃金就在這裡。』他還說：『這些年來，你每個星期都要把金幣從你在拉法葉街上的銀行運到這裡，西梅隆和司機跟你一起把裝進袋子的金幣從左側的排風口塞進來。但是你是怎麼從這裡把金幣運出去的，我還不清楚。戰爭爆發之後，那邊一直沒有收到金幣，所以一千八百袋的金幣一直沒有離開過你家，我是有一天突然想到的，然後我們又進行了調查、監視，金幣就在這裡。』」

「除了這些話，您沒有其他任何線索？」

「沒有，說起來，頂多只有這個，但是我認爲它的價值也不大。」

說著，他從口袋裡掏出一張皺皺巴巴的紙，說：

「我們在艾薩雷手裡找到水晶吊墜的同時，還發現了這張被墨跡弄髒的紙，上面歪歪扭扭寫著幾個字，看來肯定是慌亂之中寫成的：『**黃金三角**』。這黃金三角是什麼意思？他跟我們調查的案子又有什麼關係？我現在還搞不懂，頂多只能猜測，這張紙和水晶吊墜可能是艾薩雷從早上七點十九分被殺的受害人手中奪來的。然後，中午二十三分，艾薩雷被害的時候，他肯定是正在檢查紙裡的內容。」

「對，應該是這樣，您瞧，先生。」派特里斯最後說：「既然所有這些細節都連上了，那麼說明它們就是一件案子。」

「可以這麼說吧。」戴斯馬尼翁先生站起身來說：「這件事情有兩個部分，這第二部分，就交給您來調查，也就是爲什麼會這麼奇怪，您和艾薩雷夫人的照片竟然會被放在一起，放進相冊還有吊墜裡？這個問題是本案的關鍵，解決了這個問題，我們就離眞相不遠了。再見，上尉，我再重複一遍，有需要您可以直接來找我，也可以調派我的人。」

說完，前法官握了握派特里斯的手，派特里斯拉住他。

「一有情況，我會去找您的。不過，現在我們是不是得先採取一些防護措施？」

「都安排好了，上尉，這棟房子周遭不是已經被我的人給保護起來了嗎？」

「是……是……我知道……但……我覺得您今天在這的任務還沒結束，難道您忘了西梅隆說的話了？」

戴斯馬尼翁先生一聽笑了。

「得了，上尉，別太誇張了。現在，就算我們還有敵人要對付，但他們在行動前肯定還得仔細思考一番。我們還是明天再談吧，好嗎？上尉？」

說完，他再次握了握上尉的手，然後向艾薩雷夫人鞠了一躬，就出去了。

貝爾瓦爾上尉假裝也要離開，但是看到戴斯馬尼翁離開後，他走到門口又悄悄地走了回來。艾薩雷夫人一直待在屋裡沒有動，也沒轉過頭，並沒有聽見派特里斯走了回來，他叫了一聲：「克拉麗……」

克拉麗沒有回答，他又叫了一聲「克拉麗」，並未期待對方會回答，因爲現在他最需要的就是年輕女子的默許。是的，克拉麗既沒有感到窘迫也沒有反抗，她默許了她這位朋友的援助。現在派特里斯也

不再想這些讓他糾結的問題，不再想這場連環殺人凶案，不再想他們陷入的窘境，他只擔心克拉麗，這位年輕夫人是多麼的無助和痛苦啊。

「別回答，克拉麗，一個字也別說。請妳聽我說，我要告訴妳妳不知道的事情，我要告訴妳妳爲什麼想要讓我遠離這幢房子，遠離妳，遠離妳的生活……」

說著，他把手放到克拉麗坐著的椅子的椅背上，不小心碰觸到了年輕婦人的秀髮。

「克拉麗，妳以爲妳是因爲爲自己的家庭感到羞恥才與我疏遠，妳是爲了自己是這個男人的妻子而感到臉紅，妳既困惑又不安，就好像妳認爲妳自己也是有罪的。但是爲什麼？這是妳的錯嗎？難道妳不知道我猜得出妳過去一直活在痛苦和仇恨之中？妳是受人操控，不得已才捲入了這場婚姻？是的，克拉麗，但是還有其他原因，我要告訴妳，還有其他原因……」

他湊得更近了，注視著被壁爐裡的火光照亮的克拉麗的迷人身軀，激動萬分，不由自主的提高聲調：

「我應該說嗎？克拉麗？不？是不是？因爲妳自己心裡明白，妳知道妳自己是怎麼想的。啊！妳從頭到腳都在發抖。但是，是的，從第一天開始，妳就愛上了這個瘸腿、臉上有疤的大個子傷兵。別說話，請不要狡辯，是的。我知道……今天聽到這番話，妳覺得不知所措。我也許應該再耐心些……可是爲什麼要等呢？我什麼也不向妳要求？知道妳的這份感情，對我來說就已經足夠了。今天之後的很長一段時間我都不會再提，直到妳自己向我承認。我們之間的愛是眞摯的，這是多麼美好啊，克拉麗。是呀，知道妳愛我是多麼美妙的事啊，克拉麗……啊！妳又哭了！妳還想再否認嗎？可是妳一哭，我就知道是因爲妳內心充滿了溫暖和愛。妳哭了？啊！我不知道妳是這麼地愛我！」

派特里斯也落下了眼淚，克拉麗已是淚流滿面，他真想去親吻她那被淚珠沾濕的蒼白的面頰，可是這個時候，任何示愛的動作都是一種冒犯，於是，他激動地望著對方。

他望著望著，忽然感覺到克拉麗和他想的不是同一回事，她像是被一件突如其來的景象所吸引，派特里斯正沉醉在無聲的愛意中，她卻在側耳傾聽著什麼，不過，派特里斯什麼也沒聽見。

突然，他好像也聽見了，或者說他在外面的一片吵雜之中感受到了什麼。

不知不覺派特里斯才察覺天已經黑了，這個小會客室並不大，爐子裡的火燒得很旺，艾薩雷夫人將窗子開了個小縫又很快的關上，她仔細地聽著，危險就來自窗外。

派特里斯想要湊到窗前，可是立刻又停住了，原來危險就在那，在窗外昏暗的暮色中，他透過玻璃窗依稀看見了一個人影，兩扇窗戶之間有個東西被爐火照得閃閃發亮，派特里斯定睛一看，那是一把左輪手槍的槍口。而現在，克拉麗就站在窗子前面，前面一點障礙也沒有，他心想：

「要是那傢伙知道我發現了他，克拉麗肯定就沒命了。」於是派特里斯故作輕鬆，提高嗓門說道：

「克拉麗，妳可能有點累了，我先告辭了。」

說著，他猛地轉到扶手椅後面打算將她擋住。可是沒等他走過去，早就看見槍口的克拉麗猛地向後一退，語氣慌張地說：

「啊！派特里斯……派特里斯……」

緊接著兩聲槍響，然後是一聲呻吟。

「妳受傷了？」派特里斯喊著朝克拉麗奔過去。

「沒有，沒有，」她說：「只是害怕……」

「哦！他要是敢打中妳！這天殺的！」

「沒有，沒有……」

「妳確定嗎？」

派特里斯等了三四十秒鐘，然後才打開電燈，看了看克拉麗，等她恢復鎮靜。

然後，他才急忙跑到窗前，把窗子全部打開，跳上陽臺，這間小會客室在二樓，陽臺的圍牆裝了鐵柵欄。派特里斯因爲腿不方便，好不容易才下去。跳到樓下的時候，派特里斯絆到了搭在平臺上的梯子，跌了一跤。一樓幾個員警聽見動靜也趕了過來，只聽其中一個大聲喊道：

「我看見一個人影從那裡逃走了。」

「從哪裡？」派特里斯連忙問。

看來那人是朝巷子跑去了，派特里斯趕快追出去。忽然，後門的左側傳來了尖厲的呼喊聲：

「救命！……救命！……」

派特里斯趕到時，員警已經拿著電筒照了過去，他們看見地上蜷縮著一個人。

「門開了。」派特里斯喊道：「兇手跑了……快追。」

員警急忙衝出巷子，啞巴剛要跟出去，卻被派特里斯喝住：

「快，啞巴，警察朝巷子這頭追，你就朝那頭追。快，我留下來照顧受傷的人。」

派特里斯拿起員警的手電筒，彎腰去看倒在地上的人。他認出那人是老西梅隆，一根紅絲線勒在他的脖子上，幾乎將他勒死。

「你還好吧？」上尉問：「能聽見我說話嗎？」

他解開套在老人脖子上的線後問他，老西梅隆結結巴巴說了幾個不連貫的字母，然後突然唱起歌來，接著又是一陣一陣的發笑，聲音不大，中間還夾著打嗝的聲音，他已經瘋了。

這時，戴斯馬尼翁也趕了過來，派特里斯和他探討看法時問：「您眞以爲事情已經結束了嗎？」

「您是對的。」戴斯馬尼翁先生承認說：「我們應當採取更嚴密的防範措施，保障克拉麗夫人的安全，要派人晝夜保護這幢房子。」

幾分鐘以後，員警和啞巴一無所獲地回來了。他們只在街上撿到一把鑰匙。這把鑰匙與派特里斯的那把一樣舊，一樣鏽跡斑斑，應該是兇手逃跑時掉在地上的。

晚上七點鐘，派特里斯和啞巴離開了瑞諾瓦街公館，回納依去了。

派特里斯這一路上，習慣性地抓著啞巴的肩膀，靠在他身上向前走，他說：

「我猜到你腦子裡在想什麼，啞巴。」

啞巴咕噥了一聲。

「這就好。」貝爾瓦爾上尉贊同地說：「我們的意見完全一致，你認爲警察對這種情況無能爲力，是不是？你說，他們是一群窩囊廢，對嗎？你這樣說，啞巴先生，可就是愚蠢，就是傲慢了。你這麼想，我一點都不感到奇怪，讓我來糾正你。不過我們暫且不談這些，不管怎麼說，警察局還是做了他們該做的事，況且，在這樣的戰爭時期，他們還有更重要的事情要處理，不能把精力全拿來浪費在處理艾薩雷夫人與貝爾瓦爾上尉之間的神祕關係上吧。因此該是我出手的時候了。現在，我只能依靠我自己了。可是，我到底能不能對付得了這個傢伙呢？他竟然如此大膽，潛入被員警重重包圍的房子裡，爬上梯子，偷聽我和戴斯馬尼翁的談話，還有我和克拉麗的對話，最後朝我們開了兩槍。嗯，你說說看，我對付得了他嗎？現在整個法國的員警都已經忙得團團轉了，他們能給我提供必要的援助嗎？不可能，要把這件事情處理好，我得找一個具備多方素質的傑出人物才行，但讓我去哪裡找這樣的人呢？」

派特里斯一邊說一邊靠得更緊了。

「你有像我說的這樣的朋友嗎？你認識這樣的人嗎？一個天才，半個上帝！」

啞巴高興地咕噥了一句，放開上尉的胳膊。啞巴身上總帶著一個手電筒，只見他打開手電筒開關，用牙齒咬住電筒的手柄，然後從口袋裡掏出一截粉筆。

沿街剛好有一道很長的白粉牆，因爲年代較久，已經變髒變黑。啞巴走到牆壁前，借著手電筒的光，用笨拙的手寫著，每一筆都費了很大的勁，而且這幾個字是他唯一能記得住，唯一會拼寫的。他一共寫了兩個字，派特里斯一下就讀出來了：**亞森．羅蘋**。

「亞森．羅蘋。」派特里斯小聲地重複著。

他吃驚地看著啞巴：

「你瘋了？這是什麼意思，亞森．羅蘋？什麼？你是說亞森．羅蘋？」

啞巴點點頭表示肯定。

「什麼？亞森．羅蘋，你認識他？」

「嗯。」啞巴咕噥著。

派特里斯一下想起來了，啞巴住院期間，好心的病友給他講亞森・羅蘋的故事，於是他笑道：

「是呀，啞巴認識羅蘋，就像人們認識書中的人一樣。」

「不！」可是啞巴不同意上尉的話。

「你是說認識他本人？」

「嗯。」

「他死了以後，你還見過他？」

「嗯。」

「見鬼！啞巴先生眞是太厲害了，亞森・羅蘋死了，你也能讓他復活，他任憑啞巴先生差遣呢！」

「嗯。」

「天哪！你眞是讓我佩服得五體投地。那麼現在，我得向你卑躬屈膝了，是不是？你是已故亞森・羅蘋的朋友，眞是精彩！那你打算什麼時候把他的鬼魂叫出來給我幫幫忙呢？六個月之後？還是三個月？一個月？半個月？」

啞巴做了個手勢。

「大約十五天。」貝爾瓦爾上尉說：「好哇！把你朋友的鬼魂召來，我很高興與他見面！眞的，你覺得我沒本事，因此你認爲我需要一個幫手，是不是？你把我當成是一個十足的笨蛋，是不是？」

chapter 9

派特里斯和克拉麗

一切就像戴斯馬尼翁先生說的一樣，媒體沒有大肆宣揚，民眾則冷漠地接受了，要麼把幾起凶案看成意外，要麼當成無關緊要的社會新聞，銀行家艾薩雷的葬禮也在無聲無息中操辦完畢。

葬禮的第二天，貝爾瓦爾上尉向軍方作了請示，又在警察局的幫助下，將瑞諾瓦街的公館正式改造爲香榭麗舍野戰醫院附屬醫院，從此，這裡就堂堂正正地變成了貝爾瓦爾上尉和他七個傷兵的據點。

克拉麗家的廚娘和貼身女僕全都被打發走了，剩下的工作七個傷兵全包下來。一個當看門人，一個當廚娘，一個當總管。啞巴是貼身僕人，專門負責看護克拉麗。晚上他在克拉麗門外的走廊裡睡覺，白天就待在克拉麗房間的窗前保護她。

「不要讓任何人接近這扇門，也不要讓任何人接近這扇窗！」派特里斯對他說：「不要讓任何人進來！要是讓一隻蚊子飛進來，我就給你好看。」

可是，派特里斯無論如何也沒辦法放心。他心裡清楚得很，敵人簡直是膽大包天，再小心的防範都不為過。危險說不定就在什麼情況下冒了出來，給自己來個出其不意，眞是防不勝防。艾薩雷死了，誰來繼續他的勾當？他信中提到的對克拉麗的報復，誰又將替他實現呢？

新案子一出，戴斯馬尼翁先生立刻又展開了調查，然而一天下來，他既沒有找到派特里斯聽到的發出慘叫的受害人的屍體，也沒有發現有關朝派特里斯和克拉麗開槍的祕密兇手的一絲線索，更不知道那傢伙是從哪裡弄來的梯子。不過，現在他根本不再關心這些神祕慘案，而是將全部的精力都集中在尋找一千八百個錢袋上，現在只有這個對他最重要。

這一千八百個錢袋肯定就藏在花園與住宅圍起的這塊方形空間裡，一袋重達五百公斤的金幣並不像一袋同等質量的煤佔地方。不過一千八百袋差不多也得佔地七、八立方公尺，這樣一來，想要把它們藏起來一定很困難。

兩天的搜查過後，他可以確定金子既沒藏在房子裡，也沒藏在房子下面，而是藏在藏書樓下面的一個大地窖裡。因為他們發現了上校生前提到的那個通風窗，且在那裡找到了一根綴滿鉤子的粗壯鐵索。那些不為人知的晚上，艾薩雷和他的司機從法蘭西－東方銀行將金子一袋袋地運到瑞諾瓦街，接著，艾薩雷、他的司機、還有那個格利高里肯定就是利用鐵索把錢運送到地窖裡藏起來。

戴斯馬尼翁先生和他的員警們使盡渾身解數，用極大的耐心，尋遍這個地下室的每個角落。透過他們的努力，至少可以說，他們在這裡沒有發現任何祕密以及可疑之處，那裡只有一座樓梯通往上面的藏書樓，上面有一塊翻板，上面鋪著地毯。除了瑞諾瓦街這側的通風窗外，還有一扇窗通向花園一側，和花園的平臺齊高。兩扇通風窗都安裝著結實的鐵護欄，成千上萬公斤的金子可以從一端塞進去，又可以從另一端運出來。

戴斯馬尼翁先生心裡納悶，艾薩雷為什麼要轉移黃金？他搞不清楚。他為什麼又要先存在這間地下室裡？更是沒辦法解釋。然而，法奇，布林奈夫和他們的同夥一致咬定說這批黃金沒有運走，還在這裡。我們找遍了整幢房子都沒有收穫，現在就只有到花園裡去找了。

這是一個美麗的舊式花園，從前與附近廣袤的土地連成一片。十八世紀末，帕西區的引水工程將土地分隔開來。這塊花園從瑞諾瓦街一直延伸到河岸邊，整整兩百公尺長的範圍設有四層平臺依次下行，兩邊與綠草如茵的草坪相連，草坪中排列著樹叢和灌木。

站在花園的任何一層平臺上都可以眺望整個塞納河的風光，左岸是一抹平川，遠處是層巒疊嶂的山丘，眞是美不勝收。四層平臺間有二十級臺階，臺階就在護坡上，經常被長得很茂密的常春藤覆蓋著。

花園裡到處都是雕像、斷柱和柱頭碎片。最上一層平臺的石欄杆裝飾著古舊的陶土罐子。這層平臺上還有兩處圓形露臺的廢墟，那是從前主人飲酒喝茶的地方。藏書樓的前面有一個環形水池，水池中央站著一個小孩子雕塑，孩子手裡拿著一個海螺，清水就從裡面潺潺流出。

這個水池裡已經溢滿了水，形成涓涓細流順著岩石流出。那天晚上，派特里斯就是絆到這個水池。

「看來，有三四頃的面積要搜尋。」戴斯馬尼翁先生說。

這項工作動用了派特里斯的手下和十二名員警，工作倒是相當容易，而且應該很快就會有結果。

正如戴斯馬尼翁先生說的，一千八百袋黃金不可能看不見，總會留下痕跡的。不管是運進去，還是運出來，總該有個出入口。然而，草地也好，沙石路也好，都沒有留下任何痕跡。常春藤、護坡、平臺，所有的地方，他們都察看過了，可是最終一無所獲。就連通往塞納河的舊排水系統和帕西區的引水渠，大家也都逐一檢查，仍然沒有發現一處可以隱藏黃金的地方。

派特里斯和克拉麗也參與了搜尋工作。儘管他們都明白這件事情的利害關係，並且他們對剛剛發生的悲劇還心有餘悸。不過實際上，現在他們只熱中於解開他們那無法理解的命運，他們的談話內容全部都是關於這個話題的。

克拉麗的母親是法國駐希臘薩洛尼卡的一位領事的女兒，嫁給了奧朵拉維茲家族的伯爵，塞爾維亞的一個富庶貴族家庭。這人年紀已經很大了。克拉麗出生一年後，父親就去世了。她們孤兒寡母後來就待在了法國，確切地說，就住在瑞諾瓦街公館，這房子是奧朵拉維茲托一個年輕的埃及人——也就是艾薩雷——購買的。後來，艾薩雷就成爲他的祕書兼管家。

克拉麗在這裡度過了三年的童年時光，三年後，母親去世，她孤苦伶仃一個人，被艾薩雷帶到了薩洛尼卡。她被託付給住在那裡的外祖父的妹妹照看，不幸，這個女人在艾薩雷的控制下，代替孫侄女簽了一份協定，把孩子的全部財產交給艾薩雷掌管，後來一點一點的轉移到他的名下。

在克拉麗十七歲時，一場災難突如其來，在她記憶中揮之不去，對她的生活產生了決定性的影響。一天早上，她在薩洛尼卡的鄉村被一幫土耳其人劫持。這幫強盜把她關進一座省長所垂涎的宮殿裡，兩個星期後，艾薩雷救了她，但這次營救非常奇怪，致使克拉麗經常懷疑，這是他們共同策劃的陰謀。

從那以後，她就總是生病，終日鬱鬱寡歡，害怕再遭劫持。一個月以後，在姑婆的逼迫下，她嫁給了艾薩雷。他曾向她求過愛，而現在又以救命恩人的形象出現在她面前。這段結合註定是不幸的，從一開始，她就對這場交易婚姻厭惡至極，對方對他的愛意激起的卻是她的仇恨和蔑視。

結婚當年，他們定居在瑞諾瓦街公館，艾薩雷很早就在薩洛尼卡成立並主管法蘭西—東方銀行分行的工作，後來，他幾乎掌握了這家銀行的全部股票。在這之後，他買下了巴黎拉法葉街的房子，然後搖身一變成爲巴黎金融界巨頭之一。

今天，在這美麗的帕西公園，克拉麗一股腦地向派特里斯娓娓道出自己所有的身世，和他一起回憶過去這段暗淡的生活，還與派特里斯同時期的生活做了比較。然而不論是派特里斯，還是克拉麗，都沒有找到任何將兩人連繫在一起的相關之處。他們生活在不同的地方，生活中沒有一個人是兩人同時都認識的。沒有任何一點能向他們解釋爲什麼他們各自都擁有半顆紫水晶珠子，爲什麼他們的照片會出現在同一個吊墜裡，出現在同一本相冊中。

「照這樣解釋。」派特里斯說：「吊墜是艾薩雷從那個關照我們並慘遭殺害的祕密朋友的手中奪走的。但相冊呢，他放在自己內衣的口袋裡？……」

他們沉默了一會，派特里斯又問：

「西梅隆呢？」

「西梅隆一直住在這裡。」

「妳母親在世時，他就住在這裡了嗎？」

「不，是在母親去世一兩年後，我到了薩洛尼卡，艾薩雷便委託他看管這裡的房產。」

「這麼說，他是艾薩雷的祕書？」

「我一直都搞不清楚他的確切身份，祕書？應該不是。心腹？好像也不算。他們從來沒在一起說過話。有三四回，他來薩洛尼卡看我們。我記得有一次，我還是孩子的時候，我聽見他非常粗暴地對艾薩雷說話，而且好像還威脅他。」

「他都說了些什麼？」

「我記不清了，我對西梅隆，其實一點都不瞭解。他住得離我們比較遠，平時總在花園裡待著，要麼抽菸斗，要麼發呆，要麼就是和他經常請來的兩三個花匠一起修整樹木和花草。」

「他待妳怎麼樣？」

「這個，我說不清楚，我們從來不交談，他一天忙忙叨叨的，很少和我接近。不過，有時我總覺得他會透過黃色眼鏡盯著我看，可能是出於關心。另外，最近一段時間，他也很樂意陪我去醫院，在那裡，或是在路上，他表現出對我更關心，更熱情的樣子……所以這兩天來，我一直在想……」

克拉麗猶豫了一陣後繼續說：

「嗯！這不過只是一種模模糊糊的感覺……不過，有件事我還沒跟您說……爲什麼我進了香榭麗舍野戰醫院。您受了傷，住進了這家醫院，不是嗎？是西梅隆領我去的，他知道我一直想做志願護士，所以他就把這家醫院介紹給我……我們見面，會不會是他刻意安排的……您再想想……後來吊墜裡的照片，我們兩人的，您穿著軍服，我穿著護士服，可能就是在這醫院的時候拍的……我仔細想過了，所有住在這所房子裡的人，只有西梅隆去過醫院。另外，我還要告訴您，他去薩洛尼卡的那幾次，分別是我

童年和青年的時候，所以相冊裡我不同時期的照片，很有可能也都是他拍下的。因此，我想他說不定也會派什麼人一直跟隨著您，然後拍下您的這些照片，很有可能，您說的那個給您寄花園門鑰匙的我們的共同的祕密朋友就是……」

「就是西梅隆是嗎？」派特里斯打斷她的話說：「這種假設不成立。」

「爲什麼？」

「因爲這個祕密朋友已經死了，他想要試圖安排我們見面，所以給我寄來花園鑰匙，他甚至試圖打電話給我，把眞相告訴我，但不巧，就在這時，他被殺害了……這個事實是毫無疑問的。因爲我聽見這個人的喉嚨被掐住，他拼命地嘶喊……垂死的嘶喊……奄奄一息時才會發出的那種呻吟。」

「您肯定嗎？」

「我百分之百地肯定，毫不懷疑。我說的這個陌生的朋友沒有完成他的任務就死了，他被人謀殺了，可是西梅隆還活著。」

派特里斯又說：

「另外，這個人的聲音和西梅隆的聲音不一樣，我以前從來沒聽過這個聲音，以後也不會有機會再聽到了。」

克拉麗不再堅持，她相信派特里斯的判斷。

於是，兩人就這樣坐在花園的一張凳子上，沐浴著四月的春光。栗樹的嫩葉和枝杈在陽光中搖曳，花壇中的丁香花有黃色、有金褐色，飄灑著濃郁的芬芳。蜜蜂在花間飛來飛去，不停歇的忙碌著。

突然，派特里斯一驚，克拉麗竟毫無顧忌地把手放在了他的手上，他注視著她，看到她激動得眼淚都快流出來了。

「妳怎麼了？克拉麗小姐？」

克拉麗低下頭伏在上尉的肩上，派特里斯一動不敢動，他不敢在這親熱的舉動中，摻雜半點愛撫的表示，他害怕冒犯克拉麗，只是不停地問：「怎麼了？妳沒事吧？我的朋友。」

「哦！」克拉麗哽咽著：「眞奇怪！您瞧，派特里斯，您瞧這花。」

他們當時正坐在第三個平臺上，俯視第四個平臺。這是最後一個，也是最矮的平臺，這裡沒有種滿丁香的花壇，只有一個花圃，裡面各式花朵爭相開著，有鬱金香，銀籃花，中間是一大片蝴蝶花。

「您看那裡，那裡！」她指著中間那大片蝴蝶花：「您看……您看見了嗎？……字……」

果然，派特里斯慢慢地看明白了，那些蝴蝶花叢在地上組成了幾個字，一下子不好辨認，但是仔細地多看一會，就能看出來。那些字母拼起來是幾個字：**派特里斯和克拉麗**。

「啊！」派特里斯說：「我明白了！……」

眞是奇怪極了，可是這又不得不讓人感到激動，是誰種下了這些組成二人名字的蝴蝶花？這兩個人的命運被神祕的連繫了起來，而現在又有人透過辛勤的勞動，讓小花生長起來，讓它們井然有序地開放！克拉麗站起來說：

「肯定是西梅隆，花園一直是他在打理。」

「看來的確如此。」派特里斯有點動搖地說：「不過，我的看法不變，我們共同的神祕朋友已經死

了，但是西梅隆肯定認識他。在某些方面，西梅隆跟他有著密切的交往，他一定知道很多。哎！要是他還清醒的話，事情就會順利得多。」

一小時之後，太陽降到了地平線，他們回到了平臺上。

來到最上層平臺時，兩人看到戴斯馬尼翁先生正在向他們招手，一邊示意他們過去，一邊嚷嚷道：

「發生了一件十分奇妙的事情，我要跟你們說，一件關於你們，夫人……還有您，派特里斯，我們有了有趣的新發現。」

戴斯馬尼翁把兩人帶到平臺連接藏書樓的那端，在無人居住的房子前面停了下來。兩個員警手裡正拿著十字鎬待在那。戴斯馬尼翁解釋說他的探員在刨土之前，首先得先扒開爬滿護坡矮牆外的的常春藤。然而扒開之後，一個細節吸引了警探的注意，這堵裝飾有陶土罐子的牆壁有那麼幾米外面砌了一層石灰層，看上去它要比牆本身的年代近些。

「這是爲什麼？」戴斯馬尼翁先生說：「這會不會是一個線索呢？於是，我叫人趕緊把這層石灰剝去，就立刻有了發現，我發現下面又有一層石灰，這層要薄一些，裡面摻有高低不平的石子。你們往前走，靠近些……也不要太近，再退後一點……好好看看。」

裡面這層的確是用白色石子砌的，中間嵌有黑色石子，組成筆劃粗糙的幾個字：**派特里斯和克拉麗**。

「您怎麼看？」戴斯馬尼翁先生問：「請注意，這些字可能已經有很多年了……，根據常春藤生長的情況看，至少也有十年的時間了……」

「至少十年……」派特里斯單獨和克拉麗在一起時說：「十年，也就是說，妳還沒有結婚，還住在薩洛尼卡，而那時候還沒人來過這花園，沒有人，除了西梅隆以及西梅隆請進來的人。」

派特里斯最後總結說：

「他請進來的人中肯定有我們那個共同的朋友，克拉麗，雖然這個祕密的朋友死了，但是西梅隆知道眞相。」

他們找到西梅隆，自從發生悲劇以來，他們就看見他總是驚慌失措地在花園或房子的走道上逛來逛去，看上去不安極了。他的脖子上圍著圍巾，眼鏡架在鼻樑上。嘴裡還總是嘟囔些別人無法理解的話。夜裡，住在他旁邊的殘廢老兵好幾次都聽見他在唱歌。

派特里斯想讓他開口說話，可是他只是一個勁地點頭，不然就是不停地傻笑。

情況越來越複雜，到底能不能找到答案？是誰在他們的童年時代，就把兩人的命運連繫了起來，似乎他們的情誼前世就已註定？是誰在他們還不認識的時候，就在去年秋天種下了這大片的蝴蝶花？又是誰在十年前把他們的名字用小石子嵌在牆上的？

這許多的問題困擾著他們，有了這種種關乎兩人過去的發現，早已在兩人心中萌發的愛意就一下子清晰了起來，他們在花園所走的每一步都像是在遺忘的記憶裡朝聖，他們每走過一次都期待著發現連結他們的新證據。

果然，幾天之中，又有兩次，他們發現了寫在一起的兩人的名字，一次是在一棵樹幹上，另一次是在一張椅背上。還有兩次，他們的名字出現在爬滿常青藤的白粉舊牆上。這兩次除了名字外，還附上兩個日期：「**派特里斯和克拉麗，1904**」，……「**派特里斯和克拉麗，1907**」。

「一個寫於十一年前，一個距今只有八年。」派特里斯悵然神傷地說：「總是我們兩個人的名字……派特里斯和克拉麗。」

他們的手握得緊緊的，神祕的過去把兩人緊緊連繫在一起，愛情既已互相瞭解，便無需用言語表達。

不過，他們還是需要獨處，艾薩雷遇害兩個星期後的一天，他們散步一直走到通往巷子的後門，打算出去下山一直走到塞納河岸邊去。巷子的周圍以及他們經過的路旁到處矗立著高大的黃楊，成了他們最好的屏障，兩人的行蹤不會引起任何人的注意。而現在，戴斯馬尼翁先生正和他的手下人檢查花園另一端的暖房，以及發射花火信號的鍋爐。

然而，一走出巷子，派特里斯就愣住了，就在他對面的那道牆上有一道同樣的門。他正在猶豫，克拉麗告訴他：

「這沒什麼奇怪的，這道牆是前面花園的隔牆，從前那也是我們花園的一部分。」

「誰住在裡面？」

「現在沒人住。花園裡的房子僅靠瑞諾瓦街，就在我的臥房前面，不過那裡一直是鎖著的。」

派特里斯嘟囔地說：

「相同的門……說不定鑰匙也是一樣的？」

於是，他從口袋裡掏出那把生銹的鑰匙，插進鎖孔，鎖果眞就被打開了。

「我們進去看看。」他說：「每件事都這麼神奇，說不定這個花園有更多線索。」

這裡比艾薩雷家的花園狹小得多，植物雜亂無章的生長著。不過就在這茂密的草叢中，有一條泥土路從門的一側一直延伸到裡面的平臺，這條路像是有人經常在走。在那個唯一的平臺上有一座小屋，已經破爛不堪，護窗板關得嚴嚴實實，這屋子能住人的地方只有一層，房子就像燈籠一般，上面是一個封閉的天井。花園前面是院子，高牆上開了一道門通往瑞諾瓦街，門的這頭用木板和木頭釘得牢牢地。

他們繞到房子的右側，這邊的景象讓兩人大吃一驚。這裡青枝綠葉，是個像長方形內院似的地方，維護得很好，黃楊和紫杉修剪成拱廊的形狀，這個如畫的袖珍花園非常靜謐、安詳。裡面也種有丁香花，有四條小路從院子的四角通往中央，院子中央豎著五根柱子，周圍用碎石、礫石粗製濫造地疊起來，像個平臺。

平臺裡豎著一塊墓碑，墓碑前有一張木製的舊跪凳，周圍有木欄杆，欄杆左邊掛著象牙雕塑的耶穌像，右邊掛著一串用金絲托架固定的紫水晶念珠。

「克拉麗，克拉麗。」派特里斯激動得聲音顫抖著說：「埋在這裡的會是誰？……」

兩人走過去一看，墓碑上擺著一些珍珠花圈。他們數了數，一共有十九個，標誌著已經有了十九個年頭。把花圈拿開，便看見已經被風雨剝蝕的碑文：

這裡安息著派特里斯和克拉麗，他們二人被害身亡。

此仇必報。

一八九五年四月十四日

chapter 10

紅絲線

克拉麗嚇得兩腿直哆嗦，她趴在跪凳上，眞切地、茫然地祈禱著。爲誰祈禱呢？爲陌生的靈魂祈求安息嗎？她不知道。可是她無比地激動，只有祈禱才能使她平靜下來。派特里斯貼近她的耳朵說：

「妳的母親叫什麼名字，克拉麗？」

「路易絲。」克拉麗答道。

「我父親叫阿爾芒，這麼說埋葬在這裡的人既不是妳的母親，也不是我的父親，那會是誰呢……」

派特里斯也顯得很激動，他彎腰看了看那十九個珍珠花圈，然後又看了一遍碑文之後說：

「克拉麗，這也太巧了，妳瞧，我父親也死於一八九五年。」

「我的母親也是這年去世的。」克拉麗回答：「但我記不清具體的日期了。」

「我們會弄清楚的，克拉麗。」派特里斯說：「我發誓。現在我們至少明白一件事，那就是把派特里斯和克拉麗的名字連在一起的這個人，他不是單純地衝著我們，也不是盯著未來，更可能是對過去的懷念，懷念被害的克拉麗和派特里斯，而且他發誓要替他們報仇。你瞧，克拉麗，我們到這裡來的事情，一定不能讓任何人知道。」

於是，兩人連忙重新踏上荒草叢中的小路，穿過兩道門不動聲色地回去了。派特里斯立即把克拉麗送回她房裡，吩咐啞巴和手下人要多加小心，然後就離開了。

直到晚上，他才回來。第二天一早又出去了，直到第三天下午三點，他回來見了克拉麗。

克拉麗馬上問他：

「有什麼進展嗎？……」

「我打聽到很多消息，克拉麗，但是對於我們現在的處境卻沒什麼幫助，幾乎可以說，情況反而更隱晦了。不過對於過去的一些事情，倒是有些眉目。」

「能解釋我們前天的奇遇嗎？」她不安地問道。

「請聽我說，克拉麗。」

說著，他在克拉麗對面坐下後說：

「我不能一五一十告訴妳我這幾天的行程，但是我可以告訴妳事情已經進展到什麼程度。我先是跑到帕西區政府，接著又到了塞爾維亞大使館。」

「那麼，」克拉麗說：「您肯定這與我母親有關嗎？」

「是的，我拿到了她的死亡證明副本，克拉麗，妳的母親死於一八九五年四月十四日。」

「哦！」她感到很吃驚：「那是墓碑上的日期。」

「對，就是這天。」

「那麼克拉麗的名字怎麼解釋？……我的母親是叫路易絲的呀。」

「妳的母親叫路易絲·克拉麗·奧朵拉維茲伯爵夫人。」

「哦！我的母親……我親愛的母親……這麼說她是被人謀殺的……那天在那，我是爲她在祈禱。」

「是替她，克拉麗，也是替我的父親。我的父親叫阿爾芒·派特里斯·貝爾瓦爾。我是在德魯奧街市府裡看到他的全名的，他同樣死於一八九五年四月十四日。」

派特里斯有理由認爲，過去的疑團有了初步的進展。事實肯定是成立的，碑文與他的父親和克拉麗的母親有關，兩個人都在同一天被殺害。他們是被誰所害？因爲什麼理由而慘遭殺身之禍？當時究竟發生了什麼慘劇？克拉麗向派特里斯提出了一連串的問題。

「我現在還無法回答妳這些問題。」派特里斯說：「但有一個問題我能回答，這個問題容易解決，而且它還可以證實我們的基本論點，那就是這間小屋是誰的？它坐落於瑞諾瓦街，可是外牆上沒有任何標記。妳也看見了，那院牆和門同樣毫無特別之處。但只需要查一下房產號碼就夠了。於是，我到了本區的稅務官那裡，並從他那獲悉這間住宅的房產稅是由住在歌劇院大街的一位公證人代繳的。所以，我去拜訪了這位公證人，瞭解到的情況是這樣的……」

他歇了一會又說：

「這房子是我父親二十一年前買下的，買下兩年之後，他就去世了。而這住宅作爲我父親的遺產，由前任公證人賣給了一位名叫西梅隆・迪奧多基斯的希臘人。」

「原來是他！」克拉麗吃驚地喊道：「迪奧多基斯是西梅隆的姓氏。」

「是的，」派特里斯繼續說，「西梅隆・迪奧多基斯是我父親的朋友。根據別人找到的遺囑，我父親指定他爲全部遺贈財產承受人。而也就是這位西梅隆・迪奧多基斯透過前任公證人及倫敦的律師，爲我支付了在校的膳宿費，並在我成年後把屬於我的二十萬法郎的遺產交到我的手上。」

說完，兩人都沉默了好長一會，這麼多事情不明朗，有如夜霧籠罩，搞得他們暈頭轉向。

特別是有一件事情比所有其他的問題都更重要。派特里斯喃喃地說：

「妳的母親和我的父親曾經相愛過，克拉麗。」

這種想法讓兩人的連繫變得更加的緊密了，並深深地困擾著他們。上代人的愛加深了下代人的愛，上代人的愛遭到可悲的扼殺，最後以流血和死亡告終。

「妳的母親和我的父親曾經相愛。」派特里斯重複說：「可能這對情人愛得有點發狂，有點孩子氣。他們之間的稱呼不按常人的叫法，而是選用了第二個名字，即克拉麗和派特里斯。某天，妳母親的紫水晶念珠掉在地上，最大的一顆碎成兩半，我父親撿起其中的半顆做成了懷錶吊墜。再後來，妳的母親死了丈夫，我父親成了鰥夫。而那時，妳只有一歲，我八歲。於是，我的父親爲了他所傾心的情人，把我送到了英國，然後買下了這棟住宅，和妳的母親成了鄰居。這樣，他就可以每天穿過巷子，用這把鑰匙打開花園的門和妳的母親幽會。因此，他們不是在小屋裡被害，就是死在花園裡。事情到底是怎樣，我們以後會弄明白的，因爲我們肯定能找出證據證實他們二人是被他人謀殺，西梅隆・迪奧多基斯敢刻出這樣的碑文，就說明他肯定知道事情的來龍去脈。」

「可是兇手會是誰呢？」克拉麗小聲問。

「妳可能和我一樣，克拉麗，心裡有一個懷疑的對象。您對這個人厭惡至極，雖然我們沒有任何證據可以證明。」

「艾薩雷！」克拉麗不安地喊出來。

「很可能是他。」

克拉麗雙手捂住頭。

「不，不，……這不可能……我不可能嫁給我的殺母仇人。」

「妳雖然用的是他的姓，但妳從來都不是他的妻子。他死前，妳是這樣對他說的，我當時也在場，我聽得眞眞切切。我們還是不要談任何我們還不確定的事情吧。不過妳要記住他是妳的惡神。我們還要記住，西梅隆是我父親的全部遺贈財產承受人。他買下了這對情人的住宅，在碑文上立下了替他們報仇的誓言。西梅隆還在妳母親去世幾個月後，成功說服艾薩雷讓他留在這裡替他照料這裡的房產，並因此成爲他的祕書，從而進一步打入艾薩雷的生活圈子。這是爲了什麼？難道這不是爲了執行復仇計畫？」

「可是他並沒有報仇啊？」

「我們怎麼知道沒有呢？我們知道艾薩雷是怎麼死的嗎？他肯定不是西梅隆殺死的，因爲當時西梅隆正在醫院。但也許是他派人殺的也說不定。再說，復仇的方法各式各樣。而且，西梅隆肯定得按我父親的吩咐辦事。無疑他的首要任務就是達成我父親和妳母親的心願，要讓命中相連的我們兩個相遇，克拉麗。這就是他人生的目的。很明顯，是他把那半顆紫水晶珠子丟到我兒時的玩具裡，然後，另一半給了妳做成念珠。是他一直搜集我們兩個人的照片。給我寄鑰匙和信的陌生朋友也是他，只可惜那封信，我沒能收到。」

「這麼說，您不再認爲這個陌生的朋友已經死了嗎？您不是在電話裡聽見痛苦的呼叫嗎？」

「我不知道，西梅隆是單獨行動？還是有親信、幫手幫他完成任務？七點十九分被殺的受害人扮演的會不會是這樣的角色？我不知道。這個災難性的早上所發生的一切，我是一點也摸不著頭腦。現在能相信的只有一點，那就是這二十年來，是西梅隆・迪奧多基斯一直爲著我們、爲了替我們的親人復仇而長期艱苦地執行著他的使命。而西梅隆・迪奧多基斯仍然活著。」

派特里斯接著說：

「他是活著，但是卻已經瘋了！我們無法向他道謝，無法向他打聽神祕的過去，無法向他追問妳現在所面臨的危險。可是，他，只有他……」

派特里斯還想試一試，儘管他明白很可能又會失敗。西梅隆就住在僕人的樓層裡，緊靠兩個殘廢軍人的房間，特里斯過去的時候，他正好在屋裡。

當時，西梅隆正坐在朝向花園的扶手椅子裡打盹，嘴裡含著一個已經熄滅的菸斗。這個房間很小，裡面沒有幾件傢俱，但是卻乾淨明亮。這個神祕老人的一生就是在這裡度過的。戴斯馬尼翁先生趁老人不在的時候進來搜查過幾次，派特里斯也去過，當然，各自都有自己的目的。

戴斯馬尼翁唯一有價值的發現就是他在一個五斗櫃的後面找到的一張鉛筆畫；這張鉛筆畫上，三條

直線相交構成一個等邊大三角形。在這個三角形內，還胡亂地塗滿了金粉——「黃金三角」！除了這個發現外，戴斯馬尼翁先生沒有任何進展。

派特里斯直接朝老人走去，輕輕拍了拍他的肩膀。

「西梅隆。」他叫了一聲。

西梅隆扶起他的黃色眼鏡，看了看派特里斯。派特里斯眞想摘掉他這副眼鏡，它遮住了老人的目光，讓人探不清這人心中的盤算，西梅隆像往常一樣傻笑起來。

「啊！」派特里斯心裡想：「這就是我的朋友，我父親的朋友。他愛我的父親，他服從他的意志，忠誠地懷念他，他爲他建了墓碑，他祈禱，發誓要爲他復仇，可是現在這個人已經喪失了神智。」

派特里斯感到任何語言都是無用的，然而，如果聲音不能喚起精神失常的西梅隆任何反應的話，視覺效果或許會起些作用。於是，派特里斯在一張白紙上寫下了西梅隆看見過無數次的幾個字：

派特里斯和克拉麗——一八九五年四月十四日。

老人點點頭，接著又開始小聲痛苦的傻笑。上尉又寫道：

阿爾芒·貝爾瓦爾

老人依然是一種麻木狀態，派特里斯不甘心，又做了些試驗，在紙上分別寫下艾薩雷和法奇上校的名字，然後又畫了一個大三角形，老人依舊只知道傻笑。

可是，突然他的笑聲似乎有了意識，派特里斯連忙寫出布林奈夫的名字，而這回，他的記憶似乎開始蘇醒。他站起來，然後又坐下去，然後又站起來，接著，只見他從牆上取下帽子，踉蹌著就往房外衝，派特里斯緊緊跟了上去。就這樣，兩人出了公館，向左朝奧圖區方向去了。

老人就像一個夢遊人一直往前走，卻不知道要往哪裡去。他經過布蘭維里埃街，穿過塞納河，又毫不遲疑地踏上通往格勒奈爾區的路。然後他在一條大街上停下，用手向派特里斯做了個手勢示意他也停下。一個書報亭擋住了他們的視線，老人把頭伸過去，派特里斯也學著伸過頭去。

就在對面，這條街與另一條街會合的街口上，有一家咖啡店，露臺上堆著幾個柳條箱。箱子後面坐著四個顧客，三個人背對著派特里斯，一個人面向他，派特里斯一眼就認出這人正是布林奈夫。

沒等派特里斯反應，西梅隆老人就已經走遠了，好像他的任務已經完成，剩下的事就留給他。派特里斯用眼睛掃視了一下四周，看見前面有個郵局，於是連忙走了進去。他知道戴斯馬尼翁先生現在就在瑞諾瓦街，於是打電話通知他，說布林奈夫在這裡，戴斯馬尼翁先生答應馬上趕來。

自從艾薩雷被殺之後，戴斯馬尼翁先生對於法奇上校的四個同夥的調查就一直毫無進展。人們發現了格利高里的藏身之處及他房間裡的櫃子，但裡面已經空蕩蕩了，他的同夥們則統統銷聲匿跡，沒了蹤影。

「西梅隆。」派特里斯心想：「他肯定知道這些傢伙的習慣，他也知道他們每週會在什麼時間出現在這家咖啡店裡，所以一聽到布林奈夫這個名字，一下子就記起來了。」

幾分鐘不到，戴斯馬尼翁帶著他的警探乘汽車趕來。事不宜遲，露臺馬上被包圍，這四個傢伙沒有抵抗就被擒住，戴斯馬尼翁把其中的三個押送到看守所，另外把布林奈夫關進一間特別的房間內。

「走，」戴斯馬尼翁先生對派特里斯說：「我們去審審他。」

派特里斯猶豫道：

「艾薩雷夫人一個人在家……」

「不只一個人，您的手下不是都在嗎？」

「是的，但我還是想待在那裡，這是我第一次離開她，什麼事情都有可能發生。」

「我們只需要幾分鐘。」戴斯馬尼翁先生堅持道：「我們應當抓住逮捕對他們心理造成恐慌的這個好時機。」

派特里斯無奈只得跟著戴斯馬尼翁，不過他們心裡都明白，布林奈夫不像其他人那樣好對付，他對他們的威嚇只是聳聳肩膀而已。

「先生，你們這樣恐嚇我根本沒有用，我才不怕呢，你們難不成還能朝我開槍？開玩笑！在法國，沒有充分的證據怎能隨便槍斃犯人，而且我們四個人都來自中立國家。那麼起訴？判刑？讓我們坐牢？絕對不可能！你們很清楚，你們現在竭盡全力的要平息此事，把穆斯塔法、法奇、艾薩雷的凶案都辦得悄無聲息，那麼就不可能因爲我再挑起公眾對此案的興趣。不，先生，我很清楚，你們頂多就只會把我送進集中營罷了。」

「這麼說，」戴斯馬尼翁先生說：「你是拒絕回答問題囉？」

「不，我回答！進集中營就進集中營吧，我接受。但集中營有二十個等級，我想還是乖乖和你們合作，這樣就能受到寬待，在集中營裡舒舒服服地待到戰爭結束是不是？但首先，您現在都掌握了什麼情況？」

「差不多全部。」

「好吧，這樣一來，我的價值就不高了。您也知道艾薩雷被殺的前一晚發生的事？」

「是的，四百萬法郎的交易，這筆錢現在在哪？」

布林奈夫一聽，氣憤地回答：

「被搶了！偷走了！從一開始就是個圈套！」

「誰搶走的？」

「一個叫格利高里的傢伙。」

「他是誰？」

「這個混蛋，我們後來才打聽到，這個格利高里不是別人，就是艾薩雷臨時雇來的司機。」

「替艾薩雷開車，幫他把黃金從銀行運到公館裡的人就是他？」

「沒錯，另外我們還知道……喏，很可能，這個格利高里是個女人。」

「一個女的！」

「對，她是艾薩雷的情婦，我們多次證實。不過這女人很壯，差不多和男人一樣有力，她可是什麼

都不怕。」

「你知道她住在哪裡嗎？」

「不知道。」

「金幣呢？你就沒有一點線索，一點可疑的線索嗎？」

「沒有。金幣不在瑞諾瓦的花園裡就在他的屋裡，我們親眼看見他每星期將金幣運回一次，可是金幣運進去之後就再沒出來，我們每晚派人監視，金幣肯定還在那裡，我敢擔保。」

「你有沒有關於艾薩雷被謀殺的線索？」

「沒有。」

「你保證？」

「我爲什麼要撒謊呢？」

「不會就是你幹的吧？……或者是你的一個朋友？」

「我們就知道會有人懷疑我們。還好，幸虧我們有不在場的證據。」

「什麼證據？」

「毋庸置疑的證據。」

「我們會調查看看，還有別的要交待的嗎？」

「沒了，但我有個想法……或者說是一個問題想請您回答，是誰出賣了我們？因爲只有一個人知道我們每週在這個時候，也就是四點到五點的時候會來這裡碰頭……只有艾薩雷……他本人經常親自來這和我們商討事情，但是艾薩雷死了，是誰告發了我們呢？」

「西梅隆。」

「什麼！什麼！西梅隆・迪奧多基斯！」

「是的，艾薩雷的祕書西梅隆・迪奧多基斯。」

「他！啊！這無賴，我一定要找他算賬……不，這不可能！」

「什麼不可能？」

「為什麼？因為……」

布林奈夫思索了好一陣，他一定認為這個原因不便說出來，可是最後卻不再打算掩飾：

「因為西梅隆和我們是一夥的。」

「你說什麼？」派特里斯非常驚訝地問。

「我說，我肯定，西梅隆・迪奧多基斯和我們是一夥的，他是我們的人，他經常告訴我們艾薩雷的一些鬼鬼祟祟的陰謀勾當。那天晚上九點鐘，是他打電話來通知我們艾薩雷已經點著舊暖房的鍋爐，打算發出火花信號。當晚，他假裝抵抗，其實卻為我們開了門，而且是他讓我們把他捆在門房裡的，也是他給錢打發家裡的僕人提前放假的。」

「可是法奇上校可沒把他當同夥看……」

「這是演給艾薩雷看的一齣戲，從始至終都是在演戲！」

「好，但西梅隆為什麼要出賣艾薩雷呢？為了錢？」

「不是的，爲了報仇。他對艾薩雷可以說是恨之入骨。」

「爲什麼？」

「我也不知道，西梅隆向來沉默寡言。」

「他知道金子藏在哪嗎？」戴斯馬尼翁先生問。

「不知道，他早就找過，但沒找到！他一直不明白裝有黃金的袋子是如何從地下的臨時存放點被運走的。」

派特里斯又說：

「你對西梅隆還有什麼更多的瞭解嗎？」

「沒了。啊！不過，有一件事很奇怪，出事那天晚上的前一天，我收到一封信，是西梅隆寫來的，他向我提供了一些情報。可是，這個信封裡還夾有另一封給您的信，肯定是放錯了，這封信看起來很重要。」

「信上說了些什麼？」派特里斯不安地問。

「說的是一把鑰匙的事。」

「你可以說得更詳細點嗎？」

「信在這，我本來準備還給他，但是卻給忘了，我就這樣替您保管了。喏，這就是他寫的……」

派特里斯接過信，很快就看到自己的名字，正如布林奈夫所說，信是寫給他的，但他卻沒有收到。

派特里斯：

今晚你將收到一把鑰匙，它可以打開通往塞納河巷子裡的兩扇門，一扇門在巷子的右邊，那是你通往自己心愛女人的花園後門；另一扇在巷子的左邊，請你在四月十四日上午九點去那裡，你的愛人到時候也會在那裡。我要告訴你我是誰以及我要達到的目的，我會告訴你們有關過去的一些事情，聽完之後，你們之間會變得更加親近。

四月十四日的晚上會有一場可怕的搏鬥，如果我倒下去了，你所愛的人必將面臨最大的危險，保護好她，一刻也不能讓她離開你。如果我有幸活下來，經過我的苦心經營，幸福將會到來。

請接受我最忠誠的愛

「信沒有署名，」布林奈夫說：「但是我認得，這肯定是西梅隆的筆跡，信中說的女人，就是指艾薩雷夫人。」

「但她究竟會有什麼危險呢？」派特里斯不安地說：「艾薩雷已經死了，沒什麼可怕的了。」

「誰知道呢？他這個人可是殘忍至極。」

「他可能會託誰來替他報仇呢？誰會繼續幫他執行下去呢？」

「這個，我不知道，不過還是小心為妙。」

派特里斯沒再聽他講下去，只是急忙把信交給戴斯馬尼翁先生，便匆匆地離開。

他跳上一輛汽車對司機說：「瑞諾瓦街，快。」

他這麼急急忙忙地往回趕，彷彿西梅隆提到的危險已經降臨到克拉麗的頭上，對方趁他不在的時候攻擊了他心愛的人。西梅隆不是說：「如果我倒下去了，誰能保護她呢？」這種假設已經部分變成了現實，因爲西梅隆已經失去了正常的思維。

「瞧，我是怎麼了，」派特里斯喃喃地說：「我眞傻……我這是在胡思亂想……根本沒有任何道理嘛……」

但他還是越來越感到不安，他想著西梅隆老人有意告訴他，這鑰匙可以開克拉麗花園的門，就是爲了讓他派特里斯在必要時可以隨時進去，保護克拉麗的安全。

車子停在瑞諾瓦街邊，派特里斯下車走進艾薩雷公館。老遠他就看見了西梅隆，這時，天色已經暗了下去，老人正往自己的屋裡走，派特里斯超過他時，這老人正哼著歌。派特里斯朝放哨的傷兵詢問：

「沒出什麼事吧？」

「沒有，上尉。」

「克拉麗夫人呢？」

「她剛才在花園裡散步，半小時前上樓去了。」

「啞巴呢？」

「啞巴陪著克拉麗，可能在夫人門口。」

派特里斯這才稍微放下心來，大步上了樓。當他來到二樓的時候，發現走廊裡沒有開燈，漆黑一片。他感到有些不對勁，打開電燈，卻看到走廊盡頭，啞巴跪在克拉麗的房門口，頭靠在牆上，房門則敞開著。

「你在幹什麼？」派特里斯一邊朝他跑去一邊喊。

啞巴並沒有回答，他這才發現啞巴衣服的肩膀上滲出了血，塞內加爾人癱倒在地上。

「天啊！他受傷了……可能死了！」

他來不及處理，急忙從啞巴身上跳過去，衝進房裡，然後把燈打開。

克拉麗躺在一張長沙發上，一條可怕的紅絲線繫在她的頸上。然而事情還沒有到不可挽回的地步，派特里斯沒有絕望，因爲克拉麗的臉並不像死屍那般蒼白，事實上她還在呼吸。

「她還活著……還活著，」派特里斯心裡想：「她不會死，我擔保……啞巴也不會……沒有擊中要害。」

於是，上尉連忙解開克拉麗脖子上的繩子。

幾秒鐘過後，克拉麗開始大口大口地呼吸，然後漸漸恢復知覺。她醒來後，看到派特里斯，朝他笑了笑。

但是，她很快就想起來了，抓著派特里斯的手臂，聲音虛弱地、顫抖著對他說：

「哦！派特里斯，我怕……我擔心你……」

「怕什麼，克拉麗？那傢伙長什麼樣子？……」

「我沒看清楚……燈滅了……那人很快就掐住我的喉嚨，他還小聲說：『今天晚上，先殺妳，然後再殺掉妳的情人……』哦！派特里斯，我擔心你……我爲你擔心，派特里斯……」

chapter 11

跌入深淵

派特里斯馬上決定，把克拉麗抱到床上，讓她躺著不要動，也別出聲。然後他連忙跑去看啞巴，還好，他的傷勢不重。於是，派特里斯拼命按鈴，把房前屋後安插的所有看守全都召喚進來。

看守得到命令立即趕到。派特里斯生氣地呵斥道：

「你們這群笨蛋，有人進來了都不知道，克拉麗小姐和啞巴差點喪命……」

大家一聽，十分驚訝，頓時騷動了起來。派特里斯命令道：

「安靜！你們都該挨棍子，這次我原諒你們，但是給我聽好，今晚一整晚，你們都要不停地談論說克拉麗小姐已經死了。」

一個大兵連忙問：

「我們要跟誰說呢？上尉？這裡沒其他人來啊。」

「沒其他人來？笨蛋，克拉麗小姐和啞巴遭到了襲擊，如果眞的沒其他人來，那這件事就是你們做的……是不是？好了……都別犯糊塗了！我不是叫你們去對別人說，而是讓你們之間談論……而且，說的時候要露出緬懷小姐的樣子。我保證，現在公館附近就有人在偷聽，他們一直在監視這裡，聽你們說話，並以此來猜測判斷形勢發展。克拉麗小姐明天一整天都不會離開房門，你們要輪流守護，剩下的人都睡覺去，一吃完晚飯就睡。不要在屋裡隨便走動，要保持安靜。」

「西梅隆怎麼辦，上尉？」

「把人給我關在他房間裡，他瘋了，不知道會給我製造出什麼麻煩來，或許有人會利用他的癡呆讓他開門，現在就去，把他給我關好了！」

派特里斯的計畫很明確，敵人肯定以爲克拉麗必死無疑，所以才無意間對她說明來意，他的目的就是要殺他派特里斯。所以現在必須讓敵人自由行動，不產生一絲懷疑，更不能讓他知道自己已經有所防備。然後，將計就計，等對手一出現再收拾他。

派特里斯滿懷希望地等待著他設想的戰鬥，他給啞巴包紮了傷口，啞巴的傷勢不嚴重，他又詢問了啞巴和克拉麗一些情況。

兩人的回答是一致的：克拉麗覺得有點累了，就躺在沙發上看書。啞巴守在通道，房門一直開著，他就一直蹲在那沒離開過。兩人都沒有聽見一點可疑的動靜。但忽然，啞巴看見走道的燈光下閃過一個人影，頓時這盞燈和克拉麗臥室的燈同時熄滅。啞巴剛要站起來，脖頸上猛地挨了一下，當下就失去了知覺。克拉麗想從小客廳的門逃出去，可是這裡的門上鎖了。於是，她開始呼救，可是卻立刻被來人抓住按倒在地上。所有這一切發生得很快，頂多不過幾秒鐘的時間。

派特里斯透過詢問只得出一條線索，那就是兇手不是從樓梯上來的，而是從下人住的側樓一側而來。傭人居住的一側有一個很小的樓梯連著廚房和配膳間，配膳間另一端則有道小門通往瑞諾瓦街。派特里斯檢查了這扇門，發現門是鎖著的，但鑰匙肯定是在什麼人手上。

晚上派特里斯在克拉麗床前一直陪到九點鐘，然後就回到自己的房間。他的房間位置較遠，在走廊的另一端，從前是艾薩雷的吸菸室。

整個晚上，一點動靜也沒有。但是，派特里斯是多麼希望自己的計畫獲得圓滿成功。到了午夜時分，上尉坐在靠牆的一張圓形書桌前，掏出日記本，開始在上面詳細記錄著一天發生的事情。

就這樣寫了三四十分鐘，當派特里斯要把日記本收起來的時候，他好像聽見隱隱約約的沙沙聲，他不由得神經高度緊張起來。這聲音來自窗外。他一下子想起那天朝他和克拉麗開槍的那個傢伙，但是現在窗子連一點縫隙都沒開。

於是，他繼續寫自己的，頭也不抬，假裝什麼也沒聽見，其實他正在紙上記錄自己此刻的不安呢：

「他就在那盯著我，我該怎麼辦？他還沒有砸碎玻璃，還沒朝我開槍，看來他對行動還沒有把握，一定是的……哦，不！他肯定還有別的計畫，肯定比這更狡猾。這麼說，他是在監視我，看我什麼時候睡，等我熟睡再悄悄地溜進來？……現在，我覺得自己好像一絲不掛，赤裸裸地暴露在他的目光下。他對我懷著仇恨，我對他更是恨之入骨。我們就像兩把都在伺機刺出去的利劍。他這頭猛獸蜷縮在黑暗中死死地盯著我，盯著他的獵物，選擇一個恰當時機將我吞掉。但是，我知道，他即將失敗。他準備了刀子和紅絲繩，但我只需用兩隻手就能結束戰鬥，我的手粗壯有力，沒人能戰勝……」

派特里斯寫完，把桌子收起來，點著一根香菸，平靜地吸著，像往常一樣。然後他脫了衣服，把它們仔細地折好，搭在椅背上，然後把錶上滿發條，關燈睡覺。

「終於，」他心裡想：「我終於要知道這個人是誰了，是艾薩雷的一個朋友？是他的陰謀的繼任人？但他爲什麼恨克拉麗？他也愛她？所以才想要把我幹掉？我會知道的……很快就會……」

然而一個小時過去了，接著又是一個小時，窗外卻沒有任何動靜，只有書桌那邊偶爾發出的傢俱的乾裂聲，派特里斯肯定那聲響就是人們夜間常常聽見的木質傢俱的乾裂聲。

現在，他對戰鬥的熱望開始慢慢消退，他開始懷疑克拉麗擔心自己會被害是毫無根據的，而且他那麼高大，敵人根本沒辦法抓住自己。總之，派特里斯好一陣胡思亂想，漸漸地，睡意找上了他，可是剛要睡著，忽然又一聲傢俱的響聲將其驚醒。

他連忙跳下床，開了燈。可是一切似乎都是老樣子，沒有任何異常。

「管它呢，」這時，派特里斯心裡想：「我已經很累了，對手肯定已經猜到我的意圖，知道這是個圈套，所以就不來了。還是睡吧，今天夜裡不會再有事情發生了。」

第二天，他檢查了窗戶，注意到一樓靠近花園一側的那面牆，有一道很寬的楣簷，人可以扶著陽臺和簷槽穩穩地在上面走。接著，他又檢查了所有房間，每個房間都是這樣的設計，楣簷有一人多寬。

「有動靜嗎？」派特里斯問看守西梅隆的兩人。

「應該沒有，上尉，我們都沒有幫他開過門。」

詢問完，派特里斯進去，沒有管西梅隆，逕自搜查房間的每個角落，以防這裡成爲敵人隱蔽的地方，而西梅隆則在一旁抽著他那已經熄滅的菸斗。

派特里斯在那裡沒有找到任何人，但是卻在壁櫥裡發現了幾樣東西，是上次與戴斯馬尼翁先生一起搜查時沒發現的玩意：壁櫥裡放著一副軟繩梯，一根像瓦斯管的鉛管，還有一盞小焊接燈。

「這些東西都很可疑，」派特雷斯心裡暗自想：「這些東西是怎麼弄進來的？是西梅隆無意識地、不由自主地撿來的？或者，我是否應該懷疑，西梅隆只不過是敵人的一個工具？他在精神失常前就認識這個敵人，現在這人對他仍然有影響？」

西梅隆背對著派特里斯坐在窗前，派特里斯剛走到他跟前就被嚇了一跳。老傢伙手裡正拿著黑白珠子做成的花圈，上面寫著一九一五年四月十四日，這是西梅隆爲他的亡友做的第二十個花圈。

「您要獻給他們，」派特里斯大聲說：「您這一生都想著要替您的朋友報仇，直到神經錯亂也不放棄。您要去獻花圈，是嗎？西梅隆？明天去？因爲明天是四月十四日，神聖的紀念日……」

說著，他低頭去看這個無法讓人理解的人，他們四目相對，就像兩條路在十字路口上交會，所有善良的，或惡毒的，友好的，或背信棄義的感情糾結在一起，構成一幕悲劇。西梅隆以爲派特里斯要搶他的花圈，死死地抓住，憤怒地看著對方。

「別怕，」派特里斯說：「我不要您的東西。明天，西梅隆，明天就是我和克拉麗赴約的日子，是您給我們選定的日子。明天，可能對於可怕的過去的紀念，能讓您的精神得到解脫。」

對派特里斯來說，這一天的時間顯得太漫長了。他多麼希望趕快把眞相搞清楚！眞相不是就要在四月十四日這天弄清楚嗎？

傍晚，戴斯馬尼翁先生來到瑞諾瓦街，他告訴派特里斯：

「瞧，我收到一封非常奇怪的匿名信，字寫得潦潦草草……我念給您聽：『先生，黃金即將起運，請注意，明天晚上，一千八百袋黃金將運往國外……一位法國朋友。』」

「明天是四月十四日，」派特里斯說：「為什麼都趕在這天？」

「您為什麼這麼說？」

「啊！沒什麼……說說而已……」

他很想把有關四月十四日這天的所有情況，以及西梅隆的奇怪表現，一股腦地通通告訴戴斯馬尼翁先生。但不知為什麼，他沒有說出來。他也許是想獨自一人把事情處理掉，又或許是出於害羞，打算保持沉默，不對戴斯馬尼翁先生透露有關過去的祕密，於是他問：

「那這封信怎麼處理呢？」

「天啊！我在想，這究竟是一種正常的警告呢？還是敵人在聲東擊西？我去找布林奈夫談談。」

「您沒從他那得到半點有用的資訊？」

「沒有，我已經不再指望他們。布林奈夫並沒有撒謊，他當時確實不在現場，他和他的同夥僅僅是幾個配角而已。」

這次的談話，派特里斯保留了一件事沒說：巧合的日期。

派特里斯和戴斯馬尼翁兩個人，之前為黃金偷運的事各自忙碌，然而，突然之間，他們卻在命運的驅使下，聚攏在一起。眞相肯定就要揭曉了，就在黃金偷運出境的四月十四日這天，一個陌生的聲音也召喚著派特里斯和克拉麗去趕赴他們父母二十年前就安排好的約會。

第二天，四月十四日。上午九點鐘，派特里斯向看守詢問西梅隆的情況。

「他出去了，上尉。」看守回答：「您解除了他的禁閉。」

派特里斯到他的房間裡看了看，花圈不見了，壁櫥裡的三樣東西軟梯、鉛管和焊接燈也一同消失了。派特里斯連忙問：

「西梅隆有帶東西出去嗎？」

「他拿了一個花圈出去，上尉。」

「沒有別的了？」

「沒了，上尉。」

派特里斯看到房間裡的窗子是開著的，他斷定東西就是從這裡送走的。這個老傢伙無意地參與到了一場陰謀當中，他的假設現在得到了證實。

快到十點的時候，克拉麗在花園裡見到派特里斯，派特里斯把最新的情況一一告訴克拉麗，克拉麗臉色蒼白，顯得很不安。在樹木的掩蔽下，他們先是在草叢裡轉了一圈，發現沒人看見，就來到通往巷子的後門，然後，派特里斯開了門。

但當派特里斯打開另一扇門的時候猶豫了一下，他後悔沒有把事情告訴戴斯馬尼翁先生，他一個人和克拉麗來這裡，心裡隱約感到此行必有危險。不過很快，他又排除了這種念頭，謹愼的他身上總是會帶兩把槍。這樣還有什麼好怕的呢？

「我們進去吧？克拉麗？」派特里斯輕聲說。

「好。」克拉麗回答。

「妳好像有點猶豫，是擔心……」

「確實是擔心，」克拉麗喃喃地說：「我現在很緊張。」

「怎麼，妳害怕了？」

「不……也許是……我今天不怕，但有時有些怕。我想念我可憐的母親，她像我一樣，在四月的一天早上跨過這個門。她很高興能來這裡幽會……當時我好像要留住她，對她喊：『別往前走……死神在等待你……別往前走……』這些可怕的話，現在輪到我來聽了……我聽見他們哼著歌……哦！不要再往前走了，我怕……」

「那我們回去，克拉麗。」

但克拉麗挽住派特里斯的手臂，鼓起勇氣，堅定地說：

「不，我要去祈禱，祈禱會讓我好受些。」

於是，她大著膽子沿著母親曾經走過的小路，踏進樹木繁茂，雜草叢生的花園。兩人繞過左邊的小屋，走到他們父母安息的綠色的內院。在那裡，他們一眼就發現花圈變成了二十個。

「西梅隆來過了，」派特里斯說：「本能勝過一切，他必須得來，他人現在肯定就在附近。」

當克拉麗跪著祈禱的時候，派特里斯就在附近尋找，可是並沒有找到西梅隆的影子，兩人只好又去

檢查小屋。很明顯，這是非常危險的舉動。於是，兩人緩慢謹愼地往前走，即使不是出於恐懼，至少是因爲來到一個曾經發生過命案的地方，不免感到有些不知所措。

克拉麗向派特里斯做了個手勢，「瞧。」她說。

派特里斯正在琢磨要怎樣進入門窗緊閉的小屋。可是當他們走近屋子的時候，朝向院子的房門卻是敞開著，兩人就想肯定是西梅隆在裡面等他們。

當這對情侶跨進小屋的門檻時，正好是上午十點整。門廳左側通向廚房，右側通往臥室，中間就是小屋的正廳。只見這個房間的門虛掩著，克拉麗小聲說：

「過去的事情就是在這裡發生的……」

「是的，」派特里斯回答：「我們進去可以找到西梅隆，不過如果妳害怕的話，克拉麗，我們就不要進去。」

克拉麗現在激動極了，她不假思索地走了進去。

房子雖然很大，但傢俱的陳設卻給人溫馨親切的感覺。沙發、扶手椅、地毯、帷幔，一切看上去都很舒適，肯定和主人被害前的佈置完全一樣。這房子的天花板中央嵌著一塊玻璃，光線從房頂直射進來，牆上的窗戶卻被窗簾遮得嚴嚴實實。

「西梅隆不在這裡。」派特里斯說。

克拉麗沒有說話，她仔細地審視著每樣東西，激動得臉色都變了。房裡有很多上個世紀的書籍，封面呈現黃色或藍色，上面都用鉛筆簽著克拉麗的名字。還有克拉麗夫人未完成的作品，一塊刺繡布，一塊羊毛壁毯上還插著一根針。也有些書上簽著派特里斯的名字，桌上放著一盒雪茄，吸墨紙，鋼筆和一瓶墨水，一個鏡框裡還有兩張小照片：派特里斯和克拉麗。

過去的生活依舊，這對情人的愛情並非曇花一現，而是就這樣平靜地定格成了永恆。

「啊！媽媽，媽媽。」克拉麗激動地呼喚。

每看見一件遺物，她都激動不已，偎在派特里斯的肩膀上抽泣。

「我們還是走吧。」派特里斯安慰地說。

「好的，好的，這樣會好一點，我們以後再來……我們將再回到他們的身旁……讓我們來延續他們被破壞了的溫馨生活吧。我們走，我今天已經太累了。」

但沒等兩人走出幾步，卻忽然停了下來，正廳的房門被關上了。

兩人不安地對視著。

「我們沒有關門，是嗎？」派特里斯問。

「沒有，我們沒關門。」克拉麗回答。

派特里斯上前想要開門，但這扇門既沒有把手，也沒有鎖。門是用一整片橡木製成，又厚又硬。既沒有刨光，也沒有上漆，上面只有些被劃過的痕跡，應該是被什麼東西砸的。派特里斯忽然發現門的右邊寫著幾個鉛筆字：

派特里斯和克拉麗——一八九五年四月十四日，上帝將為我們復仇。

字的下面畫著一個十字，十字下面又接出來一個日期，字體不同，顯然是新寫上去的：

一九一五年四月十四日

「一九一五年！……一九一五年……」派特里斯不禁喊了出來：「太可怕了！……是今天的日期！是誰寫的？這是剛寫上去的。哦！難以置信！……瞧……瞧……我們出不去了！……」

派特里斯衝到一個窗子前，把簾子拉開，打開窗子一看，忍不住一聲驚呼。窗戶被堵死了，玻璃窗和護窗板之間砌滿了礫石。他又跑到另一扇窗前，同樣，窗子被砌死了。所幸，屋裡還有兩扇門，右邊的一扇通往臥室，左邊的一扇通向與廚房相連的客廳。派特里斯連忙去開第二扇門，但是同樣被堵死了。他一時驚呆了，然後又朝第三個門跑去，他想撞開它。可是門紋絲不動，彷彿鐵板一塊。

於是他們驚慌地望著對方，心裡都想到了同樣可怕的問題。歷史即將重演，悲劇又在相同的場景下發生，繼父親和母親之後，現在輪到他們的兒子和女兒了。過去的情侶和這對新戀人都被困在這裡，無法從敵人的魔爪中逃脫。毫無疑問，敵人要讓他們像自己的父母那樣死去……一八九五年四月十四日……一九一五年四月十四日……

chapter 12 驚恐

「啊！不，不，」派特里斯喊道：「這不可能！」

他撲向窗戶，撲向房門，抓起壁爐裡的柴架去砸將門窗堵死的牆，可是毫無結果。他父親從前也這樣做過，但也只是在木門上和被礫石堵死的牆壁上劃下了令人可笑的、擦不掉的痕跡。

「啊！克拉麗，克拉麗。」派特里斯絕望地大聲喊著：「都是我的錯，是我把妳帶進了虎口！我是瘋了，想單獨作戰。我本該向瞭解情況、有經驗的人求救才是！……不，我以爲我能贏……請妳原諒我，克拉麗。」

克拉麗呆坐在椅子上，派特里斯跪在她的面前，雙手摟住她的腰，祈求她原諒自己。

克拉麗微笑著安慰他，輕輕地說：

「哦！你不要氣餒。我們可能是弄錯了……畢竟現在我們還沒有證據證明這不是個意外。」

「可是這日期！」派特里斯未被說服：「日期顯示就是今天，是誰寫上去的……前面的一個日期是我們的父母留下的……克拉麗，這個日期不就是最好的預言，最強而有力的證據嗎？它說明有人今天想要我們葬身於此？」

克拉麗聽得渾身發抖，但仍不停地安慰派特里斯：

「好了，也許吧，可是我們還沒到最糟糕的地步。雖然我們現在遇上了敵人，但還有我們的朋友啊……他們會到處找我們的……」

「就算他們會到處尋找，但又怎能找到我們呢，克拉麗？我們在來這裡之前，設法不要讓別人發現我們的行蹤。況且，也沒人知道這棟房子啊！」

「西梅隆不是知道嗎？」

「西梅隆今天已經來過這裡了，他獻了花圈，我猜那傢伙是跟著他一起進來的，西梅隆被他完全地控制住了，既然現在已經完成了任務，肯定早就被打發走了。」

「那我們要怎麼辦，派特里斯？」

派特里斯察覺到克拉麗開始有些慌亂，他也覺得自己眞是軟弱，心裡不禁陣陣羞愧。

「那……」他極力控制住自己的情緒說：「那，我們就再等等。我猜那傢伙不會立刻要我們的命，我們現在雖然被困在這裡，但是這並不等於我們就活不成了。至少，我們還能抵抗，不是嗎？請妳相信，我還有力氣，還有辦法。好吧，克拉麗，我們不能坐以待斃，我們得行動，現在，最重要的是要找找看有沒有其他出口。」

然而，兩人找了一個小時，也沒發現任何出口。他們敲打牆壁，並未聽到異樣的聲音。掀開地毯，下面鋪的只有磁磚，花紋也完全正常。這麼說，那傢伙就只有從門進出。門是朝外開的，他們沒辦法阻止對方拉門進來，因此只有將房裡所有的傢俱統統搬到門口，築成一道屏障，以防萬一。派特里斯還給兩把手槍統統裝上子彈，放在自己的身邊。

「這樣，」他說：「我們就可以放心了，誰要是敢進來，看我打爆他的腦袋。」

然而，兩人一靜下來，沉重的回憶便壓得他們喘不過氣來。同樣的境遇、話語、被動防守；同樣的想法、恐懼。派特里斯的父親當時手裡肯定也有武器，克拉麗的母親肯定也在爲他們兩人祈禱。他們兩個人也曾一起搬過傢俱、堵過門，也曾敲過磚牆、掀過地毯。

兩個年輕人一下子變得更加不安起來，爲了驅散腦中可怕的念頭，他們不停地翻看父母曾經閱讀過的書籍、小說，還有小冊子。他們發現，在一些書裡，在每章或每卷的末尾，總能找到昔日情侶留下的字跡。這是派特里斯的父親和克拉麗的母親用來通信的方式：

親愛的派特里斯，我今天早上跑來這裡，重溫著前一日的情景，幻想著即將來到的生活。當你來時，看著這些文字，你會讀到我愛你……

打開另一本書，裡面寫著：

> 親愛的克拉麗，妳才剛走，我就等不及明天見妳，我不願離開這棟房子，它雖然小，但是卻有我們留下的甜蜜和喜悅……

就這樣，兩人翻遍屋裡大部分的書籍，但除了溫柔的愛語，他們沒找到任何可以給他們提示的內容。

兩人就這樣在等待和不安中度過了兩個小時。

「別怕。」派特里斯說：「也許什麼事也不會發生，但糟糕的是，萬一什麼事也沒發生，我們也出不去，這樣……」

他話到嘴邊又咽了回去，然而克拉麗已經心知肚明，他們都意識到自己可能會被餓死在裡面。但派特里斯卻說：

「不，不，我們不用怕。不，像我們這樣年齡的人是不容易被餓死的，至少得需要整整幾天，三四天或者更多時間。所以，還沒等我們被餓死，就會被朋友們找到了。」

「怎麼會呢？」克拉麗說。

「怎麼不會？我們的朋友會來救我們的，啞巴、戴斯馬尼翁先生都會來救我們。如果我們今天晚上還沒回去，他們肯定會開始擔心。」

「可是，你跟他們說過嗎，派特里斯？他們根本不知道我們在哪。」

「他們會知道的，很容易就會知道。妳想，兩個花園只隔著一條巷子。再說，我們的行動不是都被我記在日記裡了嗎？日記本就擱在我房間的寫字臺裡了。啞巴會發現的，他一旦發現我們不見了，就會告訴戴斯馬尼翁先生的。而且……而且，還有西梅隆……不知道他現在究竟怎麼了？難道就沒人注意到他的行蹤嗎？他就不會通知什麼人？」

派特里斯的這番話根本說服不了他們兩人。如果他們沒被餓死的話，那肯定是因爲對方又想出了另一種招數。兩人不知道該怎麼辦，派特里斯只得繼續查找。然而，這一找還眞就有了新發現。

他翻開了一本剛才沒看過的書，那是一本一八九五年出版的書，派特里斯發現書中有兩頁折在了一起，他把它展開，竟然發現裡面的內容是他的父親寫給他的：

派特里斯，我的兒子，如果有一天，在命運的驅使下，你見到了這些文字，那是因爲我們沒能戰勝死亡。關於這次死亡的經過，派特里斯，你可以在這雜物間的兩扇窗户之間的牆上讀到。我或許還來得及把它記錄下來。

原來，兩名受害者在當下已經預感到等待他們的悲劇命運，派特里斯的父親和克拉麗的母親當時已經做好了心理準備，他們清楚來這裡將會冒怎樣的危險。

現在就需要弄清楚派特里斯的父親當初是否按他所說，記下了受害經過。

年輕上尉的父親所說的兩扇窗子之間和整幢房子的圍牆一樣，砌著兩米高的木質護牆板，護牆板的上面是石灰牆壁。派特里斯和克拉麗一眼就發現，這個地方的護牆板好像是重新裝上去的，因爲木板的

顏色明顯與其他地方不一致。於是，派特里斯抄起壁爐架，利用上面的尖端，撬開了第一塊木板。

被木板擋住的牆壁上赫然出現了幾行文字。

「就像西梅隆常用的做法，在牆上寫字，然後用木板和石灰蓋起來。」

派特里斯一口氣又撬開了其他幾塊護牆板，每塊木板的後面也都有字。這些字是用鉛筆寫上去的，字跡十分潦草，看樣子，當時的情況一定相當緊急。

派特里斯看著這些文字，心情一下子激動起來。這是他父親在面對死神的時候寫下的。幾小時後他就離開了這個人世。這是他臨終的見證，是父親對殺死他和他的愛人的敵人的詛咒。

派特里斯低聲地讀著：

> 我寫這些，是爲了不讓強盜的陰謀得逞，是相信壞人終會得到懲罰。毫無疑問，我和克拉麗都將死去，但是我們要讓世人知道我們的死因。
>
> 幾天前，他曾經對克拉麗說：
>
> 『妳拒絕我的愛，我沒辦法忍受妳對我的仇視。我要殺死妳和妳的情人，然後製造你們自殺的假象，這樣就不會有人來懷疑我。所以，請妳好自爲之吧，克拉麗！』
>
> 看來他確實是早有預謀。他根本不認識我，但是他一定知道克拉麗每天都會到這裡來和我幽會，於是他在這間小屋裡爲我們準備了墳墓。
>
> 我們將怎樣死去？我不知道。接下來的時間，肯定不會有人給我們送吃的來了。我們已經困在

這裡長達四個小時了。眼前這扇沉重的門一定是他在夜裡安上的，門得從外面才能開，而且已經上了鎖。其他的出口，包括門、窗也全部用水泥和石塊堵死了。他肯定是在我倆最後一次見面之後祕密潛入，然後準備好了這一切。現在，從這裡出去是不可能的。我們會遭受怎樣的折磨呢？

派特里斯讀到這裡停住了，他說：

「克拉麗，妳看，他們和我們的遭遇一模一樣。他們也擔心被餓死。他們也在經歷了漫長而痛苦的等待之後，依舊毫無辦法。這一段話，是我父親在意識開始恍惚的情形之下寫下的。」

派特里斯又仔細看了看牆壁，然後補充說道：

「他們可能以爲兇手不會發現這些文字。妳瞧，這兩扇窗戶原本只有一個大窗簾，整個這面牆用一根窗簾杆。看來，我們的父母死後，沒有人掀開過這扇窗簾，這樣文字就被隱藏了起來……然後，有一天，西梅隆闖了進來，他看到了牆上的字，於是，便小心翼翼地做了新護牆板把字蓋住，並且把一扇窗簾換成了兩扇，這樣，一切看上去都很正常，也就不會引人懷疑了。」

接著，派特里斯繼續往下讀：

啊！要是讓我一人來承受痛苦，讓我一人死去該有多好啊！但是可惡的是，我連累了我親愛的克拉麗。她雖然盡力控制自己，但還是被嚇昏了。我可憐的愛人！我彷彿已經在她清秀的臉龐上看到了死亡帶來的蒼白。原諒我吧，我的愛人。

派特里斯和克拉麗互相看了看對方，兩人心中不由得升起同樣的感受。他們在爲親人感到不安和難受的同時，竟然忘了自己正身處險境。派特里斯低聲說：

「他愛妳的母親，就像我愛妳一樣。我也和他一樣，我不怕死。在戰場上，死亡一次又一次地逼近我，我都只是微微一笑！爲了妳，克拉麗，我寧願去遭受各種折磨……」

派特里斯在屋子裡踱來踱去，憤怒地喊道：

「我要救妳，克拉麗，我發誓。我要替我們的父母報仇！我們的命運是相同的，妳聽著，克拉麗，我要用他對付我們的招數來對付他，我要讓這可惡的傢伙死在這裡……就在這裡。啊！我要用我全部的仇恨來還擊他！」

說著，憤怒的派特里斯又撬開了幾塊木板。他想看看是否還有新線索，因爲他們處在同樣的境況。然而，他看到的也全是自己剛才的那番詛咒和復仇：

> 克拉麗，此仇必報。即便我們不報，公正的神明也將替我們來懲罰他。不，這傢伙的陰謀是不會得逞的，不會的。不會有人相信我們會不要幸福和甜蜜而選擇自殺的，大家肯定能猜出我們是因爲遭受迫害。時間可以過去，但證據將永遠留在這裡……

「空話！空話！」派特里斯憤怒地嚷道：「不過是些絕望的威脅和痛苦的吶喊，沒有給我們任何線索或是提示……啊！我親愛的父親，您就沒有給我留下一句能拯救您心愛的克拉麗的女兒的話嗎？您的克拉麗死去了，您得保佑我的克拉麗擺脫厄運啊，父親！幫幫我吧！給我提示吧！」

但是，接下來，派特里斯找到的仍然只是一些呼救和失望的話語。

誰來救我們？我們被鎖在這裡，被活埋在這個墳墓裡，受此折磨，無能爲力。我的手槍就放在桌子上，有什麼用呢？對方並不打算正面攻擊。他有足夠的時間，這個人實在是冷酷至極，他打算用時間的力量來打垮我們。誰來拯救我們？誰來救我心愛的克拉麗？

看到這裡，派特里斯和克拉麗感到無限的恐懼和絕望。他們彷彿已經死過一次。前人冒過的險，他們現在還是無法擺脫；前人經歷過的每一步，現在的他們仍然得面對。他們的命運與他們父母的命運是如此的相似，同樣受著時間的折磨，死亡在即。

克拉麗失望極了，禁不住地掉下了眼淚。派特里斯眼看著自己心愛的人兒不知所措的哭泣，頓時心慌意亂，只好再去撬動木板。這裡的木板被橫木固定住，他撬得非常吃力。最後他讀到：

怎麼？我好像聽見有人在外面走動，就在花園院牆一側。我把耳朵貼在被堵死的窗戶上仔細地聽著，是的，有腳步聲。可是，這怎麼可能？哦！看來他這是打算行動了，我寧願是這樣，總比令人窒息的死寂來得好。

……是的！……是的！……聲音越來越清晰了……好像有人在用十字鎬掘地。不是在房子前面，是在房子的右側，靠近廚房的那邊。

看到這裡，派特里斯急忙加快速度，繼續使勁撬，克拉麗也一起過來幫忙，最後蓋在外面的窗簾一角被他們掀開。派特里斯接著讀下去：

響聲和沉寂交替著，他把挖出來的土壤運到別處，這樣來來回回，又過了一個小時。然後有人進了門廳……只有一個人……肯定是他。他的腳步聲，我們熟悉他……他也並不打算掩飾他的腳步……他往廚房那邊走去了，和剛才一樣，同樣的十字鎬掘地的聲音，這回鎬是掘在石頭上，我能聽見石頭碎裂的聲音。

現在他出去了，他好像沿著房子上去了，這傢伙要爬到房子上去完成他的計畫……

這時，兩個人也豎起了耳朵，派特里斯低聲說：

「聽……」

「聽到了，聽到了。」克拉麗回答：「我聽見……外邊有腳步聲……不是房子前面，就是花園那面……有腳步聲……」

兩人連忙走到一扇窗子前，這扇窗戶裡面用礫石堵死後外面就沒有關，他們仔細地聽著。

眞的有人在走動，而且他們猜想一定是那傢伙來了。奇怪的是，現在的兩人也像他們的父母一樣，感到一陣難以解釋的快慰。兩人聽到有人圍著房子轉了兩圈。這個聲音，他們一點也不熟悉，是一個陌生人的腳步聲，或者是步子的節奏改變了。

然而幾分鐘之後，什麼聲音又都沒有了。很快，聲音再次出現，雖然，剛才的兩人一直期待著能再次聽見些動靜，但是眞正聽到後，內心卻不免感到有些驚慌。派特里斯一邊讀著父親二十年前留下的筆記，一邊低聲說：

「那傢伙正在用十字鎬掘土。」

是的，就是這個聲音。有人在掘土，不是在房子前面，而是在右邊的廚房。難道過去的悲劇又要再次上演，這種對過去情節的簡單重複反倒更加讓人感覺陰森可怖，過去的慘劇預示著今日的死亡。

一個小時過去，掘地的聲音仍在時斷時續地進行，就像在挖墳墓一樣，挖墓人並不著急將事情做完，挖一段時間就停下來休息一會。

派特里斯和克拉麗兩人靠在一起，手拉著手，面對面站在那仔細地傾聽……

「停了！」派特里斯低聲說。

「對，」克拉麗說：「可能……」

「是的，克拉麗，他進來了……啊！沒必要聽了……我們只要看看這些文字……瞧……『他往廚房那邊走去了，和剛才一樣，同樣的十字鎬掘地的聲音，這回鎬是掘在了石頭上。』……然後……然後……哦！克拉麗，一樣的石頭碎裂的聲音……」

可怕的現實眞的與過去的記載完全吻合，他們在等待著即將發生的事情。

敵人很快又到了外面，「他好像沿著房子上去了，這傢伙要爬到房上去完成他的計畫。」接下來……接下來……又怎樣呢？他們不再想牆上的那些話，也許是因爲不敢去想。他們的全部注意力都集中到外邊發生的情況，雖然對手就像是看不見、摸不著的幻影。二十年來，這傢伙從無間斷，他在暗中執行著一個針對他們的神祕計畫，每個細節都像鐘錶的運轉那樣井然有序。

那傢伙再次進到屋裡，他們聽見從門邊傳來窸窸窣窣的聲音，像是有人往裡塞什麼東西。接著，在兩個相鄰房間的門的一側，又傳來了聲音，然後，砌滿礫石的窗外也傳來同樣的聲響，再後來房頂上又有了動靜。

派特里斯和克拉麗抬頭望向玻璃穹頂，那裡是整棟房子唯一有陽光射入的地方。兩人這回不再懷疑，大難就要臨頭，一切都將結束。他們神祕的敵人馬上就會在上面亮相。

只聽那傢伙在屋頂上忙忙碌碌沒個停歇，腳步聲使得房頂上的鋅板發出轟轟隆隆的震顫，這震顫沿著房頂的右側一直蔓延到穹頂邊上。

突然，穹頂四塊天窗中的一塊被一隻手輕輕地掀開了一角，那人用一根棍子將其支撐。然後，他又從屋頂上下去了。這時的派特里斯近乎絕望，他想要知道得更多，於是急忙繼續撬護牆板。他先是讀到了對剛才一切活動的簡單記述。

那傢伙再次歸來，被堵死的門窗前相同的窸窣聲，屋頂上的聲響，同樣的一隻手，穹頂敞開同樣的縫隙，一切安排得井然有序。派特里斯的父親和克拉麗的母親也都一樣，有著相同的感受。命運沿著同樣的道路，用同樣的方式，爲著同樣的目的重複著。

派特里斯的父親的記述在繼續：

他又上去了……他又上去了……他的腳步聲還在屋頂上……他走到了穹頂邊……他想看看我們嗎？……我們能看見他的嘴臉嗎？……

「他又上去了……他又上去了……」克拉麗摟著派特里斯低聲地說。

果然，兩人聽見敵人又再登上了房頂。

「是的，」派特里斯說：「和過去一模一樣，他又上去了，」派特里斯不再懷疑對方的計畫，「只是不知道我們會看到誰的面孔……我們的父母知道他們的敵人是誰。」

克拉麗想起了殺害她母親的兇手，不禁瑟瑟發抖，她問：

「是他，是嗎？」

「對，是他，……我父親記下了他的名字。」

派特里斯看到了全部的記錄，他半彎著腰，用手指著：

「瞧……這個名字……艾薩雷……妳看……這裡，看到了嗎？這是我父親寫的最後幾個字……」

穹頂的天窗開得更大了……一隻手推開了它……我們看見了……他狡黠地衝著我們笑……啊！

可惡……艾薩雷……艾薩雷……

接著，他從天窗裡扔下一個東西，剛好落在房子中間我們的頭上……是一副軟梯……

我們不明白……軟梯在我們面前戛然而止……梯子最後一節橫杠上別著一張白紙，是艾薩雷給我們的字條：「讓克拉麗一個人上來，她可以得救，我給她十分鐘時間考慮，否則……」

「啊！」派特里斯站起來說：「見鬼，難道這傢伙還要重複過去的伎倆？梯子……我在西梅隆的壁櫥中發現過一副軟繩梯……」

克拉麗目不轉睛地盯著天窗看，剛才一直不斷的腳步聲這時突然停了下來。派特里斯和克拉麗相信，最後的時刻到了，他們即將看到……

派特里斯幾乎啞著嗓子低聲說著，聲音都變了調子：

「會是誰呢？只有三個人有可能，可是其中兩個都已經死了：艾薩雷和我的父親。第三個就是西梅隆，可是他瘋了，難道他在瘋癲的狀態下會不由自主地來陷害我們？可他怎麼會如此精確地做到每個步驟，不，不可能……肯定是另有其人，這傢伙一直在控制著他，肯定是這樣的，有人躲在他的背後。」

克拉麗緊緊抓著派特里斯的手臂。

「別說話了，他來了……」

「不……不是的……」派特里斯回答。

「他來了……我敢肯定……」克拉麗說。

克拉麗果真猜中了。和派特里斯的父親描述的完全一樣，穹頂的天窗開得更大了……一隻手推開了它……他們忽然看見了……

他們看見一個腦袋從開著的天窗中露出來。

是西梅隆。

其實，兩人看到西梅隆並不感到特別意外。因爲，這幾週來，西梅隆一直和他們在一起，他肯定扮演著什麼悲劇角色。不管他們是否願意，他總是無所不在。他的角色神祕、令人難以理解。是不自覺的同謀？還是受盲目命運驅使的傀儡？現在這些都無關緊要了！反正最後出現的人就是他，他一直在部署，沒有停歇，讓人防不勝防。派特里斯喃喃地說：

「瘋子……瘋子……」

「他可能不瘋……他不一定是眞瘋。」克拉麗顫抖著說。

上面的人透過黃色鏡片死死地盯著他們，在他那冷漠的臉上，既看不出仇恨，也看不出得意。

「克拉麗，」派特里斯低聲說：「……妳讓我……我來……」

說著，他輕輕地推開站在身旁的克拉麗，假裝扶她到椅子上坐下的樣子，而實際上，他只有一個想法，走到放手槍的桌邊去，拿起武器射擊。

西梅隆一動不動，活像個兇神惡煞的魔鬼，克拉麗無法猜出這個盯著她看的傢伙到底有怎樣的心思。

「不。」她低聲說，她害怕派特里斯的計畫會讓事情變得更糟，「不，不要……」

可是派特里斯十分堅決，他離桌子越來越近，再往前走一步就能夠到手槍……

只見，派特里斯「嗖」的一下端起槍，瞄準穹頂就是一槍。

一瞬間，房頂上的腦袋立刻縮了回去。

「啊！」克拉麗喊道：「你不應該這樣做，派特里斯，他會報復的……」

「不，也許不會……」派特里斯說，手裡握著手槍：「誰能保證我沒打中？……沒錯，子彈是打到了窗框上……但也有可能彈出去，所以……」

兩人就這樣手拉著手，抱著一線希望等待結果。

然而，他們的希望沒多久就破滅了，房頂上再次有了聲響。

好像一切照舊，他們似乎已經看到有一個東西從開著的天窗外扔了進來，剛好落在房子中間……是一副軟梯，繩梯……就是派特里斯在西梅隆的壁櫥裡看見的那副。

和從前一樣，他們等待著，而且很清楚，一切都會重演，結局無可抗拒地逐漸清晰起來，他們快速地在梯子最後一根橫杠上找到別在上面的字條。

那是一個紙卷，紙已經泛黃，變脆。

這正是二十年前的那張字條，像從前一樣，上面寫著相同的文字，進行著同樣的威脅：

讓克拉麗一個人上來，她可以得救，我給她十分鐘時間考慮，否則……

chapter 13

棺材釘子

「否則……」這個詞，派特里斯機械地重複了很多次。它的可怕含義，他們兩人都已明白。「否則……」意味著，如果克拉麗不服從，不聽對方的話，跟這個地獄的建造者出去，那麼就只有一死。

此刻，派特里斯和克拉麗不再去想自己將怎樣死去，甚至也不去害怕死亡本身。他們面對對方下達生死離別的命令，開始猶豫不決。一個從地獄裡出去，另一個死。如果克拉麗犧牲派特里斯，她就可以繼續活下去。然而這是怎樣的代價，她怎麼可能作出這樣的抉擇？

兩個年輕人就這樣沉默了許久，進退維谷，不知所措。現在，事情已經徹底明瞭，他們已經無法擺脫悲劇的命運，只得被動接受。然而，發生在他們身上的悲情結局現在交由他們自己去做定奪，這是怎樣的難題啊？過去的那個克拉麗做出了選擇，她用愛來解決難題，她選擇了死亡……

如今，這個難題又擺在面前。

父親的記錄潦草不堪，但派特里斯很快就將這些模糊的字跡辨認出來，派特里斯讀道：

我祈求克拉麗……她撲在我的膝蓋前，她願意和我一起死……

派特里斯望著克拉麗，低聲對她說著話，而她卻什麼也沒聽見。

於是，他把她拉到自己的懷中，激動地喊著：

「妳走，克拉麗。妳知道，我之所以沒有馬上說出口，並不是因爲我在猶豫。不，不是那樣……我……我只是在想他提出這個提議的理由……我是怕妳……他對妳所要求的太可怕了，克拉麗……他之所以答應救妳，是因爲要從妳那裡得到愛情……所以，妳知道……不過，不管怎樣，克拉麗，妳應當這麼做……因爲，妳必須活下來……妳走……不能等十分鐘……他要是改變主意該怎麼辦……把妳也處死，不，克拉麗，走吧，趕快走。」

然而，克拉麗乾脆地回答：

「我留下來。」

派特里斯愣了一下，然後說：

「妳簡直是瘋了！爲什麼要做無謂的犧牲？妳是害怕出去之後他會繼續對妳折磨？」

「我不怕。」

「那就走！」

「我留下。」

「這是爲什麼？妳爲什麼要這麼固執？這樣做會對誰有好處呢？爲什麼要這樣？」

「因爲我愛你，派特里斯。」

派特里斯一下子感到惘然，不知所措。不是因爲不知道克拉麗對他的愛，只是，他沒料到她愛他至死不渝。

「啊！」派特里斯感慨極了，「妳愛我，我的克拉麗……妳愛我……」

「我愛你，派特里斯。」

克拉麗一把摟住派特里斯的脖子，沒有什麼能夠將他們分開。可是，派特里斯並沒有就此退卻，他決心救她。

「是的，」派特里斯說：「如果妳愛我，妳就應該聽我的，好好活下去。相信我，對我來說，讓妳和我一起去死要比我一人去面對死亡痛苦千百倍。知道妳能獲得自由，能夠活下去，我的死就會是甜蜜的。」

然而克拉麗根本聽不進派特里斯的話，她繼續著自己的表白，能夠這樣做，能夠向愛人傾訴很久以來藏在心頭的衷情，她感到十分幸福：

「我從第一天見到你，就愛上了你，派特里斯。其實，我並不需要你來告訴我，我的心裡早已經知道，我之所以一直沒有說出自己的心聲，是因爲我在等待一個莊重的場合，我要等到能夠望著你的眼睛，全身心地投入你的懷抱的時候再對你說。但既然現在，我們已經站在了死亡的邊緣，那就是時候把

它說出來了。你聽我說，派特里斯，請不要逼我離開，這比死更讓我痛苦。」

「不，不，」派特里斯想要竭力掙脫開來：「妳的職責是走。」

「我的職責是留在我愛的人身邊。」

派特里斯仍在掙扎，他抓住克拉麗的手說：

「妳的職責是從這裡出去，只有妳獲得自由，才能救我。」

「你說什麼，派特里斯？」

「是的，」他說：「救我，妳肯定能想辦法從那傢伙的魔爪中逃脫出去，然後去找人，把情況告訴給他們，通知我的朋友，讓他們來救我……大喊大叫也行，耍點小花招也行……」

克拉麗憂傷地笑了笑，用質疑的眼光看著派特里斯，他便停住，不再講話。

「你這是在安慰我，我可憐的愛人，」克拉麗說：「你比我更不相信你自己的話。不，派特里斯，你很清楚，我一旦落入那傢伙的手裡，他絕不會讓我有一絲的自由，他會把我的手腳捆起來，然後關到隱蔽的地方藏起來，直到你嚥下最後一口氣爲止。」

「妳肯定？」

「派特里斯，你很清楚結果會是怎樣。」

「結果會怎樣？」

「你想，派特里斯，這個人讓我出去絕不是出於仁慈，他有他的打算，一旦我落到他的手裡，他就會進行他更加惡毒的邪惡計畫。你難道猜不到嗎？你早就猜到了，不是嗎？我唯一能夠倖免的就是不要落入他的魔掌。那麼，我的派特里斯，與其再多活幾個小時，何不現在就在你的懷抱裡死去？讓你的嘴唇貼著我的嘴唇？就這樣好嗎？這樣一瞬間的生命不也是最美好的嗎？」

派特里斯掙扎著想要掙脫開克拉麗。他明白，一旦碰觸到對方迎上的嘴唇，他就會立刻屈服。

「絕對不行，」他喃喃地說：「……妳怎麼會讓我接受妳的犧牲呢？妳還這麼年輕……還有很長的幸福生活在等著妳……」

「如果沒有你，日子只會是不幸和絕望的……」

「妳應該活下去，克拉麗，我真心地祈求妳。」

「沒有你，我活不下去，派特里斯，你是我活著的唯一慰藉。除了愛你，我的生命不再有其他意義。是你教會了我愛，我愛你……」

哦！多麼聖潔的話語！它們第二次在這幢房子中迴響。女兒的這番話，母親也以同樣的激情和奉獻精神將其述說！在死亡的回憶和即將來臨的死亡面前，此番話語倍顯神聖。克拉麗毫無懼色，她的恐懼在愛情面前早已徹底地消失；只有愛情使她的聲音顫抖，使她那雙美麗的眼睛熱淚盈眶。

派特里斯激動地看著她。現在的他終於理解了這樣的死法是有意義的。

然而他還是做了最後的努力。

「克拉麗，如果我命令妳離開呢？」

「你是說，」克拉麗反問道：「你命令我與那個男人結合，讓我委身於他？這是你所希望的？派特里斯？」

她的反問讓派特里斯不知如何對答。

「啊！可惡！這傢伙……見鬼……妳，我的克拉麗，妳那麼純潔，妳還那麼年輕……」

這個可惡的傢伙，派特里斯和克拉麗誰都沒有將其認定就是西梅隆這副嘴臉。雖然他的亮相不容置疑，但是他們兩人仍然認爲敵人是個神祕的傢伙。這個人也許是西梅隆，也有可能是另外一個人，不管怎樣，穹頂上的是他們的敵人，是惡神，他正在製造他們的死亡，且對克拉麗懷有不潔的想法。

派特里斯問了一句：

「妳以前有察覺到西梅隆想追求妳嗎？……」

「從來沒有……從來沒有……他沒有追求過我……他甚至總是想要迴避我……」

「那就是他瘋了……」

「他不瘋……我不信……他是在報復。」

「不可能，他是我父親的朋友。他一生一直在爲了促成我們的結合而努力，但現在卻存心要殺我們，這說不通。」

「我不知道，派特里斯，我不明白……」

他們不再談西梅隆了，因爲這與西梅隆或者也許是另一個人要殺死他們這件事情比起來，顯然已經無關緊要了。現在，他們的敵人是死亡本身，所以，製造死亡的人就顯得不重要了。可是他們怎樣才能戰勝死亡呢？

「你同意了，派特里斯，是嗎？」克拉麗低聲問。

派特里斯沒有回答，克拉麗繼續堅持說：

「我不走，但是我要你同意我的決定，我求你，想著你因此而痛苦簡直就是一種折磨，我們兩個應當懷著同樣的心情離去。你同意了，是嗎？」

「是的。」派特里斯回答。

「把你的手給我，看著我的眼睛，笑一笑，我的派特里斯。」

頓時，兩人被一陣極度的幸福感所包圍，完全沉浸在愛情與欲望的激情中。可是，克拉麗突然察覺到了什麼，她連忙問：

「你怎麼了，派特里斯？你怎麼又開始心慌意亂起來……」

「瞧……瞧……」

他嘶啞地喊著，這回他清楚地看到了眼前的情景。

梯子緩緩上升，十分鐘時間已經到了。

他奔過去，急忙抓住一根橫梯。

而克拉麗則待在原地一動也不動。

到底該做什麼？他自己都不清楚。但是，這個梯子是救克拉麗的唯一機會。他是否該放棄，向宿命、向死亡就此屈服？一分鐘，兩分鐘過去了。上面的人好像不得不把繩梯重新掛住，因爲派特里斯感到有東西牢牢地把梯子固定住了。

克拉麗求他：

「派特里斯，派特里斯，你想做什麼？……」

他望了望周圍，又望了望上面，像是在想對策，他竭力在腦海裡搜尋著，就像當時他的父親一樣。

只見，他嗖的一下抬起左腿，把腳踏在第五級橫繩上，手抓起繩子往上爬。

眞是個荒謬的想法！他想就這麼爬上去？爬到天窗上，去制服敵人，自己得救，那麼，克拉麗也得救了？他的父親嘗試過，失敗了，他又怎麼能夠成功？

果然，派特里斯在梯子上沒待上幾秒鐘，就重重地摔在了地上。掛在天窗上的繩梯的掛鉤隨即跟著脫落，掉在派特里斯的身旁。

緊接著上面發出一陣冷笑，然後啪的一聲，天窗緊緊地關了起來。

派特里斯憤怒地站起身來，怒不可遏，他一邊不停地咒罵著，一邊端起手槍就是兩槍，穹頂的兩塊玻璃被打碎了。接著，他又跑到門窗前，用壁爐柴架使勁地砸。他砸牆，砸地板，他向嘲笑他的隱形魔鬼揮動著拳頭。然而幾下之後，他一動不動地站住了，上面蓋上了一層厚厚的幕布，屋子裡頓時一片黑暗。

他明白了。敵人把天窗的護窗板展開來，將穹頂遮得嚴嚴實實。

「派特里斯！派特里斯！」克拉麗呼喊著，黑暗中的她頓時驚慌失措，完全失去了自制力。

「派特里斯！你在哪，我的派特里斯。哦！我好怕……你在哪？」

兩個人像盲人一樣，在黑暗中摸索著對方。在他們看來，沒有什麼比迷失在無情的黑暗之中更可怕的了。

「派特里斯！你在哪？我的派特里斯！」

他們的手終於碰在了一起，可憐的克拉麗，手心嚇得冰涼；而派特里斯的皮膚卻是滾燙，像燃燒的火。他們的手緊緊握在一起，交叉住，手的溫度似乎成了他們還活著的唯一證據。

「啊！別離開我，我的派特里斯，」克拉麗哀求道。

「我在這裡，別怕……我們不會被分開的。」

克拉麗喃喃地說：

「我們不會被分開，你說得對……我們已經在我們的墳墓裡了。」

多可怕的字眼，克拉麗說得那麼傷心，派特里斯驀地一驚。

「不！……妳說什麼？不應該絕望……沒到最後一刻……說不定會有人來救我們。」

說著，他抽出一隻手，掏出槍，瞄著天窗透光的地方又是三槍。他們聽見木頭碎裂的聲音和敵人的嘲笑聲，但金屬材質的護窗板簡直就是密不透風。

很快，透光的縫隙也不見了，他們明白，敵人像處理門窗一樣，在給天窗加釘護窗板，這項工作花費了很長時間，他做得十分仔細。

那聲音恐怖極了！錘子的響聲清脆而有節奏，然而每一聲錘響都像是敲在他們的心上。這是敵人在爲他們釘棺材，裝著他們的這口大棺材正在上釘。錘子每敲一下，就是對密閉的黑暗的一次加固，現在，他們與外界的光明之間隔著的這道障礙已是堅不可摧。已經沒有希望了！獲救已經不可能了！

「派特里斯，我好怕……哦！這聲音讓我難受。」

她倒在派特里斯的懷中，派特里斯感到克拉麗在哭泣。

準備工作已經結束，兩人感覺自己就像是最後一個黎明裡的死刑犯，關在牢房中，已經聽到安裝絞刑架時發出的顫人聲響。敵人挖空心思做好了一切準備，一絲生還的希望都不再有，命運將在不可改變的嚴苛現實中走完他的歷程。

他們的生命歷程即將走完。死神與敵人狼狽爲奸，助紂爲虐。他們的敵人就是死神，他計畫周密，行動決絕，決心將他兩人消滅。

「別離開我，」克拉麗哽咽著說：「別離開我……」

「只有幾秒鐘了，」派特里斯說：「一定要讓後人替我們報仇。」

「有什麼用呢，我的派特里斯，我們已經無能爲力了。」

不過，派特里斯取出火柴盒裡僅有的幾根火柴，一根根劃著，然後，把克拉麗領到他父親寫下遺言的護牆板前。

「你要做什麼？」克拉麗問。

「我不想讓人們也認爲我們是自殺。我要像我們的父母那樣爲未來做準備。如果將來有人讀到我寫的遺言，他就會爲我們報仇。」

說完，他從口袋裡掏出鉛筆，彎下腰在空白處寫道：

派特里斯·貝爾瓦爾與未婚妻克拉麗同時被西梅隆·迪奧多基斯所殺害

一九一五年四月十四日。

派特里斯寫完這段話，忽然又發現了父親留下的幾行字。

「還有火柴嗎？」他問：「你看見了嗎？這邊還有幾個字……肯定是我父親在最後關頭記錄下來的。」

克拉麗劃著火柴。

搖曳的亮光下，兩人看到了幾個字母歪歪扭扭的排列著，一定是匆忙中寫成的：

窒息而死……缺氧……

火柴熄滅了，兩人默默地站了起來。窒息而死……他們明白了，他們的父母最後遭遇的厄運，現在，他們也要經歷。窒息而死，但是單只是氧氣缺少不可能立刻要了他們的命，這樣大的房間，含氧量足夠讓他們活上幾天的時間……

「除非……除非空氣變了質……」

派特里斯停了一會兒，然後又說：

「是的……我想起來了……」

他把他所懷疑的事情，或者就是已經確定的事情，告訴給克拉麗。

他曾經在西梅隆的壁櫥裡見到過軟繩梯，還有一根鉛管，現在西梅隆都把它們拿來了。從他們被關進這裡開始，他就在房子周圍來來去去地、仔仔細細地堵塞漏洞，從牆壁到屋頂，細緻入微。西梅隆可能只需要把埋設在牆內、一直連接到屋頂上的瓦斯管道接到廚房裡的瓦斯管上就可以了。

所以，他們和他們的父母一樣，將遭受同樣的厄運，一氧化碳中毒，缺氧窒息而死。

兩人頓時亂作一團，他們手拉著手在屋裡慌不擇路地來回亂撞，絲毫沒了主意，慌了神的兩人就像遭受暴風驟雨裡那孱弱的小生命。

克拉麗說著一些不連貫的話，派特里斯則要她保持冷靜。然而，他自己也感到痛苦，面對死亡所帶來的可怕而沉重的黑暗毫無反抗之力。他們想逃跑，想逃脫這種深入骨髓般的痛楚感受，這股強烈的恐懼讓他們從腳涼到頭頂。要逃走，要逃出去。可是怎樣才能逃出去？牆壁穿不透，而黑暗比牆壁更密不透風。

最後，兩人停了下來，他們已經是精疲力盡……忽然，一陣氣流不足的「噓」聲傳到他們的耳朵裡，那是從密封不好的煤氣噴嘴裡發出的聲音，他們清楚地聽到這聲音就來自上面。

派特里斯絕望地說：

「只需要半小時，最多一小時。」

而克拉麗卻又恢復了理智，說：

「我們要勇敢些，派特里斯。」

「啊！要是只有我一個人就好了！可是妳，我可憐的克拉麗……」

克拉麗聲音微弱地回答：

「我不難受。」

「妳會難受的，妳太虛弱了！」

「人越虛弱，就越不難受。而且，我知道，我們都不會痛苦的，我的派特里斯。」

克拉麗一下子顯得非常平靜，派特里斯看到後也感到冷靜了許多。

他們就這樣，誰也不說話，坐在大沙發上。兩人的手緊緊地扣在一起，慢慢地沉浸在內心的安寧之中，彷彿自己完成了人世間的任務，或已擺脫了現世的羈絆，只聽任命運的安排。命運之神的命令是明確的，他們不再憤怒，只是服從和祈禱。

克拉麗摟著派特里斯的脖子說：

「上帝做我們的見證，你是我的未婚夫。祈求他像接受一對夫婦那樣接受我們。」

她溫柔的話語讓派特里斯不由自主地留下了眼淚，她吻乾他的淚水，然後主動地把嘴唇送上去。

「啊！」他說：「妳說得眞好，這樣的死，雖死猶生。」

天邊的寧靜籠罩著他們，他們已聞到瀰漫在身邊的濃重煤氣味道，但他們不再感到害怕。

派特里斯低聲說：

「克拉麗，直到最後一秒鐘，一切的一切都和從前一樣。妳的母親和我的父親和我們一樣地相愛著，也是這樣嘴唇貼著嘴唇，擁抱在一起死去。他們決心讓我們結合，他們終於使我們結合了。」

克拉麗說：

「我們的墳墓就在他們的旁邊……」

兩人的意識已經開始一點點地模糊起來，他們的思維也變得混沌不清，就像隔了一層厚厚地濃霧。他們已經很久沒有進食，饑餓加上眩暈讓他們的意識就這樣在不知不覺中喪失了，而他們篤定的愛情爲兩人趕走了內心的不安和惶恐的悸動。這是一種精神恍惚，是一種昏沉，是死亡和安息的過程，他們隨即便忘卻了恐懼。

克拉麗首先失去了知覺，她開始胡言亂語。

「我的愛人，鮮花撒下來了，這是玫瑰花。哦！多香啊！」

他也感到幸福和亢奮，他表現得溫存、快樂和激動。

現在的他一點也不覺得害怕，他覺得克拉麗慢慢地從他的手臂中滑脫，他彷彿和她一起來到了一個燦爛無垠的光之世界，他們飄呀飄，輕輕地、毫不費力地飄落到一個快樂的地方。

時間在一點點地推移。他們總是在飄蕩，派特里斯托著克拉麗的腰肢，她微微有點向後仰，眼睛閉著，臉上帶著甜甜的微笑。他記起了一些畫面，上帝所接受的夫婦們就在這樣的充滿光明和純淨空氣的蔚藍天空中飄蕩，他們在這個快樂的地方盤旋了好幾圈。

但當他快到達那裡的時候，卻感到疲倦極了。克拉麗在他手臂上越來越沉，隨即，兩人倏地沉墜了下去，光明的天空也慢慢開始變得陰沉。突然間，大朵大朵的烏雲朝他們聚攏，接著是一片黑暗。

而他也已經精疲力盡，頓時大汗淋漓，整個身軀像發高燒一般不停地顫抖，突然，他被吸進了未知的黑洞……

chapter 14

陌生人

派特里斯還沒有完全死去，彌留之際的他，意識模糊，現實世界與他想像中的死後新世界交織在一起，形成一片混沌。克拉麗並沒有出現在他的混沌世界中，派特里斯爲此難過地近乎發瘋。然而，他彷彿聽到、看到有一個人影在他緊閉的雙眼前晃動。

毫無疑問，這個人應該是西梅隆。他是來檢查受害人是否已經死亡，他先將克拉麗抬走了，然後又來到他的跟前，抬他出去，最後把他放在一個什麼地方。派特里斯清晰地感覺到這一切，以至於他開始懷疑自己是不是要從死亡中醒過來。

接著，又過了幾小時……或者只有幾秒鐘。派特里斯感到自己像是睡著了，他開始不斷地做惡夢，他感到難受極了，就像陷入了地獄，身心俱痛；就像被吸進深不見底的黑洞，竭力想要爬出卻不得而成；就像掉進了深海裡的人總無法碰觸到海面，只是艱難地向上，然而，水的重量壓迫著他，讓他幾乎

快要窒息。他要爬出水面，手腳卻像牢牢鉤住了什麼東西，應該是軟繩梯，可是軟繩梯並沒有固定，他便整個人拉著梯子又沉了下去。

然而漸漸的，他的眼前好像不那麼黑了，一絲微弱的、青藍色的光亮穿透海水，派特里斯身上的壓迫感也慢慢減輕了。他半睜著眼睛，吸了幾口空氣，四下環顧一番，不禁被眼前的一幕給驚呆了：他看到了一扇門敞開著，門洞形成了一道拱形的陰影，而自己就躺在門洞外面的擔架上。

他的旁邊還放著另外一副擔架，克拉麗躺在上面，一動不動，表情痛苦。

派特里斯心想：

「她肯定是和我一樣，從黑洞中爬了上來……但卻耗盡了氣力……哦，我可憐的克拉麗……」

派特里斯和克拉麗之間擺著一張圓桌，上面放著兩杯水。他口渴極了，很想將水一股腦喝下，但卻不敢輕舉妄動。這時，門洞裡走出一個人，派特里斯知道那就是花園房子的門，派特里斯定睛看了看，來人並不是西梅隆，而是一個他從未見過的陌生人。

派特里斯自言自語道：

「我不是在做夢吧……我肯定不是在做夢，這個陌生人是我的朋友。」

他想要大聲地說幾句話，以證實自己的想法，但卻全無力氣。

只見這個陌生人走過來，輕聲地對他說：

「請您不要擔心了，上尉先生，一切順利。來，喝口水。」

陌生人說著，把水杯遞了過來，派特里斯接過來，一飲而盡，他很高興看見克拉麗也在喝水。

「是的，一切順利，」他說：「我的上帝！眞好！克拉麗也還活著，不是嗎？」

沒等對方回答，他便又沉沉地睡去了。

當派特里斯再度醒來時，危機已經過去。雖然現在他的腦子還是有些紊亂，呼吸也不大順暢，但是至少他能站起來了。他明白，自己的感覺是眞實的，他正站在剛才困住自己的房子的門外。克拉麗也喝了第二杯水，這時正平靜地睡著。於是，他又試著高喊：

「活著眞好！」

他想活動一下，可是卻不敢走進這棟不大的小屋，儘管門敞開著。於是，他離開小屋，沿著內院，漫無目的地走來走去，他不知道自己該做些什麼，因爲他根本搞不清自己的身上發生了什麼。當他走到小屋靠近花園一側時，突然又停下了腳步。

只見離小屋幾公尺遠的地方有一道傾斜的石子小路，一棵大樹立在一旁，巨大的樹蔭下掩蔽著一張柳條椅，一個男人在樹下睡得正酣，這人頭埋在樹蔭裡，腳曬在太陽底下，膝蓋上還攤放著一本書。

直到這時，派特里斯才明白，他和克拉麗已經完全從死亡中逃脫了出來，現在都還活著，躺在樹蔭下的這個人就是他們的救命恩人。他這種睡姿清楚地表明現在絕對安全，自己沒什麼好怕的了。

派特里斯將此人上下打量一番，這人身材瘦高、肩膀寬闊、皮膚黝黑，鬍子剪得整整齊齊，兩鬢有著零星銀髮，年齡最多不超過五十歲。此人穿著講究、剪裁得體，派特里斯彎腰看了看那本書，封面上寫著《班傑明・富蘭克林回憶錄》，他又看了那人放在草地上的帽子，上面繡著兩個字母：L・P。

「是這個人救了我，」派特里斯心裡想，「眞是太感謝了，他把我們兩人抬到屋外，悉心照料。可

是怎麼會有這樣的奇跡發生？是誰派他來的？」

他拍了拍這男人的肩膀，那人馬上站了起來，臉上帶著微笑。

「眞抱歉，上尉，我的事情太多，只要有幾分鐘的空閒，我就得抓緊時間打個盹……無論在哪都一樣……就像拿破崙，是不是？是的，我倒是很高興能和他共享這個相似之處……您瞧，幹嘛總是談論我。您感覺怎麼樣？上尉？克拉麗小姐呢？她好點了嗎？因爲我打開了門，把你們抬到了外面，所以就認爲沒必要再把你們叫醒了。看到我的營救辦法奏了效，我就放心了。你們兩個當時都還有呼吸，那就讓清新的空氣幫助你們蘇醒吧。」

說罷，他看著派特里斯驚訝的表情，快樂地笑了起來。

「啊！我忘了，您還不認識我？看來，我給您寫的信肯定是被人給截了下來。那麼，我自我介紹一下吧，我叫堂・路易・佩雷納，一個西班牙古老貴族的後裔，喏，這是我的證件……」

說完，他笑得更厲害了。

「我看您還是一點也不明白，當然，啞巴在向您提起我時，在街上的牆壁上寫的是另外一個名字，就是半個月前，當時是個晚上……啊！啊！您好像有點明白了……我想，是的，我就是您想請來幫助您的那位先生……我是否要直截了當地說出名字？……好吧，我亞森・羅蘋，爲您效勞，先生。」

派特里斯驚呆了，他早把啞巴的提議以及他曾經讓啞巴求救於這位鼎鼎大名的冒險家的事情忘得一乾二淨。可是現在亞森・羅蘋本人竟出現在了他的面前，而且只要他願意，就能奇跡般地把他派特里斯，還有克拉麗從密不透風的棺材中救出來。

派特里斯握著他的手激動地說：

「謝謝您！」

「得了！」佩雷納興致勃勃地回答：「不用謝！握手就夠了。我的手是可以握的，請相信我，上尉，雖說我常有些不合規矩的想法，但我做過的那些事卻能爲我贏得所有正直的人的尊重……當然，首先我自己對善行是絕不推辭……」

佩雷納說到這，忽然停住了，他好像在想些什麼，忽然，他揪住派特里斯上衣的一顆鈕扣說：

「別動……有人在監視我們……」

「誰？」

「花園的圍牆不高……上面全都是鐵柵欄，有一個人正站在外面，透過柵欄朝這邊觀望。」

「您怎麼知道？您背對著花園，而且還有很多樹擋著。」

「您聽。」

「我沒聽見什麼特別的聲音。」

「是馬達的聲音……汽車停下來了。而汽車停在河堤上做什麼，那裡只有一道牆，又沒有住宅？」

「所以，您猜是有人在監視我們？」

「可能是西梅隆。」

「西梅隆？」

「當然。他想看看我是否把你們兩人給救出來了。」

「這麼說，他並沒有瘋？」

「他？瘋子？他的頭腦比你我都更清楚。」

「可是……」

「可是，您會說，西梅隆一直在保護你們，他的目的是要使你們結合，他還把花園的鑰匙給了您之類的。」

「這些，您都知道？」

「我當然得知道，否則我要怎麼救您呢？」

「可是，」派特里斯不安地說：「如果歹徒再來，我們是不是該有點防範？我們回小屋那邊去吧，克拉麗一個人在那。」

「克拉麗小姐沒有危險。」

「您爲什麼這麼肯定？」

「因爲我在這裡。」

派特里斯感到更加地奇怪，不假思索地問道：

「這麼說西梅隆認識您？他知道您在這？」

「是的，我曾經給您寫過一封信，收信人寫的是啞巴，這封信，您沒有收到，那麼肯定就是被他給截走了。我在信裡告訴您說我要來，所以，他看了信後便提前採取行動。然而，我的習慣是提前幾小時到達現場，這樣才能保證做到出其不意。」

「在此之前，您並不知道他就是我們的敵人……完全不知道……」

「完全不知道。」

「您上午就到了？」

「不，是下午一點三刻。」

派特里斯掏出懷錶。

「現在是四點鐘，這麼說來，您已經到了兩個多小時了……」

「不，我是一小時前來到這的。」

「您問過啞巴嗎？」

「您以爲我會浪費時間！啞巴只說不知道您去哪，我問他的時候，他已經開始替你們擔心了。」

「於是？」

「於是，我到處找您。我先是到了您的房間，把屋子搜了遍，這個，我可是很在行的。最後，我在您書桌一個抽屜的最裡端發現了一道裂縫，與牆壁上的裂縫平行相對，還裂縫間夾著一個記事本。我取出本子，上面是您的日記，我就是從這裡面瞭解到事情的詳細情況。此外，我還要告訴您，西梅隆也是靠這樣的方法打探到您最細微的想法。他就是這樣知道您四月十四日要到這裡來憑弔的。因爲就在頭一天晚上，他看見您在記事本上寫東西，所以千方百計想要打探到您行動前的具體計畫。在讀過您的日記之後，他發現您早有防備，所以便取消了當晚的行兇的念頭。您瞧，一切有多麼的簡單。其實是您自己向對方暴露了自己。戴斯馬尼翁先生一旦知道您失蹤的消息，肯定會十分擔心。然後，他就會四處找

您。當然，他很有可能最終找到您的，不過，那就要等到……明天了。」

「那就太晚了。」派特里斯喃喃地說。

「是的，太晚了。這不是他能辦到的事，也不是警察局能辦到的事。當然，我更希望他們不要給我添亂。所以，我讓你的那些退伍傷兵保持沉默。這樣，如果戴斯馬尼翁先生今天過來，他就會以爲一切正常。所以，一切準備妥當之後，我便根據從您的日記中找到的情報，讓啞巴帶領著，穿過小巷，進到這個花園。」

「您來的時候，這邊的後門是開著的嗎？」

「不，門是關著的，但是我們來的正是時候，西梅隆當時剛好要從花園裡出去。他的運氣眞是糟透了，是不是？於是，我立刻拔了門閂，走進花園，他不敢反抗，他肯定知道我是誰。」

「但您當時並不知道兇手就是他啊？」

「我爲什麼不知道？……您的日記不是已經寫得清清楚楚了嗎？」

「我日記裡並沒有懷疑他……」

「上尉先生，您的記事本裡的每一篇不都是將矛頭指向他嗎？哪件事情他沒有參與？哪樁罪行不是他策劃的？」

「那您怎麼不把他抓起來呢？」

「我抓他，然後呢？現在抓他對我有什麼好處？我能讓他坦白事實？不，還是讓他保持行動自由對我們更有利。只有這樣，才能促成他最終的失敗。您瞧，當時他正在房子周圍打轉，還沒來得及溜走，所以我們還有時間，況且，我還有更重要的事情要辦，那就是先去救你們兩個……如果還來得及的話。於是，我和啞巴直奔小屋跑來，小屋的門敞開著，但是樓梯旁的那扇門卻緊鎖著，且上了門閂，我朝兩端的門閂開了兩槍，要想輕鬆撬鎖，就得這樣。

「當時，屋裡到處彌漫著濃重的瓦斯氣味。西梅隆肯定是把供應巷子裡路燈的瓦斯分流到了這裡，想用它來使你們窒息。我和啞巴趕緊把你們兩個人抬到外面，然後，又是按摩，又是推拿，一陣搶救之後，你們兩個才活了過來。」

派特里斯問：

「他把用來迫害我們的那些裝備都搬走了？」

「沒有，他應該打算之後再回來銷毀證據，消除人們對他的懷疑，製造你們自殺的假象……無法解釋的自殺，莫名其妙的死亡，總之，就像您的父親和克拉麗的母親一樣。」

「這麼說，這些事情，您已經都知道了？」

「怎麼，我不是有眼睛嗎？您父親不是都在牆上寫下來了嗎？您知道的事情，上尉先生，我都知道……也許，我比您知道的還要多呢。」

「比我知道的還要多？」

「天哪，這是我的職業習慣……經驗。很多在別人看來無法解釋的問題，對我來說，都是最簡單，最明白不過的事了，所以……」

「所以？……」

佩雷納猶豫了一下，然後回答說：

「不，不……我還是不說的好……謎團在一點點地消散，讓我們再等一等，暫時先……」

他話沒說完，忽然，豎起耳朵，像是聽到了什麼。

「別動，他肯定是看到您了，現在他都看清楚，所以準備離開了。」

派特里斯激動地說：

「什麼，他要走了！您瞧……我們最好抓住他。這可惡的傢伙，現在不抓，以後怕就找不到他了。那我們該怎麼報仇呢？」

佩雷納笑笑說：

「瞧，您把這個關心您二十年，撮合您和克拉麗在一起的人說成是可惡的傢伙！他可是您的恩人啊！」

「哦！我知道！所有這一切真是讓人費解！但現在，我對他只有恨……要是讓他就這麼逃走，我會後悔一輩子的……我要找到他，用他對付我們的手段來對付他，但是……」

派特里斯雙手抱住頭，難過極了。佩雷納安慰他說：

「您不用擔心，他現在已經快走投無路了，他已經被我給掌握住。」

「您是說？」

「替他開車的司機是我的人。」

「什麼？您說什麼？」

「我是說，我安排了一個人開計程車，吩咐他在巷子附近晃，西梅隆肯定就坐在這輛車裡。」

「所以說您早就已經料到……」派特里斯感到越來越錯愕，不禁問道。

「我剛才跟您說話的時候，聽到花園外頭有汽車發動的聲音。」

「您的人可靠嗎？」

「當然。」

「這樣也沒有用！因爲西梅隆會叫司機把車開到離巴黎很遠的地方去，然後就把人幹掉……到時候，我們又該怎麼辦呢？」

「您以爲他在戰時沒有特別通行證就能把汽車開出巴黎，然後在國家公路上到處閒逛？……不可能。西梅隆要想離開巴黎，就只有讓人把他送到某個火車站才行。只要我們耐心等待二十分鐘，就會知道他的下一步計畫。然後，我們就立刻追過去。」

「怎麼追？」

「開車去追。」

「那您有特別通行證嗎？」

「當然，而且全法國都有效。」

「怎麼可能？」

「怎麼不可能？而且是署名爲堂・路易・佩雷納的特別通行證，如假包換，它可是由內政部長親自簽發的，上面還有……」

「還有什麼？」

「還有共和國總統的連署簽字。」

派特里斯一下子既驚又喜，他簡直激動不已。在這場可怕的歷險之中，他一直都處於被動，對敵方的無情打擊毫無還擊之力，遭遇的只有死亡的威脅和失敗的折磨，甚至直到現在，危險還沒有徹底解除，然而，突然，一股強大的力量衝出重圍，力挺於他，轉瞬間，局勢發生了驚天逆轉。命運似乎轉了向，像一艘航船一般忽而一路順風朝港灣駛去。

「你瞧，上尉先生，」佩雷納說：「您是要像克拉麗小姐那樣激動的落淚嗎？您和她一樣，精神總是太緊張了，您瞧……上尉，您的肚子肯定早就已經餓了……現在該讓您進食了……我們走吧……」

說完，佩雷納扶著派特里斯慢慢地走向小屋，一邊走，還一邊語重心長地說：

「對於發生的這一切，上尉，我希望您能替我保守絕對的祕密。因爲，除了我的幾個老朋友，還有啞巴之外，在法國便沒有其他人知道我的眞名實姓。我和啞巴是在非洲認識的，他救過我的命。我現在的名字叫堂·路易·佩雷納。我在摩洛哥打過仗，曾有機會爲一位熱情的國王效勞。他是法國某個中立鄰國的國王，雖然表面上必須掩飾住自己的眞實想法，但是，他的心裡卻是十分希望我們取得戰爭的最後勝利。他讓我來法國，我就請他百分之百地相信我，並爲我弄一張特別通行證。我來這裡，官方的說法是執行一項祕密任務，這項祕密出差兩天之後就會結束了，到時候我就得回到……我出發的地方，然後，在那裡，我會用我自己的方式來報效法國……肯定不是做壞事，這點請您相信，遲早有一天，世人會瞭解眞相的①。」

兩人剛靠近克拉麗熟睡的擔架旁，佩雷納便攔住派特里斯說：

「再說最後一句，上尉，我向您這個信賴我的紳士保證，我這次藉著所謂的出差重新踏上法國，就是要用自己的力量，來保護我們國家的利益。所以，我要事先警告您，儘管我十分同情您的遭遇，但是我一旦發現那一千八百袋黃金，就一分鐘也不會在這裡耽擱，我會立刻離開。話說回來，我之所以接受我的朋友啞巴的求助，也正是爲此原由。一旦黃金到手，也就是說，最遲後天晚上，我就會立刻離開。當然，這兩件事互相關聯，一個問題有了結果，另一個問題才能迎刃而解。現在，該說的都已經說完了，該解釋的也已經解釋完畢，那您就向克拉麗小姐介紹一下我，然後，我們就開始辦正事吧！」

佩雷納笑著補充道：

「對她不用保密，上尉。您可以把我的眞實身份告訴她，我沒什麼好怕的，所有的女士都會站在我亞森・羅蘋的一邊。」

四十分鐘之後，克拉麗小姐被人抬回了自己的臥室，在大家的悉心看護下，安靜地睡著。派特里斯趁佩雷納則在平臺上踱步吸菸的功夫，美美地飽餐了一頓。

「您吃完了嗎？上尉，我們開始吧？」

說完，佩雷納看了看錶。

「現在是五點半，離天黑還有一個多小時，時間足夠了。」

「足夠了？……一個小時解決全部的事情，我想您是不是有點太自信了？」

「當然不是全部，我要先達到我自己定下的目標，而且……甚至會提前。一小時這麼長的時間，我

們要做什麼呢？我的上帝？幾分鐘之後，我們就會知道金子藏在什麼地方。」

說完，佩雷納讓派特里斯帶他到藏書樓下面的地窖去，那是艾薩雷轉運金子的臨時存放地。

「金子一定是從這個通風窗投進來的，是不是，上尉？」

「是的。」

「除此之外，沒有別的出口了嗎？」

「除了藏書樓的樓梯和另一端的通風窗外，沒有別的出口了。」

「另一端的通風窗開在平臺上嗎？」

「是的。」

「那麼，答案就清楚了，金子先從第一個通風窗運進來，然後再從第二個通風窗轉出去。」

「但是……」

「沒有什麼但是，上尉，您怎麼會想到還有別的地方呢？您看，人們總是犯一個毛病，就是把簡單的問題複雜化，所以就會繞遠路。」

二人來到平臺上，佩雷納站在通風窗旁，快速在周圍檢查了一番。這個通風口位置不高。藏書樓底層窗戶前四米左右的地方，有一個圓形水池，水池中央豎著一尊孩童雕像，孩子手持一個海螺，海螺中正有汩汩清泉湧出。

佩雷納走近水池看了看，然後彎腰試著搬了一下，就這樣，雕像居然動了，它從左到右整整轉了一圈，底座也隨著轉了四分之一圈。

「找到了。」佩雷納站直身子說。

「什麼?」

「水池馬上就會乾掉。」

他的判斷果然沒錯，水位正在迅速下降，不一會，就露出了池底。

佩雷納跳到池子裡，蹲下仔細觀察。水池的內壁鋪著大理石方磚，紅白兩種顏色錯落有致地排列著，組成一幅人們常說的希臘回形紋。其中一個圖案中間嵌入了一個環扣，佩雷納往上用力一拔，環扣鬆動了，巨幅回形紋地板隨著環扣的拔出而緩緩下降，頓時間，出現一個長三十公分，寬二十公分的長方形缺口。

佩雷納肯定地說：

「金子是從這裡運走的。第二步是一樣的，他們用鐵索上的掛鉤吊住裝滿金子的袋子，將其運出，瞧，鐵索就在水道的上面。」

「見鬼!」貝爾瓦爾上尉大罵一聲：「我們沒辦法沿著鐵索走下去!」

「是的，不過，我們只要找到鐵索的另一端就可以了。您別著急，上尉，按照我說的話去做。請您沿著與房子垂直的方向向前走，一直走到花園地勢最低處，等您快到院牆的時候，找一棵稍微高一些的樹，砍下一截樹枝……對了，我忘了告訴您，我要從巷子這邊出去。您有鑰匙嗎?好，請給我。」

派特里斯把鑰匙交給佩雷納，然後按照他的吩咐，一直走到花園靠近巷子的院牆附近。

「再往右一點，」佩雷納指揮道：「再往右一點。好，現在您等在那裡不要動。」

說完，他走出花園，走進巷子，然後走到河堤上，接著，他大喊道：

「您在那嗎?上尉。」

「我在。」

「把樹枝立起來，直到讓我從這邊看見爲止……嗯，好極了!」

佩雷納回來與派特里斯會合。

塞納河沿岸修了很多河堤做泊船之用，到此裝卸貨物的貨船經常會自動排成一排停靠在河岸邊。

派特里斯和佩雷納一起走下巷子的石階，來到河堤上，這裡有很多工地，其中一處早已廢棄不用，顯然是戰爭爆發之後留下的。兩人走進去，裡面堆放著各式建築材料，碎石、磚塊，隨處可見，裡面有一個玻璃窗碎掉的工地，旁邊是一個殘留的蒸汽起重機底座。一根釘在木柱上的標牌寫著：「貝爾杜建築工地」。

佩雷納沿著河堤護坡向前走，護坡的上面剛好形成一個高高的平臺。平臺的一半蓋滿了沙子。同時，佩雷納在護坡牆壁裡伸出一個柵欄鐵門，鐵門的上面蓋著板子，沙子就堆在板子的上面。

佩雷納指著鐵柵欄，半開玩笑地說：

「您有沒有發現?在這場歷險中，所有的門都沒有上鎖……希望這扇也不例外。」

佩雷納的假設果眞得到了證實。不過，他還是不禁感到有些驚訝。兩人走進這間窄小的壁凹小室，裡面堆砌著各式各樣的工具，應該是工地工人留下的。

「到現在，我們還沒有發現任何異常。」佩雷納一邊嘟囔一邊打開自己的手電筒。「水桶、十字鎬、雙輪車……啊！啊！正如我所料……還有鐵軌……整套的窄軌……幫我一下，上尉，把裡面清理一下。很好……找到了。」

裡面正對鐵柵欄的地方同樣有一個長方形的出水口，同水池裡的那個一模一樣，只見鐵索從裡面露出來，上面還懸掛著很多鐵鉤。

佩雷納解釋說：

「裝金子的袋子最後就是被運到這裡。然後一個個袋子被裝進角落裡的雙輪車，到了晚上，窄軌蜿蜒鋪開，一直連到河灘上，載滿金子的雙輪車徐徐滑出軌道登上船……多麼簡單的遊戲！」

「爲了……」

「爲了將大批黃金運出法國……但是運到什麼地方，我現在還不清楚。」

「那您認爲最後的一千八百袋黃金也已經運走了嗎？」

「恐怕如此。」

「那麼我們是來晚了？」

兩人誰也沒有說話，就這麼沉默了許久。佩雷納在思考，派特里斯對這個意想不到的結局雖然感到有點失望，但卻驚訝於他的同伴竟能在如此短暫的時間裡巧妙地解開這團亂麻。

派特里斯不禁喃喃地念叨：

「眞是神了，您是怎麼想到的？」

佩雷納不露聲色，只是從口袋裡掏出那本剛才攤在他膝頭的《班傑明・富蘭克林回憶錄》來，用手

指了指書中的一段文章給派特里斯讀。

這段文字是作者在路易十六統治後期寫下的，書中這樣寫道：

> 人們每天都到我住處附近的帕西村去取水。那裡有一個很美的花園，小溪和瀑布的水流通過精心修鑿的運河管道匯聚於此。
>
> 大家知道我是業餘機械愛好者，就給我看收集流水的池子。他們說只要將小男孩雕像向左轉四分之一圈，水池中所有的水就可以通過池底的出水口進入垂直鋪開的地下管道，最後蜿蜒向下，流經護坡上的出口，直至瀉入塞納河……

派特里斯合上書，佩雷納向他說明：

「艾薩雷後來肯定對地下管道進行了改裝，池水通過其他渠道排走，而原來的管道就被他用來偷運金子。河床肯定也被他們縮窄了，還有這些河堤，都是他們建的，管道就一直通到了堤岸的下方。您瞧，上尉，有了這本書，一切都很容易了。」

「這是當然，但是也得要先知道答案就在這本書中啊？」

「是啊，我是偶然在西梅隆的房間裡發現這本書的，出於好奇，就把它裝進口袋，因爲我想要知道這老傢伙爲什麼要讀這本書。」

派特里斯恍然大悟：

「哦！原來，他肯定也是這樣才發現了艾薩雷的祕密。他以前不知道，但自從在主人的文件中發現了這本書，就有了依據。您認爲呢？不同意？我想您有您自己的看法，是不是？您有什麼想法？」

佩雷納沒有回答，只是望著塞納河發呆。派特里斯順著佩雷納定眼的方向看去，發現離工地不遠的河岸邊停著一艘船，裡面好像沒有人，但是豎在甲板上的排氣管中卻有煙霧徐徐飄出。

「走，我們去看看。」佩雷納說。

說著，兩人來到河岸，船上赫然寫著：「漫不經心的特魯瓦號」。

他們登上船，跨過甲板上絆腳的纜繩和空桶，然後沿梯子下到一個臥室兼做廚房的船艙內。裡面坐著一個男人，這人看上去十分壯實，一頭黑色捲髮，臉上沒有一點鬍渣，上身穿一件髒兮兮的罩衫，下身的麻布褲子破敗不堪。

佩雷納遞給他二十法郎，那人連忙接了過去。

「朋友，請問你這幾天有沒有見過貝爾杜工地前停過貨船？」

「見過，是一艘機動貨船，昨天開走了。」

「那船叫什麼名字？」

「『美麗的伊蓮娜號』。當時，船上坐著兩個男人和一個女人，應該都是外國人，他們說的話……我聽不出來是哪國的語言……可能是英語，也有可能是西班牙語……反正我聽不懂……」

「貝爾杜工地一直都沒開工？」

「沒有，老闆被動員打仗去了，然後是工頭……所有人都得去，不是嗎？連我也躲不過。我有心臟

病，也逃不掉。」

「工地既然不開工，那船來做什麼？」

「我也不知道，他們忙了整整一個晚上，在河堤上鋪鐵軌，我還聽見有雙輪車開動的聲音，還有人搬東西上船……至於搬什麼，我就不知道了。後來，他們在早上的時候，解開纜繩離開了。」

「他們去哪了？」

「朝芒特方向去了。」

「謝謝你，朋友。我想瞭解的就這些了。」

十分鐘之後，派特里斯和佩雷納回到艾薩雷公館，發現西梅隆乘坐的那輛計程車就停在門口。兩人找到司機詢問情況，情況和佩雷納猜測得毫釐不差，西梅隆讓司機把車開到了聖拉薩車站，然後在那裡買了張火車票。

「朝什麼方向去的？」佩雷納問。

司機答道：「芒特。」

譯註：

①關於羅蘋所說的真相，請參見亞森・羅蘋冒險系列之八《虎牙》一書。

chapter 15 美麗的伊蓮娜號

「沒錯，」派特里斯說：「戴斯馬尼翁先生收到的那封匿名信上說的就是金子已經起運……船上的人行動很快，乘人不備連夜趕工……他們都是外國人……還有他們去的方向……全都吻合。地窖與小室之間肯定還有一個隱蔽的臨時停放處，要不就是這些金子都掛在管道裡等待起運？……不過這些已經都無關緊要了。反正重要的是『美麗的伊蓮娜號』就躲在附近的某個角落裡伺機準備起航。以前，艾薩雷比較謹慎，用『火花雨』發信號，這個我見識過。這次，西梅隆挑起艾薩雷的大樑繼續運黃金，無疑也是要將其據爲己有。他用自己的方式通知船員，把金子運到塞納河盧昂和哈佛港口，然後從那裡換蒸汽船，最後往東方去。幾十噸金子壓在艙底，再蓋上一層厚厚的煤，有誰會懷疑呢？您怎麼看？被我猜中了，是不是？我有把握……然後是芒特，他買了火車票去芒特，美麗的伊蓮娜號也開往那裡，這還不清楚嗎？到達芒特之後，他就僞裝成水手混上船……之後，神不知鬼不覺，黃金和強盜一起人間蒸發。您怎麼看？我說的沒錯吧？」

佩雷納仍然默不作聲，不過這回他應該是贊同了派特里斯的分析，因爲最後他說：

「好吧，就當作是這樣，我要去了，我們遲早會……」

佩雷納沒有繼續往下說，轉向司機，對他說：

「回車庫，把八十馬力的車開出來，我必須在一小時之內趕到芒特。至於您，上尉……」

「我？我陪您一道去。」

「那誰留下來保護……？」

「克拉麗？她還能有什麼危險呢？現在沒人會害她了。西梅隆的陰謀已經敗露，現在只顧得了他自己的安危，還有……他的黃金。」

「您確定嗎？」

「百分之百確定。」

「也許您是錯的，不過，隨您便吧，我們走……哦！等等，我們還是小心行事……」

佩雷納喊來啞巴：

「啞巴！」

如果說啞巴之於派特里斯是至死不渝的忠誠的話，那麼他對於佩雷納則是宗教式的崇拜。您瞧，佩雷納一個召喚都會讓他欣喜若狂。面對偉大的主事者，他忍不住傻笑個不停。

「啞巴，你好點了嗎？傷口已經癒合了？沒太累吧？那好，這樣我就放心了。」

佩雷納把啞巴帶到河堤上離貝爾杜工地不遠的地方，然後吩咐道：

「從今天晚上九點鐘起，你就坐在這張凳子上守在這裡。帶點吃的，還有喝的，一定要特別留意河堤護坡下面的動靜。會有什麼事呢？也許什麼事也不會有。不過無論如何在我回來之前務必不要動……除非有情況。如果發生什麼情況，你就見機行事。」

佩雷納停頓片刻，接著又說：

「特別是……啞巴……一定要當心西梅隆。他把你打傷了，如果再見到他，一定要死咬不放……然後，把人給我帶到這裡來……不過，千萬不要弄死他，記住！馬虎不得，嗯？我不要屍體……我要活人。明白嗎，啞巴？」

不安的派特里斯連忙說：

「您擔心這裡會出什麼事情？不可能吧？西梅隆已經走了……」

「上尉，」佩雷納回答：「一個好的領袖在追擊敵人的時候，還必須保障他所拿下陣地的絕對安全，而且要加強守衛。顯然，貝爾杜工地是我們對手的一個重要據點，我得派人嚴密看守。」

佩雷納也對克拉麗採取了周到的保護措施。她現在還非常虛弱，需要有人看護，才能好好休息。大家先是把她扶進汽車裡；然後，爲了怕遭人跟蹤，佩雷納先派小部分人馬驅車全速趕往巴黎市中心一探究竟，確定萬無一失之後，才把克拉麗送至麥佑街的康復中心。派特里斯親自把克拉麗託付給醫生，並找來女舍監，讓她臨時照顧克拉麗的起居。另外，派特里斯還特別叮囑，不准任何人靠近克拉麗，她不能跟任何人說話，也不能收任何人的信件，除了他派特里斯寄來的。

晚上九點，汽車已經奔馳在從聖日爾曼往芒特的大道上。坐在汽車後座上，佩雷納旁邊的派特里斯感到興奮極了。眼看勝利在望，他的腦子裡充滿了各種猜想。在他看來，這些猜想幾乎已經確定無疑。但是他還有幾點疑問搞不清楚，他想聽聽亞森・羅蘋的意見。

「您看，」派特里斯開口問道：「我還有兩個問題無論如何也想不明白。首先，艾薩雷四月四日早上七點十九分殺死的那個人到底是誰？我在電話那頭清楚地聽見這人臨死前的慘叫。到底是誰被殺了？他的屍體又到哪裡去了？」

佩雷納閉口不答，派特里斯又問：

「第二個問題更奇怪了，那就是西梅隆的表現。在此之前的他一直致力於達成一個目標：那就是爲他被害的朋友貝爾瓦爾報仇，同時極力成全我與克拉麗兩人的幸福。他所做的每件事都是想促成這個目標的實現，就像患上了強迫症或是偏執的怪癖一樣。可是忽然有一天，他的對手艾薩雷突然倒下，他就來了個一百八十度的大轉彎，開始掉頭對我和克拉麗進行迫害，讓過去艾薩雷策劃對付我們父母的陰謀在我們身上重演？您看，這簡直就是駭人聽聞，是金子的誘惑讓他沖昏了頭腦？難道他發現了黃金的祕密以後，就想把這筆神奇的巨額財富據爲己有？這就是他犯罪的全部動機？一個老實人，就因爲本能的貪慾，變成了強盜？您怎麼認爲？」

派特里斯一直期待著我們鼎鼎大名的大冒險家能幫他解開謎團，但佩雷納卻仍然沉默不語。他感到既生氣又吃驚，作了最後一次試探：

「還有，艾薩雷死時手上的紙寫的黃金三角又怎麼解釋？這是另外一個謎。直到現在，那個神祕的黃金三角一次也沒有出現過！它到底在哪？您對此又有什麼看法？」

佩雷納依舊不回話，上尉終於忍不住了，焦急地嚷嚷道：

「到底是怎麼一回事？您不理我……您是在擔心什麼嗎？……」

「也許是。」佩雷納回答。

「爲什麼要擔心呢？」

「我也不知道爲什麼。」

「可是……」

「好吧！我是覺得進展得太順利了。」

「什麼進展得太順利？」

「我們的追蹤調查。」

他看到派特里斯還想繼續追問，便坦白地講了出來：

「上尉，您的擔心，我很理解，我對有關您的任何事情也確實很感興趣，但是，我參與到此事當中最重要的目的是追回這批被盜的黃金，我要全力以赴，絕不能讓它們從我的手心裡溜走……您這方面的問題，我已經成功解決了；但是，我最關心的事情還沒有完成。看到你們兩人安然無恙，我感到很欣慰，但是我還沒有追到那一千八百袋黃金，我必須得把它們弄到手……必須弄到手。」

「您會弄到手的，因爲您已經知道它們在哪了，不是嗎？」

「只有金子擺在我的面前時，才能算成功。」佩雷納說：「所以，到現在爲止，一切都還只是未知數。」

兩人到達芒特之後，沒用多久就打聽到有一個西梅隆模樣的旅客住進了三帝旅館，這人現在正在四樓的客房裡睡覺。

佩雷納決定守在旅館的大廳，而派特里斯因爲擔心自己的瘸腿引人注意，便住進另一家旅館。他第二天早上睡到很晚，是佩雷納的電話將他驚醒。佩雷納在電話中將西梅隆早上的行蹤統統告訴派特里斯：西梅隆一大早就離開了旅館，他先是去了郵局，然後又到了塞納河邊，後來又來到火車站，在那裡和一個女人碰了頭。這個女人穿著十分講究，頭上圍著厚厚的紗巾，臉被遮得嚴嚴實實。現在，兩個人正在他四樓的房間裡用餐。

下午四點鐘的時候，佩雷納又打來電話，讓派特里斯趕快到城外塞納河邊的一個小咖啡店與他會合。派特里斯來到咖啡館，看見西梅隆正在河堤上散步，背著手一副漫不經心地閒逛的樣子。

「還是那條圍巾，那副黃色眼鏡，看起來總是一個樣。」派特里斯自言自語地說。

過一會，派特里斯又補充道：

「您看他裝著閒逛的樣子，但是眼睛卻一直朝河面上張望，肯定是在等『美麗的伊蓮娜號』。」

「是的，」佩雷納小聲說：「留神那個女人。」

「啊！是她？」派特里斯一下子感到十分訝異：「這人，我曾碰到過兩三次。」

女人身上的華達呢大衣勾勒出她高大的身材和寬闊的肩膀，她戴著一頂寬邊禮帽，一條紗巾從帽簷上垂下來。只見女人遞給西梅隆一張藍色的電報紙，西梅隆接過來讀了讀，然後，兩個人你一言我一語地聊了起來，應該是在商量去向。不久，他們便從咖啡店前面經過，然而，沒走多遠卻又停了下來。

然後，西梅隆掏出一張紙，在上面寫幾個字就交給那女人。女人接過來後匆匆忙忙就趕回城去了。而西梅隆則繼續留在河邊溜達。

「上尉，待在這別動。」佩雷納說。

「可是，」派特里斯反駁道：「他看上去沒有防備，不會轉過頭來的。」

「我們還是謹慎點的好，上尉。可惜我們不知道西梅隆在紙上寫了什麼。」

「那我追上去……」

「您去追那個女人？不，不，上尉，我沒有冒犯之意，不過您是對付不了她的，還是讓我去吧……」

說罷，佩雷納迅速跟了出去。

而派特里斯則一個人留在咖啡館繼續監視。河面上，幾艘船靠了岸又離開。他機械地看了看每艘船的名字。然而距佩雷納離開過了大概半小時的光景，派特里斯忽然聽見大馬力發動機清晰而有節奏的轟鳴聲，這樣的發動機用在貨船上還是近幾年的事情。

於是，他定眼一看，果然，河灣裡駛進了一艘大號貨船。船從他前面駛過的時候，派特里斯清清楚楚地看到：「美麗的伊蓮娜號」標在船體上，他頓時激動不已。

船在發動機巨大的喧鬧聲中快速駛進河岸，船身厚實、寬大，雖然好像沒裝什麼貨，但吃水很深。派特里斯看到船裡坐著船員，正漫不經心地抽著菸，船尾粗大的纜繩還繫著一艘小船。

然而，船經過咖啡館並沒有停靠，從前面轉了個彎又開走了。

派特里斯待在原地不動又等了一個小時，佩雷納才回來。他連忙問：

「您回來的時候看見美麗的伊蓮娜號了嗎？」

「看見了，在離這兩公里的地方，他們解下小船，接上了西梅隆。」

「他跟他們走了嗎？」

「是的。」

「您肯定？」

「您的問題太多了，上尉。」

「不管怎麼樣，我們是勝券在握了。我們坐汽車追過去，然後超過他們，然後在，比如說維濃，通知軍方或警方，讓他們去逮捕……」

「我們不通知任何人，上尉，我們自己就可以行動。」

「我們自己？什麼？可是……」

兩個人對視了片刻，派特里斯毫不掩飾他內心的想法。

佩雷納並不生氣。

「您是擔心我捲走三億黃金？天哪！這麼一大筆巨款，我怎麼能藏得住啊。」

「可是，」派特里斯說：「我可以問您嗎？您對這些黃金有什麼想法？」

「您可以問，上尉，不過請允許我等到事情完成之後再告訴您我的想法。我們現在應該關心的問題是找到美麗的伊蓮娜號。」

說完，兩人匆忙趕回三帝旅館，叫了車便向維濃方向疾馳而去。這回，兩個人坐在車裡誰也沒說話。

公路向前幾公里遠的地方，也就是到了羅斯尼的曲折河岸下方，便又重新靠近了塞納河岸。而當兩人驅車到達羅斯尼的時候，美麗的伊蓮娜號已經進入拉羅謝蓋恩峭壁下的大河灣，自此，公路離開河岸，拐回通往波尼爾的國家公路。乘船前往波尼爾至少需要三個小時，但是，兩人驅車爬坡上山，抄近路，十五分鐘就能到達目的地。

果真，汽車蜿蜒穿過鄉村，沒過多久就到了波尼爾。

他們發現右手邊不遠處有一家旅店。佩雷納讓司機在旅館前停車，然後對司機說：

「如果到了半夜，我們還沒有回來，你就開車回巴黎去。上尉，您留下來陪我。」

派特里斯跟著佩雷納朝右邊走去，從小路一直走到了河灘，然後又沿河灘走了一刻鐘的時間，佩雷納終於有了發現。他們看到有一艘小船繫在一個木樁上，而離這裡不遠處，矗立著一幢別墅，別墅的百葉窗全都關得嚴嚴實實。

佩雷納解開纜繩，這時已經是夜裡七點鐘了。在這個時節，天黑得早，但是明亮的月光能替他們照路。

「首先，」佩雷納說：「我跟您說明一下。我們在這裡等美麗的伊蓮娜號，船會在十點到達。我們到河心去堵他們，然後借著月光……或者用我的手電筒照著，您命令他們停船，絕對不會有問題，因爲您穿著軍裝，他們會乖乖服從。然後，我們就上船。」

「他們要是不服從呢？」

「那我們就撞過去，強行讓船停下來。他們有三個人，我們有兩個。然後……」

「然後？」

「我猜船上的兩個船員肯定都是西梅隆臨時雇來的，他們對西梅隆的事情一無所知，根本不知道船上裝的是什麼貨。只要我們上了船，西梅隆就會無計可施，然後只要給船員點可觀的好處，他們就會聽我們的指揮，把船開到我們想去的地方。不過，我得事先提醒您，上尉，怎麼處置這艘船由我說了算，您管不著。我想什麼時間把船上的貨物交付出去就什麼時候交付。它是我的戰利品，是我的成果。除了我之外，誰也無權插手過問。」

上尉一聽這話，頓時勃然大怒。

「我不能接受扮演這樣的角色。」

「既然如此，那麼，我請您以您的名譽保證，替我保守這樁與您無關的祕密。然後，我們就此分手。我一人上船，您回去做您的事。不過，您不用馬上給我答覆。您有足夠的時間考慮，直到作出一個既符合您的利益又和您可貴的高尚精神相一致的決定。至於我嘛，請原諒，我之前和您說過，我有一個小小的弱點，只要情況允許，我就得抓住一切時間好好休息，我現在要先好好地睡上一覺。您瞧，睏意說來就來，晚安，上尉。」

說完，佩雷納把大衣一裹，跳進船艙裡，倒頭睡了過去。

派特里斯竭力控制住自己內心的怒火。佩雷納語氣雖然極盡平和，但其中冷漠的譏諷和嘲笑讓派特里斯感到很不舒服。他很清楚，如果他不幫忙，佩雷納是無法單獨行動的。而且，他怎麼能夠忘記佩雷納對他的救命之恩？是他救了他和克拉麗的性命。

幾個小時就這樣悄悄地溜走了，我們的大冒險家還在這清新的夜幕下靜靜地酣睡，而派特里斯則仍舊猶豫不定。他之所以遲遲做不出決定，是想找到一個既能阻止佩雷納獨吞巨額黃金，又能打擊西梅隆，讓對方束手就擒的完美計畫。他爲自己充當同謀而感到驚愕，然而當遠處緩緩傳來發動機的轟鳴，當佩雷納爲此而驚醒時，派特里斯卻不再猶豫，他決定留下來，和此人一起行動。

這時兩人心有靈犀一般，誰都沒有再說話，村裡的晚鐘敲響了十一點，美麗的伊蓮娜號緩緩駛來。

派特里斯抑制不住內心的激動，美麗的伊蓮娜號現在由西梅隆掌控，但用不了多久，那幾億黃金就會被奪回，克拉麗也會就此脫離危險。可怕的惡夢終於要結束了，艾薩雷的陰謀將永遠不能再繼續。發動機聲響越來越近，有節奏的啪啪聲響徹在塞納河上，佩雷納則使勁划動船槳向貨船靠近。

在月光照射下，他突然看到一個黑影出現的貨船甲板上，過了大概十到十五分鐘的樣子，那個黑影仍舊紋絲不動。

「要我幫忙嗎？」派特里斯問：「逆流太大，您都站不穩了。」

「沒問題。」佩雷納一邊回答，一邊哼起了小調。

「但是，您這是……」

派特里斯驚呆了，佩雷納居然原地掉頭，向河岸划去。

「您這是……到底要……」他不解地重複說：「……到底要幹什麼？爲什麼要回去……怎麼？您放

棄了？……我不明白……是不是因爲我們只有兩個人？二比三……您害怕了？是不是？」

小船靠了岸，佩雷納跳上河堤，伸手拉派特里斯上來，派特里斯卻一把將他推開，抱怨道：

「您得說清楚……」

「那要浪費很長的時間，」佩雷納答道：「我只問一個問題，我在西梅隆房間裡找到的那本《班傑明・富蘭克林回憶錄》，您之前搜查的時候有沒有看過它？」

「見鬼！我認爲我們還有更緊急的問題要解決……」

「現在，這個問題最緊急，上尉。」

「嗯！我搜查的時候沒有這本書。」

「那麼，」佩雷納說：「問題就在這裡，我們被人騙了，或者確切地說，是我受騙了。我們現在就得上路，上尉，快。」

派特里斯仍然不聽佩雷納的，站在船上不動彈。突然，他把船用力一推，抓起槳，罵罵咧咧地說：

「看在上帝的份上！我看這傢伙根本就是在耍我！見鬼！」

等船划到離河岸十公尺遠的地方，派特里斯喊道：

「好吧，如果您害怕了，我一個人去，不用任何人來幫忙！」

佩雷納平靜地回答說：

「那我們一會見吧，上尉，我在旅館裡等您。」

派特里斯絲毫沒費力氣，很快就把船划到了河中央。他大喝一聲，震懾力十足，美麗的伊蓮娜號馬上停了下來。然後，上尉毫不費力，登上了貨船。

船上兩名水手看上去已有一把年紀，都來自巴斯克①地區。派特里斯向兩人自我介紹說他是軍方派來檢查貨船的。他將貨船搜了個遍，然而既沒有看見西梅隆，更沒有找到金子的影子，船艙幾乎空空如也。

詢問很簡單。

「你們到哪裡去？」

「去盧昂，軍需處要徵用我們的船。」

「你們是不是在半路帶了一個人？」

「是的，他是從芒特上的船。」

「這人叫什麼名字？」

「西梅隆・迪奧多基斯。」

「他現在人在哪？」

「他借搭一段船程後就下船去搭火車了。」

「他上你們的船想要幹什麼？」

「他付給我們一筆錢運東西。」

「運什麼東西？」

「在巴黎的時候，我們裝了整整兩天的貨。」

「是不是很多袋子？」

「是的。」

「裡面是什麼東西？」

「我們不知道也不關心，只要他付給的報酬夠吸引人就行。」

「貨要運到什麼地方去？」

「昨天晚上，船開到波瓦西下游的時候，我們把貨全都轉移到靠近我們的一艘小汽輪上了。」

「那汽輪叫什麼名字？」

「叫『岩羚羊號』，上面有六個船員。」

「船現在在哪裡？」

「到下游去了，它開得很快，現在可能已經過了盧昂。西梅隆會坐火車和船上的人會合。」

「你們認識西梅隆多久了？」

「這是我們第一次與他打交道，不過，我們知道他是在艾薩雷先生手下做事的。」

「啊！你們替艾薩雷先生做過事嗎？」

「做過幾次……都是一樣的工作，一樣的行程。」

「幹活前，艾薩雷會給你們發信號？」

「對，他到一個舊工廠點燃那裡的鍋爐，煙囪裡冒出火花的時候，我們就行動。」

「每次都是運袋子嗎？」

「是的，每次都是。我們不知道裡面有什麼東西，只要他給的報酬夠豐厚，我們就樂意。」

派特里斯沒再追問下去，他知道此行將一無所獲，於是便立即掉轉船頭，回岸上去找佩雷納會合。當他回到旅館的時候，佩雷納正坐在桌前享用一頓豐盛的晚餐。

「我們得快點，」派特里斯急急忙忙地說：「貨已經被轉移到一艘名叫『岩羚羊號』的汽輪上，現在這艘汽輪正行駛在盧昂和哈佛之間，我們得去追上它。」

佩雷納站起來，交給他一個白紙包。

「上尉，這是兩份三明治。今天晚上辛苦您了。很遺憾，您今天晚上沒有學我得空睡上一覺休息一下。我們走，這回我來開車，車會開的很快，您坐在我旁邊一定得當心，上尉。」

說完，他們兩人和司機一同上了汽車。可是三人剛剛上路，派特里斯便嚷嚷道：

「喂！怎麼？方向錯了！我們不是要回巴黎啊！」

「就是這樣。」佩雷納譏笑地說。

「嗯？什麼？回巴黎？」

「當然是。」

「哦！不！不！那就大錯特錯了，我不是跟您說過了，那兩個船員說……」

「那兩個船員是騙子。」

「可是，他們非常肯定，說貨已經轉移到……」

「轉移？假話？」

「可是那艘『岩羚羊號』……」

「『岩羚羊號』？一艘船。我再說一遍，我們上當了，上尉，我們被他們徹頭徹尾地給耍了！眞有你的，西梅隆！我們的對手是西梅隆，這傢伙眞是老奸巨猾！他設了一個圈套讓我去跳。幸虧我發現得及時！好吧，再好的玩笑也得有個分寸，等著吧，用不了多久，你就笑不出來了！」

「可是……」

「您不高興了，上尉？您想搜查完了『美麗的伊蓮娜號』，再去追『岩羚羊號』？隨您的便，您想去下游就去好了，我不攔著，不過，我要提醒您，西梅隆人現在就在巴黎，而且，他比我們早到了三四個小時。」

派特里斯一聽一下子驚呆了。西梅隆在巴黎！西梅隆和克拉麗都在巴黎。於是，他不再反駁，乖乖地聽佩雷納說話：

「啊！這個無賴！他的演技簡直一流。什麼《班傑明．富蘭克林回憶錄》！……他早就知道我來了，於是便對自己說：『亞森．羅蘋，這個危險的傢伙，他會弄清所有事情，然後把我解決掉，最後搶走金子。所以，要想擺脫他，就只有一個辦法：那就是讓他亂了陣腳，匆忙去追蹤一條線索來不及喘息，沒時間察覺自己跟錯了對象。』嗯！老傢伙眞厲害！富蘭克林的書成了誘餌。這本書是他有意翻給我看的，這樣我就可以輕而易舉地發現帕西村排水系統，老西梅隆是想把亞麗亞德妮之線②拋給我，然後讓我乖乖地被他牽著鼻子走，從地窖到貝爾杜工地。好吧，到此爲止，算你走運。可是請注意！在貝爾杜工地裡，一個人也沒有，只有旁邊河灣裡的一艘船，所以，我只有上船去打聽情況，船上有人，只要一向他打聽情況，我就上當了。」

「可是，船上的那個人？……」

「當然是西梅隆的同夥，西梅隆知道我們有人跟他到了聖拉薩車站，所以，由他那位同夥第二次告訴我們他去了芒特，讓我們確信無疑。」

「到了芒特，好戲繼續上演，我們以爲載著西梅隆和黃金的『美麗的伊蓮娜號』會從河上開來，當然上面既沒有西梅隆也沒有黃金。『那麼您就去追蹤岩羚羊號吧，我們把人和東西全都轉移到了岩羚羊號汽輪上去了』。於是，我們會追著岩羚羊號來到盧昂，然後再追到哈佛去，一直追到世界的盡頭……但最終就像水中撈月，全都是一場空，因爲岩羚羊號根本就不存在。而我們卻固執地以爲這艘船是存在的，只是它總是能逃脫我們的追蹤。於是，西梅隆就得逞了，幾億黃金就此偷偷流出法國，他自己也溜之大吉。到那時，我們就只好放棄追尋。放棄追尋？休想！老實人才這麼做，對付老實人，他這個陰謀可以達成，只是……」

汽車全速向前。每當路過關哨，佩雷納不得不將車停下，接受特別通行證檢查。然後他迅速發動汽車，飛速前進，繼續這場讓人目眩的瘋狂追逐戰。

「只是什麼……」派特里斯將信將疑地問道：「難道您發現了什麼可疑之處？」

「我們在芒特遇見的那個女人，我總是覺得可疑，但卻又說不出到底哪裡不對。後來，我突然想起，在第一艘船上，就是那艘『漫不經心的特魯瓦號』上，給我們提供假情報的那個人……還記得嗎？……在貝爾杜工地！我站在這個人的面前，總是感到有點怪……一種說不出來的感覺，我總覺得這

人像是女扮男裝。後來，我突然回想起這個印象，於是便把他和芒特的那個女人做了對比……結果……結果，我就全明白了……」

佩雷納想了想，然後低聲說：

「但這女人到底是誰呢？」

一陣沉默過後，派特里斯突然不經意地說：

「肯定是格利高里……」

「什麼？您說什麼？格利高里？」

「我想肯定是她，因爲格利高里是個女的。」

「什麼？您在說什麼？」

「肯定是……您還記得嗎？……那天，我在咖啡店的露臺上逮住艾薩雷的同夥，後來是布林奈夫對我透露了這個資訊。」

「什麼！可是，您的日記裡對此可是隻字未提啊！」

「啊！……是嗎？……看來，我是把這個細節給忘了。」

「見鬼，細節！這怎麼是個細節！這可是最重要的事情啊，我的上尉先生！如果我早知道這一點，我就會立刻猜到那個船夫就是格利高里，我們也不會白白浪費了整整一個晚上。見鬼，眞有你的，我的上尉！」

但這並沒有讓佩雷納灰心，當派特里斯被可怕的預感嚇得憂心忡忡的時候，佩雷納卻唱起勝利之歌。

「來得正是時候！遊戲開始變得有趣了！是的，說眞的，太容易我羅蘋反倒會覺得無趣呢！現實生活裡怎會有這樣的戲碼？這些意外怎會如此精確地環環相扣？富蘭克林、黃金通道，沒完沒了的線索這麼輕易就告訴給我們？芒特的會面，還有美麗的伊蓮娜，簡直就是讓我們忙得團團轉。可是，花招太多了，我受夠了！還有，用一艘船就能把全部金子運出法國？……也許在和平時期還能辦得到，但是現在是戰爭時期，到哪都得要通行證，海上到處都是巡邏船，一旦搜到，他就會被捕……西梅隆是個精明人，他怎會冒險做這樣的蠢事？不，我不相信，所以，我才特別囑咐啞巴，要他到貝爾杜工地去站崗。直覺告訴我，貝爾杜工地就是整場較量的關鍵！還是聽我的才對吧，看來羅蘋先生還沒有失去他敏銳的嗅覺。對了，上尉，我得提醒您，我明天晚上就得走。不管勝利與否，我都得走……不過，我要說，最終的勝利肯定是屬於我們的……到時候，一切都會水落石出……所有的謎團都會被解開……還有那個什麼黃金三角……當然，我想應該不會給您拿回一個漂亮的黃金三角。因爲，我們不能被一些表面現象所迷惑。這個黃金三角的意思可能是指裝金幣的袋子是按三角形堆積的……或者指地裡挖個什麼三角形的洞。不過，都沒關係，我們早晚會知道的。金子遲早都是我們的！而派特里斯與克拉麗則會幸福地手牽手站在市長先生的面前。請接受我的祝福吧，上尉，然後，他們會有好多好多的孩子！」

車子在這時已經開進了巴黎郊區，派特里斯也變得越來越不安，他問道：

「這麼說，您認爲沒有什麼可擔心的？」

「哦！哦！我可沒有這麼說，悲劇部分還沒有結束，如果我們把瓦斯中毒的戲碼看作是第三幕的

話，那第三幕演完，肯定還會有第四幕，甚至還會有第五幕，敵人還沒有放下武器呀！」

車子沿著河堤飛速往前。

「我們在這下車。」佩雷納說。

說完，他輕輕打了一聲口哨，接著又是連續三聲。

「沒人回應，」佩雷納喃喃地說：「啞巴不在那。看來，戰鬥已經開始了。」

「克拉麗……」

「您不用擔心，西梅隆不知道她的地址。」

兩人發現貝爾杜工地果眞沒有人，河岸下面也沒人，月光下，只有那艘漫不經心的特魯瓦號仍然在河面上搖曳著。

「走，我們去看看。」佩雷納說：「這艘船是格利高里平時的住處，她人回來了，卻以爲我們還在開往哈佛的公路上！我希望啞巴經過時看到了這艘船，並且在附近做了記號。您來嗎，上尉？」

「眞怪，我爲什麼有些害怕！」

「有什麼好怕的？」佩雷納說。他太過勇敢，不理解派特里斯的擔心。

「我害怕即將看到什麼不好的事情……」

「也許什麼事情都沒有。」

說完，兩人都打開了手電筒，緊緊握住各自的手槍。他們穿過甲板，下了梯子進到船艙裡。門是關著的。

「喂！有人在嗎？把門打開。」

沒人回答。兩人打算推門進去，可是根本推不動，門太厚了，和普通的艙門不一樣。

兩人使勁渾身力氣，才將門強行打開。

「見鬼！」先進去的佩雷納罵道：「怎麼會是這樣！」

「怎麼了？」

「您瞧……這個叫格利高里的女人……她好像死了……」

只見那女人倒在一張小鐵床上，身上還穿著那件男士圓領罩衫，胸口敞開著。面部表情非常嚇人，從船艙中混亂的場面看，顯然這裡進行過一場激烈的搏鬥。

「我們沒有猜錯，她身旁放著的衣服就是她在芒特穿過的。但到底是出什麼事了，上尉？」

派特里斯驚叫了一聲。

「那裡……對面……窗戶下面……」

窗戶向河而開，上面的玻璃已經全部碎掉了。

「好吧！」佩雷納說，「什麼？是的，有人被扔到河裡去了……」

「這條頭巾……這條藍色頭巾……」派特里斯結結巴巴地說：「這是克拉麗的護士頭巾……」

佩雷納頓時火冒三丈：

「不可能！沒人知道她的地址。」

「可是……」

「可是，什麼？您沒給她寫過信吧？……沒給她發過電報？」

「發過……我從芒特……給她發過電報……」

「您說什麼？您……您簡直是瘋了……是發電報？」

「是的……」

「從芒特郵局發的？」

「是的。」

「當時郵局有其他人嗎？」

「有，一個女的。」

「什麼樣的女人？就是這個被殺害的女人？」

「是的。」

「但她並沒有看見您寫的內容，是不是？」

「沒有，不過我把內容重新填寫了兩次。」

「您眞是糊塗啊，作廢的那張隨便就扔到地上了……那麼肯定是被人給……啊！說實話，您必須得承認，上尉……」

派特里斯已經走出很遠了，他全力向汽車跑去。

半小時後，派特里斯手裡拿著兩封電報回來，這兩份電報是從克拉麗的桌子上找到的。

第一份電報的內容是：

一切都好，放心。千萬別出門，愛妳。

派特里斯上尉。

第二封電報明顯是西梅隆發的：

情況緊急，計畫有變，我們將返回巴黎，今晚九點在妳家花園的後門等妳。

派特里斯上尉。

這第二份電報，克拉麗於當晚八點收到，然後便立刻動身出發了。

譯註：

①巴斯克：位於歐洲的地區，分屬法國和西班牙。

②亞麗亞德妮之線：古希臘神話故事中亞麗亞德妮公主送給雅典王子鐵修斯的線團，讓鐵修斯可以跟著線團走出迷宮。比喻解決謎題的線索、關鍵。

第四幕

chapter 16

「上尉，」佩雷納總結道：「您這兩件蠢事幹得眞是漂亮。第一件，沒有及時告訴我格利高里是個女的，第二……」

佩雷納看到此時的上尉沮喪至極，便不再忍心指責。他把手搭在上尉的肩頭安慰道：

「得了，上尉，沒有什麼可懊惱的，情況沒您想像的那麼糟。」

可是，派特里斯喃喃地說：

「克拉麗爲了不落在那傢伙的手中，不得已從這個窗子跳出去了。」

佩雷納聳了聳肩膀說：

「克拉麗小姐還活著……雖然她現在人在西梅隆的手中，但是還活著。」

「您怎麼知道？不管怎樣，一旦落入這個惡魔的手中，不就等於已經沒了生存的希望了嗎？甚至比死還可怕嗎？」

「她現在是受到了死亡的威脅，但是，她不會死，只要我們及時趕到。而且，我保證我一定能夠及時趕到。」

「您已經有線索了嗎？」

「您以爲我會被難倒？難道對於像我這樣經驗豐富的人來說，半小時還不夠解開這間小船艙裡的謎案？」

「那好，我們趕快行動吧。」派特里斯大聲說，他躍躍欲試，想要馬上展開戰鬥，「我們快追過去。」

「還不行。」佩雷納一邊說一邊繼續在周圍搜尋著什麼：「聽我說，這些是我所知道的，上尉，請您聽聽我的推理，我這麼做，絕沒有向您炫耀我高超的邏輯能力之意，我會直白地陳述事實，免去一切細節證據，只有赤裸裸的眞相，就是這樣，所以……」

「所以怎樣？」

「克拉麗小姐九點鐘準時到達約定地點赴約，西梅隆和他的女伴埋伏在那裡。等人一到，兩個強盜就立刻把人捆起來，嘴裡塞上東西，然後把她帶到這裡。注意他們認爲這個地方百分之百安全，因爲西梅隆深信我與您都還蒙在鼓裡，並沒有發現他們的圈套。

「總之，這個地方作爲臨時窩藏人質的地方很合適，於是西梅隆打算把克拉麗小姐交給他的女同夥看守，讓兩人在這裡先過上一夜，而自己則離開去尋找可以長期關住克拉麗小姐的隱蔽地方。幸虧我讓

啞巴留在這裡守候，爲此，我感到很驕傲。正當啞巴坐在黑暗中目不轉睛地監視周圍動靜的時候，他遠遠看到河堤上有人，很快，他就認出了西梅隆。

「啞巴立刻跳到了貨船的甲板上。他上船的時候，兩名劫持者還沒有來得及關門。於是，四個人擠在這個狹小的船艙中，四周一片漆黑，扭打到了一起。要知道，啞巴在這種情況下是很可怕的。他下手毫不留情，可惜的是，他以爲自己掐死的人是西梅隆，然而……最後，這個女人成了西梅隆的替罪羊。西梅隆見狀，死死拽住克拉麗絕不撒手，直到最後拖著克拉麗上了甲板，然後趁啞巴和女人僵持不下之際，從外面鎖死了船艙的門。」

「您這樣認爲？……您認爲是啞巴而不是西梅隆殺死了這個女人？」

「我確定。因爲不用別的證據，這女人的喉骨斷裂就是啞巴留下的最好的痕跡。只是我不明白，爲什麼啞巴會眼看著西梅隆逃跑，而不撞開艙門追出去呢？我猜他應該是受了傷，使不上力氣。據我判斷，這女人也不是馬上斷的氣，她在臨死前肯定還透露了什麼消息，因爲她責怪西梅隆沒有設法救她。最後，走門不成，只好跳窗，於是啞巴便砸碎了玻璃……」

「他只有一隻手，而且還受了傷，竟然敢跳進冰冷的塞納河中？」派特里斯不解地問道。

「他並沒有跳到河裡，船艙的窗戶外面距離圍欄還有一段距離。他可以踩著邊邊，繞到岸上去。」

「就算是這樣，這麼耽擱了十幾二十分鐘，也追不上西梅隆了。」

「沒關係，因爲，女人死之前肯定透露了西梅隆的去處。」

「您怎麼知道呢？」

「我剛才跟您說話的時候就一直在尋找答案，上尉……現在，我已經找到了。」

「就在這裡？」

「是的，我就知道啞巴不會讓我失望的。那女人在臨死前指著船艙裡一個地方給啞巴看——您瞧，應該就是這個現在還敞開著的抽屜，裡面有一張標明地址的名片。啞巴爲了讓我知道，把名片別在了窗簾上。瞧，這就是那張名片，我認得上面的別針。這是一枚純金別針，當初，我就是親自用它把一個摩洛哥十字勳章別到啞巴的胸前。」

「什麼地址？」

「吉馬爾街十八號，名片主人是阿梅戴・沃什羅，吉馬爾街離這裡很近，證明我的推測是沒錯的。」

說完，兩人馬上出發前往名片上的地址，丟下這個女人，照佩雷納說的，留給警察局去收屍吧。兩人快速跑過貝爾杜工地，佩雷納向裡面瞥了一眼發現：

「一把梯子不見了，我們得記住這個細節。西梅隆肯定有從這裡經過，他眞是和您一樣，盡幹蠢事。」

汽車司機飛速將兩人送到吉馬爾街，這是帕西區的一條小街，十八號是一棟老建築，專供出租之用。他們按了門鈴，這時已是凌晨兩點。

過了很久，外面的大鐵門才被人打開，當他們穿過拱門時，看門人探出頭來問道：

「你們是什麼人？」

「我們要見阿梅戴・沃什羅先生。」

「我就是。」

「您就是？」

「是的，是我，負責看門的，你們有什麼證件嗎？」

「我們受命於巴黎警察局。」說著，佩雷納隨便出示了一張證件。

兩人隨即被請到屋裡。

阿梅戴・沃什羅是一個小老頭，樣子忠厚老實，鬍子泛白，活像個教堂執事。

「請您如實回答我們的問題，」佩雷納嚴肅地命令道：「不要拐彎抹角，明白嗎？我們在找西梅隆・迪奧多基斯。」

看門人一聽愣住了。

「你們要害他？如果是這樣的話，那就沒必要在我身上浪費時間了，我寧可被燒死也絕不會陷害好人西梅隆先生。」

佩雷納一聽這話，語氣緩和了些說：

「我們要害他？正好相反，我們是要找到他爲他效勞，幫他避開一個大危機。」

「大危機，」沃什羅喊起來：「啊！這個，我倒是不覺得意外，我從來沒見他這麼激動不安過。」

「您是說，他來過這裡了？」

「是的，半夜的時候。」

「他人還在這嗎？」

「不在，他已經走了。」

派特里斯做了個失望的手勢，然後問道：

「他是不是在這留下了一個人？」

「留人？沒有，他是想帶一個人過來。」

「一位太太？」

沃什羅猶豫了。

「我們知道，」佩雷納說：「西梅隆・迪奧多基斯想要幫助一位他尊敬有加的夫人躲在這裡一陣子。」

「您能說出這位夫人的名字嗎？」看門人語氣狐疑地問。

「當然可以，這位夫人就是艾薩雷夫人，銀行家艾薩雷先生的遺孀，西梅隆一直在她家作祕書。艾薩雷夫人有難，西梅隆想保護她免遭惡人之手，我們兩個就是幫助他們的，我們負責處理這樁罪案，所以我們請求您……」

「那好。」這會兒，沃什羅先生完全放下了戒備，他說：

「我很多年前就認識西梅隆・迪奧多基斯先生了。我還在做木匠的時候，他就幫過我，他借給我錢，這份工作也是他給我介紹的。而且，他還經常來這裡找我聊天，他和我說了他的很多事情……」

「也聊艾薩雷先生的事？或是談有關派特里斯・貝爾瓦爾的計畫？」佩雷納裝作隨便問問的樣子。

不過，看門人一聽，又開始警覺了起來，最後，他說：

「說了很多事，西梅隆先生是一個了不起的人，他做了那麼多好事。這個區的很多善事，他都是通過我來完成的。就在剛才，他還冒著生命危險來解救艾薩雷夫人……」

「再問一句，自從艾薩雷先生去世後，您見過西梅隆嗎？」

「沒有，今晚是頭一次見面。他到這裡的時候已經是夜裡一點鐘了。他來的時候，氣喘吁吁，十分著急的樣子，時刻聽著街上的動靜，然後還小聲對我說：『有人跟蹤我……有人跟蹤我……我敢肯定……』『是誰跟蹤您？』我問他，他說：『你不認識……這人雖然只有一隻手，但是如果讓他掐住了喉嚨，你準會沒命……』他停下來休息了片刻，然後用小得我幾乎聽不見的聲音對我說：『你跟我一起去找一位太太，艾薩雷夫人……有人要殺她……我已經把她藏起來了，她昏過去了……我們得把她弄到這裡來……可是，不，還是我一個人去好了，我到時候再安排……可是不知道……我的房間現在是不是還空著？』對了，我忘了告訴您，他在這裡有一個房間，他之前自己就在那個房間裡躲過一陣子，後來他總是回來，所以就把房間長期地租了下來，這個房間剛好是單獨隔開的，這樣就不會受到其他房客的打擾。」

「後來呢？」派特里斯不安地問。

「後來，他就離開了。」

「他爲什麼到現在還沒回來？」

「我也正在擔心呢，我猜是不是因爲他遭到了跟蹤者的襲擊？而這位夫人她……她遇到了不測？……」

「您說什麼？夫人遭到了不測？」

「很有可能，他一開始告訴我夫人藏在什麼地方的時候說：『快，我們得趕快去救她，我把她放在一個洞裡了……那裡，人待上兩三個鐘頭還可以，但是時間長了，她會因爲缺氧，而悶死的……』」

派特里斯一聽，再也沉不住氣了，一想到還在生病的克拉麗受到驚嚇和虐待還不夠，現在又遇到了死亡的危險，他早就已經心慌意亂，魂不守舍了。於是，他緊緊抓住老人嚷嚷起來：

「說！快說，趕快告訴我們她現在人在哪裡？他居然敢這樣耍我們！她人在哪？西梅隆肯定告訴你了……你肯定知道……」

派特里斯一邊嚷嚷，一邊拼命搖動沃什羅先生的肩膀，想借此來發洩心中的怒火。

佩雷納見狀，諷刺地笑了：

「太好了，上尉！我得向您表示誠摯的致意！和我合作，您還眞是大有長進，您這樣一鬧，沃什羅先生肯定會更樂意向我們透露消息了。」

「噢！好，」派特里斯說：「他要是不說，我是不會輕饒這傢伙的！」

「不，先生，」看門人堅定、鎭靜地答道：「看來先生是和我撒謊了，你們是來對付西梅隆先生的，所以，我不會再告訴你們一句話了。」

「什麼？你不說？」

派特里斯簡直就是怒火中燒，拔出手槍頂在對方的腦門說：

「我數到三，如果你還堅持不說，那我就讓你嘗嘗我貝爾瓦爾上尉的厲害。」

看門人瑟瑟發抖，目不轉睛地瞪著派特里斯，好像剛才的某件事使現在的局面發生了變化。

「貝爾瓦爾上尉！您說什麼？您是貝爾瓦爾上尉？」

「我當然是，你這傢伙，看來這使你想起了什麼！」

「您是貝爾瓦上尉？派特里斯．貝爾瓦爾？」

「就是我，從現在開始，我數兩下，如果你還是決定不說，那麼……」

「派特里斯．貝爾瓦爾！您是派特里斯．貝爾瓦爾，但您堅持把西梅隆先生當成您的敵人？不，不，這不可能。什麼！您想……」

「我要打垮他，就像打垮一隻狗一樣……是的，西梅隆這個無賴，還有你，他的幫兇……哦！眞是卑鄙！啊！是的，我要打倒他！你到底是說還是不說？」

「作孽啊！」看門人喃喃地說：「這簡直就是作孽！您不知道您在做什麼……殺死西梅隆！您！您！任憑誰，都不會是您會做這件事！」

「什麼？你倒是說說他在哪啊？見鬼！」

「您，要殺西梅隆，您，派特里斯！您，貝爾瓦爾上尉！您！」

「我爲什麼不能殺他呢？」

「因爲一些原因……」

「什麼原因？……」

「但……」

「什麼！見鬼！你倒是說呀！到底什麼原因？」

「您，派特里斯！要殺西梅隆！」

「我爲什麼不能？你倒是說說看！爲什麼不能？」

看門人沉默了，像是在猶豫，最後他低聲地說：

「因爲您是他的兒子。」

頃刻間，派特里斯所有的憤怒，所有對落入西梅隆手中，遭受死亡折磨的克拉麗的擔心，以及所有的惴惴不安和害怕，頃刻間，全都消失了，他抑制不住，突然大笑起來：

「什麼？你是說，我？西梅隆的兒子！你是瘋了？哦！這簡直是太滑稽了！虧你想得出！爲了救這無賴！這未免也太簡單了吧，『別殺他，因爲他是您的父親。』我是他的兒子？是這個無恥殘忍的西梅隆的兒子！西梅隆・迪奧多基斯？是我貝爾瓦爾上尉的父親？哦！眞是太好笑了！」

站在一旁的佩雷納靜靜地聽著，他示意派特里斯安靜：

「上尉，請允許我把這件事情弄明白好嗎？給我幾分鐘就夠了，不會誤了我們的大事的。」

沒等上尉回答，佩雷納躬下腰去，慢慢地問道：

「請您再說明白點，沃什羅先生，我很想知道是怎麼一回事情。簡單講，不用費很多口舌。您已經向我們透露了很多，但是卻不是很清楚。西梅隆・迪奧多基斯不是您的恩人的眞實姓名，是不是？」

「不是。」

「他叫阿爾芒．貝爾瓦爾，他的情人叫他派特里斯．貝爾瓦爾？」

「是的，和他兒子的名字一模一樣。」

「這個阿爾芒．貝爾瓦爾跟他的情人，克拉麗．艾薩雷的母親被人陷害，死在一起，是不是？」

「是的，可是克拉麗．艾薩雷的母親死了，而阿爾芒．貝爾瓦爾並沒有死。」

「事情是發生在一八九五年四月十四日？」

「是一八九五年四月十四日。」

派特里斯抓住佩雷納說：

「克拉麗現在很危險，那魔鬼要把她活活悶死，我們現在得去救人。」

佩雷納回答說：

「這個魔鬼，您不認爲他是您的父親？」

「您是瘋了嗎？！」

「可是，上尉，您在發抖……」

「是的……也許吧……但，我是因爲擔心克拉麗！……我不要聽這個人說的話！他這是在胡說八道！快叫他住嘴！我眞該殺了他！」

派特里斯詛咒完，全然沒了力氣，一下子癱坐在一把扶手椅裡，手臂撐在桌子上，緊緊地抱住自己的腦袋。事實上，他害怕極了，任何災難都不能讓他這般驚慌失措。

佩雷納擔心地望著他，然後對看門人說：

「請您說說看，沃什羅先生。簡單解釋一下，現在沒時間細講，如果以後有機會，我們再回來細聊。您說說一八九五年四月十四日的事……」

「一八九五年四月十四日，一位公證人的辦事員在一位警長的陪同下，來到了離此不遠的我老闆店裡，他們訂製了兩口棺材，並且要求立刻交貨。於是全工廠的人都被動員起來加緊趕製。到了晚上十點鐘，我和老闆還有另外一個夥計準時把棺材送到瑞諾瓦街的一戶不大的住宅裡。」

「知道了，請繼續講。」

「當時，屋子裡躺著兩具屍體。他們用裹屍布把屍體包好，然後裝進棺材。十一點的時候，老闆和另外那位夥計就離開了，只留下我一人來準備最後釘釘。可是，當時被請來做最後禱告和守夜的修女卻昏睡了過去，等我一切準備妥當，剛要開始釘的時候，可怕的事情發生了……哦！現在想起來還是令人毛骨悚然，我一輩子也不會把這幕忘記，先生……我當時嚇得差點沒站穩……我渾身上下哆嗦得就像站在暴風雨中的小雞……先生……那具男屍他……他動了……他活過來了。」

佩雷納聽到這，連忙問：

「您當時根本不知道這男人是怎麼死的吧？您對謀殺一無所知嗎？」

「我不知道，聽人說他們兩人死於瓦斯中毒。後來，又過了幾個小時，這個男人才慢慢恢復了知覺，看樣子應該是中毒不淺。」

「您爲什麼沒有把事情告訴給那個修女？」

「我當時已經嚇得說不出話來，完全呆住了，我就這麼眼睜睜地看著死人復活，他先是慢慢醒過來，最後終於睜開了眼睛。他醒來的第一句話就是：『她死了，是不是？』接著，他又對我說：『不要把這件事情說出去。要讓人們以爲我死了，這樣更好。』不知怎地，我竟然答應了他的要求。突如其來的驚嚇已經讓我沒了判斷力……我當時就像個孩子一樣聽話……後來，他爬起來，俯身去看另一口棺材，只見他掀開裹屍布，深深地吻了吻那具屍體，然後抱住她很多次，捨不得放開，最後他說：『我會爲妳報仇的。這是我今生的使命，我會按照妳的意願，讓我們的孩子結合。現在我之所以不自殺去陪妳，是因爲我們的孩子，派特里斯和克拉麗。永別了，我的愛人。』接著他又對我說：『幫我一把。』於是我們把克拉麗的屍體抬出來，放到隔壁的小房間裡，然後又去花園裡抬了幾塊大石頭放進棺材，製造兩具屍體的重量。弄好後，我釘死了棺材，叫醒修女，然後我就離開了。而他把自己和克拉麗的屍體一起關在小房間裡，直到等到早晨送葬的人抬著棺材離開爲止。」

派特里斯鬆開緊緊抱頭的雙手，失神地望著佩雷納和看門人，然後目不轉睛地盯著看門人說：

「那墓呢？……小屋花園裡的那塊刻著說兩名死者安葬於此的石碑怎麼解釋？……」

「是阿爾芒．貝爾瓦爾要這樣做的，我當時就住在我們現在所在的這棟房子的頂樓上。於是，我替他在這裡也單獨租了一套公寓。在此之後，他就開始以西梅隆．迪奧多基斯這個身份偷偷地住在那裡，因爲阿爾芒．貝爾瓦爾在法律上已經死亡，他在那房子裡一待就是幾個月的時間。後來，他通過我，用他的新身份買回了瑞諾瓦街上的小屋花園。之後，我和他一起一點一點地掘好了克拉麗和他自己的墳墓。是的，他自己的墳墓，他自己堅持要挖。對他來說，那個昔日的派特里斯已經和克拉麗一起死去了，他認爲這樣，自己就永遠也不會離開她了。可是，我承認，極度的絕望幾乎讓他失去了理智……不過沒那麼嚴重……他只是在回憶起死者和昔日的美好時光時才會那樣。他把他們兩個人的名字寫在各個地方，墓碑上，牆上，樹幹上，甚至還有花壇裡。兩個名字恰好也是您與克拉麗・艾薩雷的名字……他這麼做是爲了要替遇害的心上人報仇，也是爲了他的兒子您和她的女兒……哦！報仇，他頭腦裡時刻都不會忘記，絕不，先生！」

派特里斯聽完，攥緊拳頭朝看門人伸去，可是最後卻克制住，只得用大喊來洩恨：

「證據，證據在哪？現在，有個女人快要死了，就是因爲受到這惡毒傢伙的迫害……這個女人因爲他就快要活不成了，你憑什麼這麼說？」

「請您放心，上尉，」沃什羅先生說：「我的朋友只會救她，絕不會傷害她的。」

「不會傷害？他把我和她一起引到小屋去，就是要效仿別人，用殺害我們父母的招數來對付我們……」

「他只是想讓你們結合在一起，你和她。」

「對，讓我們一起去死。」

「怎麼會？您是他心愛的兒子。他對我說過，他爲您感到無比的驕傲。」

「哦，什麼？他是個無賴！是魔鬼！」上尉忿忿地說。

「不，您錯了，先生，他是這個世界上最誠實的人，他是您的父親。」

派特里斯像是受到詛咒的鞭撻一般，一下子跳了起來：

「什麼？你憑什麼這麼說？」他嚷嚷道：「沒有確鑿證據，你憑什麼這麼說？我不允許你說這種

話。」

看門人坐在椅子上，不慌不忙，把手伸向一張桃花心木的書桌，打開面板，按一下彈簧，拉開一個抽屜，並從裡面去出一疊紙來。

「您應該認識您父親的筆跡吧？您應當還留著您在英國學習時他給您寫的信吧。好吧！請您自己讀讀他寫給我的這些信吧。您會看到他的兒子，也就是您的名字，上百次地在信中出現，還有克拉麗的名字，他一心想撮合你們。他無時無刻不在牽掛著您的生活、學習和工作，這些他都在信中寫到了。您也會看到他讓寄宿學校老師給您拍的照片，還有他親自到薩洛尼卡給克拉麗拍的照片。信中，您還會讀到他對艾薩雷刻骨的痛恨，以及他的臥薪嚐膽，給艾薩雷當祕書，爲的都是完成他的復仇計畫。您知道嗎？當他得知艾薩雷和克拉麗的婚禮時，他簡直是絕望到了極點。但是，很快，他又調整了過來，他的復仇計畫更加精彩，他要讓艾薩雷的妻子愛上您。」

看門人把一封封信件攤開擺在派特里斯的眼前。派特里斯一眼就認出了父親的筆跡。他迅速地讀著，確實發現自己的名字一遍一遍地出現在信裡。

沃什羅看著他，對他說：

「您現在還懷疑嗎，上尉？」

派特里斯用拳頭用力捶打自己的頭，喃喃地說：

「是他把我們關進小屋，那個出現在天窗上的腦袋是他……他滿懷仇恨，想看我們死去……他恨我們勝過恨艾薩雷……」

「不！您一定是看錯了！是幻覺！」看門人反駁說。

「或者是瘋子，」派特里斯喃喃地回答。

他用力敲打桌子，想要反抗卻無能為了。

「這不是眞的！這不是眞的！」他大聲地喊著：「這個人不是我的父親。不！他是個惡魔……」

他在屋裡來回走著，然後突然停在了在佩雷納跟前，嘟嘟囔囔地說：

「我們走。我也快要瘋了。噩夢……沒有別的解釋……這就是一場噩夢，黑白顚倒，眞假錯亂。我們走……克拉麗有危險……這才是最重要的……」

看門人一聽，搖了搖頭說：

「怕是……」

「怕是什麼？」上尉大吼大叫道。

「怕是我那可憐的朋友已經被人盯上……他要怎麼去救艾薩雷夫人呢？他對我說，很不幸，艾薩雷夫人可能會呼吸困難。」

「呼吸困難，哦……」派特里斯心情沉重極了，絕望的喃喃自語：「克拉麗現在生命垂危了……哦，克拉麗……」

派特里斯踉踉蹌蹌，像喝醉了酒，得挽住佩雷納的手臂，才能走出門去。

「她沒救了，是不是？」派特里斯絕望地問。

「胡說！她怎麼可能沒救？」佩雷納回答，「西梅隆和您一樣，全力投入這場爭鬥，就要接近尾聲

了，他和您一樣，同樣的擔心害怕，說話才會不分輕重。您得相信我，克拉麗小姐暫時不會有危險，我們還有幾個小時的時間去救人。」

「您確定？」

「當然。」

「可是啞巴……」

「怎麼？……」

「要是啞巴把他掐死了怎麼辦？」

「不可能，我命令啞巴，讓他一定不要掐死他，我要活的西梅隆。所以，只要西梅隆還活著，我們就沒什麼好擔心的。他不會就這樣看著克拉麗小姐死的。」

「爲什麼？因爲他恨她？爲什麼？這個人心裡到底在想些什麼？他傾其一生就是爲了撮合我們兩個的姻緣，但爲什麼，這愛就突然變成了恨呢？」

突然，他按住佩雷納的肩膀，有氣無力地說：

「您相信他是我的父親嗎？」

「您聽著……這點，我不能否認，因爲有些巧合……」

「求求您，」上尉打斷他的話說：「……不要拐彎抹角……直接告訴我吧，說說您的看法，是還是不是？」

佩雷納答道：

「西梅隆・迪奧多基斯是您的父親，上尉。」

「啊！住口！住口！這簡直太可怕了！上帝啊，這太可怕了！」

「不，正好相反，」佩雷納說，「這說明，謎團現在已經漸漸散去，和沃什羅的談話給了我很多啓發。」

「但這是不可能的……」

在派特里斯混亂的腦子裡，一個又一個的念頭不斷地砸向他。

派特里斯忽然回過神來，著急地問：

「西梅隆會不會返回沃什羅那裡？……我們離開了，他很可能會把克拉麗再帶回那裡去？」

「不可能，」佩雷納說：「如果他可以的話，他早就已經這樣做了。不，我們去找他。」

「但去哪裡找？」

「啊！上帝啊！去這場較量發生的地方……藏金子的地方。對方的所有活動都是圍繞著金子和金子的藏匿處，他是絕不會離開那的。我知道，藏金子的地方離貝爾杜工地不遠。」

現在的派特里斯早已經沒了主意，只好乖乖地跟著佩雷納走。可是，忽然，佩雷納叫了起來：

「您聽到了嗎？」

「聽到了，是槍聲。」

這個時候，他們已經來到瑞諾瓦街口。他們的視線雖然被房子擋住，看不到開槍的確切地點，但聽上去應該就是從艾薩雷公館裡或是公館附近傳來的。派特里斯十分不安地問：

「是啞巴嗎？」

「怕是，」佩雷納回答：「可是啞巴不會開槍，可能是有人朝他開了槍……哦！見鬼！要是我那可憐的啞巴倒下了……」

「不！是朝克拉麗開的槍！是朝她！」派特里斯說。

佩雷納冷笑道：

「啊！上尉，眞遺憾，怎麼我一捲進來，您就像變了個人似的。至少，在我來之前，您洞察敏銳……而且行動果敢。爲何那天殺的西梅隆要對克拉麗下手？既然她已經在他的控制之下了，是不是？」

兩人不再多說，急急忙忙地往前走。當他們經過艾薩雷公館時，那裡卻是一片平靜，他們只得繼續向巷子走去。

派特里斯掏出鑰匙正要開門，沒想到通往花園的門從裡面被上了閂。

「哦！哦！」佩雷納嚷嚷道：「看來就要眞相大白了，上尉，我們河堤上會和，我要去貝爾杜工地看看。」

這個時候，天已經開始矇矇亮了。

可是，河堤上卻一個人也沒有。

佩雷納並沒有在貝爾杜工地發現任何異常。可是，當他與派特里斯會合時，派特里斯指著花園旁的小路給他看，花園院牆處架著一副梯子，佩雷納認出那就是貝爾杜工地丟失的梯子。這下，佩雷納立刻明白了，他說：

「西梅隆有花園的鑰匙，很明顯，啞巴用這把梯子爬進了花園。所以，啞巴應該是看到西梅隆從他朋友沃什羅那裡回來，便明白他這是要回來找藏金子的地方，然後帶克拉麗小姐走。可是，西梅隆到底是已經把克拉麗小姐帶走了？還是他沒能把人帶走，自己先逃走了呢？不知道，不過，早晚……」

說罷，佩雷納彎下腰去看了看河堤上的路，然後又說：

「不過，現在可以肯定，啞巴也已經知道藏金子的地點，克拉麗小姐很可能就在那裡，很可能，唉！如果西梅隆首先想到的是自己的安全而來不及把她劫走的話，那麼她現在可能人還在裡面。」

「您確定是這樣嗎？」

「上尉，啞巴總是隨身帶著一截粉筆。他除了我的名字，不會寫其他任何字，不過你瞧，他畫了兩條直線，再加上牆上的一條邊線剛好組成一個三角形，這就是黃金三角。」

說完，佩雷納站起身來：

「眞是簡明扼要，這個啞巴，他以爲我是巫師不成，以爲我能一路追到這裡，就一定能破解這三條線的祕密，眞是天眞的啞巴！」

「可是，」派特里斯說：「按照您的說法，所有事情都是在我們到達巴黎之前發生的，也就是午夜到凌晨一點的時候？」

「是的。」

「可是，我們爲什麼會在剛才，四五點左右的時候，聽見槍聲呢？」

「這點，我還不能肯定。我想，西梅隆應該是躲起來了。天矇矇亮的時候，他再也沒有聽見啞巴的聲音，於是便放大膽子，出來走動。可誰想到，一直守在那裡的啞巴突然撲了過去。」

「這麼說您是猜……」

「我猜一定發生了打鬥，啞巴肯定受了傷，而西梅隆……」

「西梅隆逃走了？」

「也有可能已經死了。剩下的情況，我想再過幾分鐘我們就會知道了。」

說完，佩雷納把梯子靠在石牆的柵欄上，幫助上尉爬上去，然後自己跨過柵欄門，把梯子提上來，扔進了花園裡。他一處不落，仔細觀察，最後，兩人穿過高大茂密的野草和灌木叢，朝小屋走去。

再過一會，天就大亮了，現在一切都看得清清楚楚。兩人繞過屋子，來到內院，走在前面的佩雷納忽然轉過身來說：

「我的判斷沒有錯。」

說完，他立刻跑了出去。

小屋門廳的門前，兩個對手扭打在了一起。啞巴頭部受傷，血流不止，但是他的獨臂依舊死死地扼住西梅隆的喉嚨。

佩雷納檢查了一番，發現啞巴已經死了，而西梅隆·迪奧多基斯還有呼吸。

chapter 17

西梅隆開戰

他們費了很大的力氣才把啞巴的手掰開，塞內加爾人至死也不肯放鬆敵人，他的手硬得像鐵，指甲就像老虎的利爪，死死地掐住敵人的脖頸，使得西梅隆最終昏迷過去，呼吸衰弱。

兩人在院子的石子路上發現了西梅隆的手槍。

「這次算你走運，你這壞蛋，」佩雷納低聲罵道：「啞巴在中彈之前怎麼就沒把你掐死？好吧，這次你走運保住了小命……啞巴被你打死了，可是，地獄裡的那把受刑椅，你早晚都會去坐的。迪奧多基斯，你已經不屬於這個世界了。」

然後，佩雷納激動地說：

「可憐的啞巴，他在非洲救了我的命……今天，他又爲了我的命令而喪了命……哦，我可憐的啞巴！」

佩雷納把啞巴的眼睛合上，跪在他身旁，吻了吻啞巴淌血的前額，對他輕聲說著話，爲他做禱告。這樣一個單純的、忠誠的靈魂的離去怎能不讓人感到惋惜呢？佩雷納暗下決心要永遠地紀念他，並要爲他報仇雪恨……

然後他和派特里斯一起把啞巴的屍體抬到大廳旁邊的小房間裡。

「今天晚上，上尉。」他說：「悲劇一結束，就去報警，我們要替他，還有其他的無辜者報仇。」

佩雷納隨即開始仔細的調查現場，他先是看了看啞巴的屍首，然後又去看西梅隆，打算從兩人的衣著上入手。

派特里斯把西梅隆拖到牆邊，讓他保持坐姿，然後自己站在對面，一聲不吭地盯著他，心裡充滿了恨。西梅隆！西梅隆．迪奧多基斯！前天陰謀的製造者就是他，是他趴在天窗上笑著旁觀我們掙扎在死亡邊緣！西梅隆．迪奧多基斯，這惡魔把克拉麗關在一個洞穴裡，現在還打算繼續對她進行無止的折磨！

這時候的西梅隆樣子十分痛苦，他呼吸困難，喉頭已經被掐破，這是獨臂啞巴的傑作。他的黃眼鏡在打鬥時已經打飛，濃密的花白眉毛露了出來，一雙眼皮沉重地向下耷拉著。

佩雷納說：

「上尉，搜搜他的身上。」

派特里斯遲疑了，他像是不想這樣做。於是，佩雷納便親自動手。只見他從西梅隆的口袋裡搜出一個皮夾，遞給上尉。

皮夾裡有一張西梅隆・迪奧多基斯的居留證，上面寫著他是希臘人，並貼有他的一張近照，黃眼鏡，厚厚的圍巾，頭髮很長……蓋在上面的警察局印章顯示證件派發於一九一四年十二月。此外，錢包裡還有其他各式各樣的證件、發票、賬目記錄之類，用的都是艾薩雷的祕書西梅隆這個名字，派特里斯在裡面還發現了一封阿梅戴・沃什羅寫來的信，信的內容是這樣的：

親愛的西梅隆先生：

我弄到了。我拜託我的一位年輕朋友到野戰醫院去，他成功地拍到了艾薩雷夫人和派特里斯這對年輕人並肩站在一起的照片。能替您辦事，我感到很高興。可是您什麼時候才會把眞相告訴給您親愛的兒子呢？他要是知道了，該會有多高興啊！……

信的下邊是西梅隆・迪奧多基斯自己的批註：

我再次對自己鄭重保證，在我的未婚妻克拉麗的冤仇未報之前，在派特里斯和克拉麗・艾薩雷相愛與結合以前，我絕不會向我心愛的兒子透露一個字。

「這眞的是您父親的筆跡嗎？」佩雷納問。

「是的，」派特里斯驚慌地說：「……和這卑鄙的傢伙寫給沃什羅的信上的筆跡一模一樣……啊！

無恥！……這傢伙！……這強盜！……」

正在這時，西梅隆忽然動了一下，他的眼皮幾次睜開又閉上。最後終於蘇醒過來，並且看到了站在對面的派特里斯。派特里斯馬上克制住自己的激動情緒說：

「克拉麗在哪？……」

西梅隆好像不明白的樣子，仍然一副癡呆的表情，就這麼驚慌地望著派特里斯。派特里斯生硬地重複道：

「克拉麗？……她在哪？……你把她藏在哪裡了？她死了，是不是？」

過了一會，西梅隆才慢慢地恢復了意識，他喃喃地說：

「派特里斯……派特里斯……」

他一邊說一邊向周圍望了望，發現佩雷納也站在旁邊，一下子又閉上了眼睛，應該是想起了自己和啞巴的激烈打鬥。派特里斯見狀，怒火中燒，大聲喊道：

「聽著……沒時間耽擱了！……現在就回答我……否則我要你的命。」

西梅隆慢慢地睜開他那佈滿血絲的雙眼，指了指喉嚨，表示他說話很困難，最後很費勁地說：

「派特里斯，是你嗎？……我等了你那麼久！……可是今天，我們卻成了仇人……」

「不共戴天的仇人，」派特里斯忿忿地說：「我們之間，不是你死，就是我亡……啞巴死了……說不定克拉麗可能也死了……她現在在哪？快說！你必須回答……西梅隆……」

然而，西梅隆依然低聲地重複他的問話：

「派特里斯……是你嗎？……」

這種親暱的稱呼激怒了上尉，他粗暴地抓起西梅隆的衣領。西梅隆一眼就看見了派特里斯另一隻手中的皮夾，不打算採取任何反抗，只是說：

「你不會傷害我的，派特里斯……既然你讀過那封信，那就應該已經知道了我們之間的關係……啊！我本應該是那麼的幸福！」

派特里斯鬆了手，厭惡地看著西梅隆，然後低聲地說：

「我不許你說……那是不可能的。」

「可是它是事實，我的派特里斯。」

「你說謊！你在說謊！」派特里斯大聲吼著，無法控制自己的情緒，極度的痛苦讓他的臉都變了形，叫人認不出。

「哦！我想你應該早就已經猜到了，那麼，我也沒必要向你解釋了……」

「你撒謊！……你就是個強盜！……如果眞是那樣，你爲什麼加害於我和克拉麗？你爲什麼要殺死我們兩個？」

「因爲我當時意識恍惚，我瘋了，派特里斯……是的，我時瘋時醒……所有發生在我身上的災難對我的刺激太大了……我的克拉麗死了……我又一直生活在艾薩雷的陰影裡……還有……還有……尤其是金子……我要殺死你們兩個？我想不起來……不，我只是記得我做了一個夢，是在花園裡，是不是？和從前一模一樣……啊！我沒辦法控制……這簡直太殘酷了！我就像個傀儡，沒辦法控制自己！……我

記得，在小屋裡，一切都和從前一樣，一樣的陷阱？……一樣的工具，是不是？……哦，不，我是在做夢，我與我心愛的克拉麗曾經遭受的悲劇再一次重現……可是這回，不是我自己遭受折磨，而是我在折磨別人……眞是太殘忍了！……」

西梅隆喃喃地自言自語，時而猶豫，時而沉默，一副痛苦不堪的表情，聽得派特里斯越來越感到不安。而佩雷納則目不轉睛地盯住老傢伙，像是在研究他究竟想要搞出什麼名堂。

最後，西梅隆說：

「我可憐的派特里斯……我多麼愛你……可是現在你卻成了我的敵人。怎麼會這樣？……你怎麼能忘了……哦！艾薩雷死後，爲什麼沒人把我抓起來？那時候我就知道自己會喪失理智……」

「你是說艾薩雷是你殺死的？」派特里斯追問道。

「不，不是我直接……是有人代我報了仇。」

「這人是誰？」

「我不知道……沒人知道。我們還是不要談這個了……這是我的一個心結……自從克拉麗死後，我就沒有一天不在痛苦中度過。」

「克拉麗！」派特里斯驚叫道。

「我說的是……我愛的克拉麗……至於小克拉麗，正是因爲她，我才又多受了那麼多的苦……如果她沒有嫁給艾薩雷，很多事情就不會發生……」

派特里斯感到心情很壓抑，有氣無力地問道：

「她人在哪？……」

「我不能告訴你。」

「哦！」派特里斯一下子怒不可遏地叫喊著，「她死了！」

「不，她活著，我向你發誓。」

「可是她人到底在哪？這才是重要的……其他的都是過去的事了……這是性命攸關的事，關係到克拉麗的生命。」

「我知道……」

西梅隆欲言又止，抬起眼皮看了看佩雷納，然後又說：

「我告訴你……可是……」

「可是什麼？」

「可是，這個人在這裡，派特里斯，先讓他出去！」

佩雷納笑著說：

「這個人是指我嗎？」

「就是您。」

「我應當迴避是嗎？」

「是的。」

「只要我走開，老混蛋，你就說出克拉麗在哪？」

「是的。」

佩雷納很開心地說：

「哈！見鬼，克拉麗和金幣藏在一起，救出克拉麗，就等於找到了金幣。」

「什麼？」派特里斯反問，語氣表現出反感。

「是的，上尉，」佩雷納不無譏諷地回：「如果我沒猜錯的話，我們尊敬的西梅隆先生將口頭許諾，保證和您去找克拉麗小姐，等找到人之後，您再放他自由。另外，我猜，您很可能會接受他其他什麼建議，是不是？」

「不。」

「爲什麼不呢？您心裡完全沒底，不過這當然是有原因的，不是嗎？我們尊敬的西梅隆先生儘管是個瘋子，但是他還會要得我們團團轉，讓我們白白跑去芒特，浪費時間，他是多麼的高明，周到啊！相信他的許諾未免太過危險，因爲他的承諾毫無信義可言，他是想……」

「想什麼？……」

「您瞧，上尉，我們尊敬的西梅隆先生將和您做一筆交易……『克拉麗還給你，但金子歸我。』」

「所以呢？」

「所以？如果這裡只有你們兩個人，那就正合我們這位體面的紳士之意，你們兩個單獨談，交易馬上就會達成，但現在有我在，我成了你們的絆腳石。」

派特里斯站起來，走到佩雷納的跟前，咄咄逼人地說：

「我想，您也不打算反對他的要求，是吧？因為這關係到一個人的性命。」

「當然，可是另一方面，它也關係到三億法郎的金子的命運？」

「您是打算拒絕？」

「如果我決定拒絕呢？」

「這女人的生命現在危在旦夕，您卻見死不救！……不過，您別忘了這是我的事……和您無關。」

兩個人互相看著對方，佩雷納表現得冷靜、自負，他對將發生一切的事情都似心知肚明，這讓派特里斯感到十分惱火。派特里斯對佩雷納事事占上風簡直是厭惡至極，但沒辦法自己還得必須和他合作下去，他感到自己現在是騎虎難下，況且他知道這傢伙的眞實身份，無奈只得忍耐。於是，他攥緊拳頭，忿忿不平地念叨著：

「您是打算拒絕？」

「是的，」佩雷納冷靜依舊，「是的，上尉，我拒絕這筆交易，因為我認為這實在是太荒謬了……十足的騙局。上帝啊！三億法郎……讓我放棄這筆財富！休想！我不反對您與尊敬的西梅隆先生進行單獨會話……但是，我不會走遠的。這樣可以吧，老傢伙？」

「可以。」

「那好，就讓你們兩個談，如果有必要的話順便簽一個協議，尊敬的西梅隆・迪奧多基斯先生對他的兒子可是完全的信任，他會告訴他克拉麗小姐被關在什麼地方，然後脫險的女士交到他的手上。」

「您？您？」派特里斯聽著佩雷納陰陽怪氣的諷刺，氣得直咬牙。

「我嘛，我得再去好好調查一番，去看看兩天前差點要了您小命的房間。好好守住他給您的承諾吧，上尉，我們一會兒見。」

說完，佩雷納拿著手電筒走進小屋，然後又到了雜物間，派特里斯看到手電筒亮時不時地射出一束亮光，打在被砌死窗戶之間的護牆板上。

派特里斯立刻走近西梅隆的身旁，氣勢逼人地說：

「行了，他走了，趕快說吧！」

「你肯定他聽不見嗎？」

「我肯定他聽不見。」

「你不要相信他，派特里斯，他想奪走金子。」

派特里斯不耐煩地說：

「我們別再浪費時間了，克拉麗她……」

「我告訴過你，克拉麗還活著。」

「是啊，你離開她的時候，她還活著，可是離開以後……」

「啊！離開後……」

「怎麼？你現在不那麼確定了……」

「我不敢擔保，從昨天夜裡到現在已經過去了五六個鐘頭了，我怕……」

派特里斯嚇得一頭冷汗，他聽到了確切的回答，恨不得把這可惡的老頭掐死。

但是，他控制住自己的情緒說：

「我們不要再浪費時間了，講得再多都是無用的，快告訴我她人在哪，我好去找她。」

「我和你一起去。」

「你現在一點力氣也沒有。」

「不，不，我有力氣……而且，那地方離這裡不遠，只不過，只不過，聽著……」

老傢伙好像確實已經精疲力盡了，他時斷時續地喘著粗氣，然後，一下子倒在了地上，痛苦地呻吟，就像啞巴的鐵臂仍掐在他的喉嚨似的。

「我在聽著呢，你倒是快說啊！」

「哦，」西梅隆說：「……哦……再過幾分鐘……克拉麗就自由了。只是我有個條件……只有一個條件……派特里斯。」

「我答應你，什麼條件？」

「好，派特里斯，用她的性命擔保，把金子留下來，並且不要讓任何人知道……」

「我以她的性命擔保。」

「有你的擔保我就放心了，但那個傢伙……你那讓人生厭的同伴他……他會跟蹤我們一起去的。」

「他不會的。」

「我不信……除非你同意……」

「同意什麼？你要說什麼！啊！看在上帝的份上！……」

「你同意這樣做……聽著……記住，我們現在得馬上去救克拉麗……馬上……否則……」

派特里斯左腿彎曲，幾乎跪在了地上，不耐煩地說道：

「那麼……我們快走啊……這就動身……」

「可是，那傢伙……」

「現在救克拉麗要緊！」

「你說什麼？要是他跟上我們怎麼辦？……要是他搶走我的金子怎麼辦？」

「我才不管！」

「哦！別這樣說，派特里斯！……金子！所有的金子都在那！自從這批黃金到了我的手裡，我的生活就徹底的改變了。過去的一切無法挽回，也因此全然沒有了意義……愛情無法挽回……仇恨還有什麼意義？……只有金子……一袋袋的黃金是實實在在的。當初，我應該和克拉麗一起死去……一起消失在這個世界上……」

「你到底想要怎樣，你想要我怎樣？」

派特里斯緊緊地抓住這人的手臂，這就是他的父親，可是，他卻從來沒有像現在這樣厭惡過一個人。他央求他，如果眼淚能感動這個無情的傢伙，派特里斯甚至有想過要流幾滴眼淚。

「您想要我怎樣？」

「聽著，他在那，是不是？」

「是的。」

「在雜物間裡？」

「對。」

「那好……，我們就這樣做，不讓他出來……」

「什麼？」

「是的……等我們的事情辦完後，再放他出來。」

「可是……」

「很簡單，你明白我的話嗎？只要動一動手就可以了……把門關上……那扇門的鎖壞了，但是門的兩邊都有門閂，這就足夠了……明白嗎？」

派特里斯一聽頓時火冒三丈。

「你瘋了！我怎麼能這麼做？不！……他可是我和克拉麗的救命恩人！」

「但現在加害於克拉麗的就是他，你想想……如果現在他不在的話，就不會插手我們之間的事，而克拉麗也早就已經脫離了危險……你難道不同意我的說法嗎？」

「不。」

「爲什麼？你知道他是什麼人？他是個強盜……一個陰險的傢伙，他一心只想奪走那幾億法郎的黃金。但你卻顧慮重重，派特里斯，這很荒唐，對嘛？你同意了？」

「不，你休想！」

「這樣的話對克拉麗就相當不利了……是的，我看你還是沒有認清形勢。現在還來得及，派特里斯，否則，就太遲了。」

「哦！住嘴。」

「不，我應當要讓你明白，我有這個責任。當那個該死的黑鬼死死纏住我不肯甘休的時候，我得儘量甩開克拉麗，所以才把她藏了起來，我本以爲一兩個小時之後就能放她出來的……可是後來……後來的事情，你就都知道了……我把她藏起來的時候是夜裡十一點……到現在已經過去八個小時了……所以，你想想看……」

派特里斯將拳頭攥得死死的，他從來沒想到自己一個男子漢有朝一日會飽受這般糾結之苦，西梅隆還在無情地威逼念叨：

「她已經不能呼吸了，我敢說……現在那裡的空氣所剩無幾……而且，我希望蓋在她身上，給予她保護的東西不會塌下來，否則，她就眞的有窒息的可能……而你卻還在這裡，猶豫不決，討價還價，就讓他關在裡面十分鐘……不會超過十分鐘，我保證……現在還在猶豫？那麼殺死克拉麗的人就是你自己了，派特里斯，想想吧……她就要被活埋了！……」

派特里斯馬上站了起來，他已經下定了決心。沒什麼可怕的，害人的事他不會願意做，何況西梅隆要求他的並不過分！

西梅隆說：

「你很清楚，我要你做的事情再簡單不過了！走到門口，然後把門關好，再回來，僅此而已。」

「這是你最後一個條件？不會再有別的？」

「不會再有別的要求，做完這件事，我們就立刻去救克拉麗。」

西梅隆話音剛落，派特里斯便奪門而出，堅定地走進小屋，徑直穿過前廳。雜物間內，手電筒的亮光依舊在閃爍。

他一聲不吭，「碰」的一聲關好了門，然後連忙轉過身子。就在轉身的一刹那，他終於感覺到自己如釋重負。這種行徑卑劣齷齪，然而他卻以爲自己是完成了一件怎樣偉大的壯舉。

「現在，我們可以去了吧。」他說。

「扶我一把，」西梅隆說：「我站不起來。」

派特里斯抓住西梅隆的手臂扶他起來，可是老頭一下子靠在了上尉的身上，兩條腿還直打顫。

「哦！見鬼，」西梅隆說：「那該死的黑鬼把我掐得不輕，我覺得氣悶，邁不了步。」

派特里斯幾乎是抱著他在走，西梅隆有氣沒力地指揮著：

「走這邊……沿直線走……」

很快，他們轉過了小屋，朝內院的兩座墳走去。

「你肯定門關好了？」老傢伙不放心，又問了一遍：「你關好了，是嗎？我聽見了……啊！這傢伙叫人害怕……你千萬不要相信他……你保證不對任何人說，是不是？你要起誓，以你母親的名義……不，以克拉麗的名義擔保……只要你背叛你的誓言，她就會立刻沒命！」

西梅隆需要休息一下，他停下了腳步，大口大口的喘著粗氣，好將足夠的氧氣吸進肺裡，儘管苟延殘喘，他還是不停歇地說：

「我可以放心了，是不是？因爲，你對金子沒興趣。既然這樣，你怎麼會說出去呢？不過，你得向我起誓，以你的名譽擔保……這樣更好，你發了誓，我就放心了。」

派特里斯緊緊地抱住西梅隆的腰，兩個人幾乎抱成了一團，一步一步地緩慢移動，眞是活受罪。可是爲了救克拉麗，他不得不承受這種痛苦。這個讓他痛恨至極的傢伙緊緊地貼在他的身上，眞恨不得就這樣把他掐死。

可是，上尉的心裡總是默默地提醒著自己：「我是他的兒子……我是他的兒子……」

「就在這。」老頭說。

「這兒？這裡是墓地。」

「這是我的克拉麗的墳墓，這邊是我的，就在這。」

西梅隆不安地轉過身去。

「我們沒留下痕跡吧？你回去的時候一定要把所有指向這邊的痕跡統統擦掉，嗯？否則他會尋著線索找到這裡來的，而且，這地方，他是知道的……」

派特里斯大吼起來：

「啊！沒什麼可擔心的！趕快，克拉麗是在這嗎？……在下面？埋在下面？哦！見鬼！」

在派特里斯看來，現在一分鐘就像一小時那麼長，任何遲疑或失誤都將關係到克拉麗的生命。他聽從西梅隆的要求，立下了種種誓言，他以克拉麗擔保，以自己的名譽擔保，現在就算是火海，他也眞的敢往裡跳。

西梅隆蹲在草地上，指著小祭台下面說：

「就在這……在下面……」

「怎麼可能？在墓碑下面？」

「是的。」

「把石碑豎起來？」派特里斯不安地問。

「對。」

「我一個人不行……力氣不夠……要三個人才能抬得起。」

「不用，」西梅隆回答：「那裡有一個觸發裝置，和槓杆裝置差不多，很容易……只要壓住一頭就行了……」

「壓哪裡？」

「這裡，右邊。」

派特里斯走過去，抓著那塊寫著「**這裡安息著派特里斯和克拉麗**」的大石碑，一用勁，石碑果然立刻豎了起來。

「等等，」老頭說：「得用東西把它撐住，否則它還會掉下去的。」

「怎麼撐？」

「用一根鐵杆。」

墳墓裡的三道石階都露在外面，下面是很窄的一個洞，只能彎腰勉強進去。派特里斯先是一直用肩膀撐住石碑，費盡力氣摸到鐵杆，然後用它把石碑撐好。

「很好，」西梅隆說：「現在石碑被固定住了，你只要彎腰就能進去。我的棺材就放在下面，我經常來這裡，和我的克拉麗肩並肩地躺著，一待就是幾個小時。我和她聊天，我們兩人一起回憶過去，一起展望未來……啊！派特里斯！派特里斯！……」

派特里斯身材高大，窩在狹小的墓穴裡簡直難受極了，他下去後急忙問：

「接下來怎麼辦？」

「你還沒聽見克拉麗的聲音？現在你們兩人之間只隔了一道牆……幾塊磚頭砌成的，外面抹著泥巴……還有一扇門……後面就是我的克拉麗的墓穴……再後面，派特里斯，還有另外一個洞穴……一袋袋的黃金就放在那裡面。」

西梅隆跪在草地上，扒住墓穴的邊緣比手畫腳地指揮著……

「門在左邊……再往裡一點……沒找到？奇怪……你得快點了……啊！好了嗎？沒有？哎！要是我能下去就好了！可是裡面只能容下一個人。」

過了一會，他又說：

「再往裡面一點……好……你能動嗎？」

「能。」派特里斯回答。

「不要動作太大，嗯？」

「真難受。」

「好，下去吧，我的孩子……」這時，西梅隆突然狂妄地大笑起來，然後他猛地一下抽掉了鐵杆，墓碑重重地砸在了墓穴的上面。

瞬間派特里斯整個人被埋進了土裡，他掙扎著想要站起來，西梅隆手裡抄起鐵杆對準派特里斯的頭就是一棒。派特里斯大叫一聲，當場失去了知覺。短短幾秒鐘之後，石板就又嚴嚴實實地蓋住了。

「看啊！」西梅隆得意洋洋地喊道：「我做得不錯，先是把你和你的夥伴分開。他可是從沒上過當的！不管怎樣，我演的這齣戲眞是太成功了！」

西梅隆一刻也沒耽擱，他知道派特里斯受了傷，被埋在底下，難受得很，他一個人又沒有足夠的力氣頂開蓋在上面的墓碑，這裡沒有什麼事情會再讓他擔心的了。

於是，西梅隆朝小屋走去，雖然他走起路來還是吃力，但當然也根本不是疼得走不動，剛才那全是假裝的。這會，他一跛一瘸，很快就進了前廳，他根本不屑於擦掉自己的腳印，便徑直走向自己的目標。看來，他是早有計劃，要趕快行動起來。他知道計畫一旦成功，之後就一路暢通無阻了。

來到前廳裡面，他把耳朵附在門上，顯然，佩雷納還在雜物房和臥室裡敲敲打打，想要穿牆出去。

「很好，」西梅隆譏笑道：「這傢伙上當了，你也有今天！看來，所謂的傳奇不過如此嘛。」

接著，西梅隆利索地走到了小屋右側的廚房裡，打開瓦斯計量表外面的門，然後，開關一轉，瓦斯就被放了出來。這招在派特里斯和克拉麗身上沒能成功，那就補用在佩雷納身上吧。

忽然，鬆懈下來的西梅隆感到十分疲倦，他有時間停下來休息兩三分鐘，因爲他最害怕的對手，這會也已經無計可施了。

但是不行，事情還沒有完，還得繼續按計劃行動，才能確保自己的安全。他連忙圍著小屋轉了一圈，找到了自己的黃眼鏡，戴好它。然後來到花園裡，打開後門出去，走進巷子，最後走到河堤上。

這回，他來到貝爾杜工地的矮牆前。顯然，他對下一步的行動有點猶豫，但是看到各色行人，馬車夫或是菜販子在他面前來往忙碌，他便不再遲疑，坐上了一輛汽車，朝吉馬爾街看門人沃什羅那開去。

他在門房找到了他的朋友，並得到對方熱情、殷切的招待。

「啊！是您，西梅隆先生！」看門人興奮地喊道：「可是，我的上帝！您怎麼這副模樣？」

「別張揚，也別稱呼我的名字，」西梅隆一邊往門往裡走，一邊問道：「沒人看見我進來吧？」

「沒人能看見，現在才七點半，大家都才剛剛起床。可是，先生！他們把您怎麼樣了？那些無恥的傢伙？您喘氣好像有些吃力，您遭人襲擊了？」

「是的，那個黑人一直窮追猛打，纏著我不放……」

「其他人呢？」

「什麼其他人？」

「到這來的那兩個人……還有派特里斯？」

「派特里斯來過？」西梅隆說，刻意壓低了聲音。

「來過，昨天晚上，他來過這裡。您剛走沒多久，他就和一個朋友一起找來了。」

「所以，你就對他說了？」

「他不是您的兒子嘛？……我想他有權知道……」

「好吧，」西梅隆又說：「難怪我對他說的時候，他並不感到驚訝。」

「他們現在人在哪裡？」

「和克拉麗在一起，我把她救出來之後，就把人交給了他。現在不是談她的時候。要快……幫我找一個醫生……我沒時間……」

「一位住在這裡的房客就是醫生。」

「不，你拿電話簿來。」

「喏！在這。」

「打開找一找。」

「找誰？」

「傑拉代克醫生。」

「嗯！可是……傑拉代克醫生他……」

「怎麼了？他的診所很近，就在蒙莫朗西大街上，而且附近很僻靜。」

「我知道。可是您不知道……他的名聲不太好，西梅隆先生，大家都在傳……他牽扯進僞造護照和證件的案子……」

「我得去……」

「怎麼，西梅隆先生，您想要離開了？」

「我要去……」

西梅隆翻到電話號碼，立刻撥了過去，可是電話占線。他把號碼記在牆上的報紙上，然後叫看門人再撥一次號碼。

這回成功了，有人接了電話，可是對方告訴他說醫生出門去了，要十點鐘才能回來。

「這樣倒好，」西梅隆說：「我現在也還沒有力氣馬上過去，我需要休息，告訴他說我十點鐘過去。」

「以您西梅隆的名字通知他？」

「用我的眞實姓名吧，阿爾芒·貝爾瓦爾，就說我的情況緊急……需要立即開刀。」

看門人按照他的吩咐答覆了診所，然後把電話掛好，說：

「哦！可憐的西梅隆先生！像您這樣的大好人，大善人，到底出了什麼事呢？」

「這個你不要管，我住的地方安排好了嗎？」

「當然。」

「我們過去，不要讓任何人看見。」

「沒人會看見我們的，您知道的。」

「帶上你的手槍，你可以離開門房嗎？」

「離開五分鐘是可以的。」

門房後面是院子，院子裡面連著一條長廊。長廊的盡頭連接著另外一個院子，這裡有一幢帶閣樓的平房。

兩人走了進去，前面是門廳，後面是三個相連的房間。然而，只有第二個房間裡有擺設，最後面的那個房間外面正對這與吉馬爾平行的一條小街。兩人走進第二個房間。

這時的西梅隆似乎已經精疲力盡，可是他立刻又站得穩穩的，不假思索地做了個果斷的手勢，說：

「門關好了？」

「關好了，西梅隆先生。」

「沒有任何人看見我們兩個進來吧？」

「沒有。」

「不會有人想到你會來這裡吧？」

「我來這裡，沒人能想得到。」

「把你的手槍給我。」

看門人順從地把手槍遞過去。

「給您。」

「依你看，」西梅隆繼續說：「如果我開了槍，會有人聽見槍聲嗎？」

「肯定聽不見，誰會聽見呢？可是……」

「可是什麼？」

「您不會是要開槍吧？」

「眞讓我厭煩。」

「對您自己？西梅隆先生，對您自己？您這是要自殺嗎？」

「眞蠢！」

「那麼您是要對誰開槍？」

「對妨礙我的人，出賣我的人。」

「是誰？」

「是你！」西梅隆冷笑道。

接著，只聽「碰」的一聲，西梅隆朝看門人開了槍，沃什羅一下子倒了下去。

西梅隆扔了槍，木然地站在那裡，他有些支持不住，身體搖搖晃晃。他掰著手指頭一個一個地數著，數著幾個小時以來，他已經擺脫掉了多少人：格利高里、克拉麗、啞巴、派特里斯、佩雷納，還有沃什羅。

現在，西梅隆掩飾不住自己的得意，嘴角上掛滿笑意。這下可好，只要再堅持一下，最後的勝利就會到來，他就可以徹底離開這個地方。可是這最後的堅持，他還沒辦法做到。現在的他已經完全沒了力氣，忽然，手腳一軟，他昏了過去，胸口就像被重物壓碎了一樣。

差一刻十點的時候，他突然蘇醒過來。他站起身，控制住自己，不顧身體的痛苦，還是掙扎著從房子的後門走了出去。

十點鐘時，他換乘了兩次車，來到蒙莫朗西街。正好傑拉代克醫生也剛下汽車，走上豪華別墅的臺階，這是戰爭爆發後他在這裡開的一家診所。

chapter 18 傑拉代克醫生

傑拉代克醫生的診所坐落在一個美麗的花園中，每幢建築聚攏在一起，各有用途，中間的這棟專門處理重大手術。所以這裡也設了傑拉代克醫生的辦公室。西梅隆・迪奧多基斯被一位男護士領進去，先是做了常規檢查，然後就被帶到房子盡頭轉角出去的一個單獨樓層裡。

醫生已經在那裡等候，這個男人年齡六十歲上下，但仍顯得十分年輕。他的臉上刮得乾乾淨淨，右眼卡著一片單片眼鏡，就像做了一副奇怪的鬼臉一般，白色的醫護衫從頭一直罩到腳面。

西梅隆說話困難，費了很大的力氣才介紹完自己的情況。他說，昨天夜裡，一個歹徒襲擊了他。這人掐住他的喉嚨不放，然後把他身上的東西洗劫一空，然後將他打得半死，就這樣丟在大街上。

「您當時就該馬上看醫生。」醫生目不轉睛地盯著他說。

西梅隆沒有回答，醫生接著又說：

「沒有大礙，沒有外傷，只是有點喉管痙攣，做個插管就能恢復。」

說著，他指揮助手將一根長長的管子插進病人的喉嚨裡，然後自己就出去了。過了半小時的光景，他才回來，命人將管子取出，然後又檢查了一番，病人呼吸通暢。

「好了，」傑拉代克醫生說：「比我想像的要快得多，顯然，您的喉管受的是輕微壓傷，回去休息休息就好了。」

西梅隆付了診費，醫生把他送到門口。可是西梅隆忽然站住，怔怔地說：

「我是阿爾布安夫人的朋友。」

醫生好像並不明白他這話的意思，毫無反應，於是西梅隆補充道：

「也許您對這個名字並不熟悉？那如果我說她和莫斯格拉南姆夫人是同一個人，我想我們可以開始談談了吧。」

「談什麼？」傑拉代克醫生一副詫異的表情。

「好吧，醫生，您做事滴水不漏，我知道。不過，您錯了。現在這裡只有我們兩個人，所有的門都是雙層的，完全隔音，所以，我們可以談談。」

「我沒有拒絕和您談話的意思，只是您得讓我知道……」

「請您稍等一下，醫生。」西梅隆拉住要走的醫生。

「還有很多病人等著我呢。」

「很快的，醫生。我不會講太多，就幾句話，請您先坐下。」

西梅隆自己乾脆地坐了下來，醫生無奈，只得在他的對面坐下，並越來越感到迷惑。

於是，西梅隆開門見山地說：

「我是希臘人，醫生。希臘是一個中立國，一直和法國友好，所以，我可以很容易地拿到護照，離開法國。可是由於我個人的一些原因，我不想在護照上使用自己的眞實姓名，而我想弄一個別人的名字。用什麼名字，我們再商量，我這次來，就是希望您能幫助我一路暢通地離開法國。」

醫生一聽，嗖地站了起來，顯然他被激怒了。

然而，西梅隆不緊不慢地堅持說：

「不瞞您說，我今天是來求人的。所以，您開個價，我這個人很爽快，您要多少？」

醫生一言不發，憤怒地指了指門。

西梅隆沒有反駁，拿起帽子就往出走。可是，剛走到門口的時候，他又回過頭來說：

「兩萬法郎，怎麼樣？」

「是不是讓我叫人來？」醫生回答：「您這是想讓我叫人把您扔出去嗎？」

西梅隆・迪奧多基斯噗哧一聲笑了，他絲毫不驚慌，出價道：

「三萬如何？……四萬？……五萬？」每說一個數字，他就停頓一秒，「哦！哦！這樣還不夠！眞是代價不小……一筆大買賣……好吧，可是您得全權負責，我不僅要沒有破綻的護照，而且，您還得保證我能安全離開法國，就像我的朋友莫斯格拉南姆夫人一樣，見鬼，還有其他所有我該享有的保障！好吧，我不再還價了，我需要您。我們一口價，醫生？我出十萬。」

傑拉代克醫生一下愣住了，他上上下下、仔仔細細地將眼前這個傢伙打量了一番，然後，利索地重新把門關好，自己回到辦公桌前坐好。接著，他說：

「我們談談。」

「我沒有別的要求，大家都是老實人，我再重複一遍我的出價：十萬法郎，保我安全離開法國，成交？」

「我接受……」醫生爽快的答應了，「只是，這要視您個人的情況而定。」

「您什麼意思？」

「我是說，十萬法郎只是討論問題的基礎，就這樣。」

西梅隆猶豫了一下，看來這傢伙胃口眞是不小，不過他又坐了下來。醫生馬上繼續道：

「請問您的眞實姓名是……？」

「恕我不能透露，我剛才已經說過了，因爲個人原因……」

「那就得二十萬。」

「什麼？」西梅隆跳起來說：「見鬼！這也太黑了，這麼大的數目！」

傑拉代克回答得很冷靜：

「沒人逼您做任何事情，先生！我們現在只是在討論，接不接受，由您自己來定。」

「既然您已經同意爲我造一張假護照，知道我的眞實姓名，對您來說，又有什麼意義呢？」

「當然有意義，而且意義重大。幫助一個普通人逃離出境，沒什麼大不了。但是，我要是幫了一個間諜逃跑，那我的風險可就難料了。」

「我不是間諜。」

「誰知道呢？您到我這裡來，要我做不光彩的事。您隱瞞了姓名和身份，想急急忙忙地逃走，為此，您還打算付我一大筆錢，十萬法郎。但您卻仍以老實人自居，想想看，這有多麼的荒唐！一個老實人是絕不會做雞鳴狗盜之事，老實人絕不會殺人放火！」

西梅隆不動聲色，用手絹擦乾了臉上的汗珠。他心裡在琢磨，看來這個傑拉代克不是個好對付的傢伙，自己也許是找錯了人？不過沒關係，好在我們現在是有商有量，想什麼時候退出就什麼時候退出。於是，他尷尬地擠出笑容說：

「哦！哦！您眞是會開玩笑。」

「我說的都是實話，」醫生反駁道：「沒一句加油添醋，我只是講講情況，陳述一下我的看法。」

「您說得非常有理。」

「那現在，用您的話說——我們成交？」

「成交。只是，這是我最後的問題，您怎麼能這樣對待我這個莫斯格拉南姆夫人的朋友呢？」

「您怎麼知道我對你們兩人要價不同？」醫生反問道：「看來，您是瞭解些什麼事情？」

「莫斯格拉南姆夫人親口告訴我說您沒有收取她的任何報酬。」

醫生頗為得意地笑了笑說：

「我是沒有主動收取她一分錢的報酬，這是事實。但是要知道，她給予我的那可是太多太多了。莫斯格拉南姆夫人是一個漂亮的女人，她的厚愛，對我來說，可是很寶貴的。」

西梅隆許久不動聲色，坐在這傢伙面前，他感到越來越局促不安。醫生最後打破沉默說：

「看來我的直言不諱讓您感到不快了，我猜您和莫斯格拉南姆夫人之間有過親密的感情……如果是這樣的話，那就請您多多包涵……況且，我親愛的先生，發生了這麼多事，所以，現在，這已經無關緊要了，不是嘛？」說著，醫生歎了口氣憐惜地感歎道：

「可憐的莫斯格拉南姆夫人！」

「您什麼意思？」西梅隆連忙問。

「什麼意思？剛剛發生的事，看來您還不知道？」

「我一無所知……」

「怎麼，您不知道剛剛發生了可怕慘劇？」

「自從她離開法國之後，我就再沒有收到她的信。」

「啊！是嘛……我可是收到過，瞧，昨天晚上就有一封，她在信中說她已經回到法國，所以，我感到十分驚訝。」

「莫斯格拉南姆回到法國了？」

「是的，她還約我今天早上去見她……多麼奇怪的邀約啊。」

「在什麼地方？」西梅隆顯然有些不安，連忙追問。

「想讓我告訴您，您得多付一千法郎。」

「行，您說。」

「在一艘貨船上。」

「嗯？」

「是的，在一艘名叫『漫不經心的特魯瓦號』的船上，船就停在帕西區河岸、貝爾杜工地前面。」

「怎麼可能？」西梅隆結結巴巴地說。

「就是這樣，您知道她的信上用的是什麼簽名嗎？是格利高里。」

「格利高里……一個男人的名字……」老頭喃喃自語低聲道。

「是啊，怎麼會是個男人名字……喏，她的信我正好帶在身上。她在信上說，她現在處境危險，她不相信那個與她合作的人，她想找我商量。」

「所以……所以……您去找過她了？」

「去過了。」

「什麼時候去的？」

「今天早上。您打電話過來的時候，我不在，就是因爲去赴她的約了，但不幸的是……」

「什麼？」

「我去得太晚了。」

「太晚了？……」

「是的，格利高里女士，或者說莫斯格拉南姆夫人已經死了。」

「死了！」

「是被人掐死的。」

「這簡直太可怕了！」西梅隆呼吸困難的毛病好像又復發了，「您還知道些什麼？」

「您指什麼？」

「她說的那個合作者。」

「她不信任的那個人？」

「對。」

「她在信中說，這人是一個希臘人，名叫西梅隆．迪奧多基斯。她甚至還向我描述了一下這個人的相貌特徵……我沒太仔細看。」

說著，醫生打開信，翻到第二頁，半自言自語地讀道：

「一個上了年紀的人……有些駝背……總是圍著一條圍巾……戴一副寬大的黃眼鏡。」

傑拉代克醫生停了下來，訝異地望著西梅隆。兩個人好一陣子沒說話，然後醫生又機械地重複了一遍信的內容：

「一個上了年紀的人……有些駝背……總是圍著一條圍巾……戴著一副寬大的黃眼鏡。」

醫生每讀完一句，都要停頓一下，細細地琢磨一番。

最後他說：

「西梅隆．迪奧多基斯就是您……」

西梅隆並沒有想要否認，事情發生得太突然，所有巧合都是那樣順理成章，他發覺撒謊是無用的。

接著，傑拉代克醫生揮揮手，說：

「看來我剛剛的推測很正確，情況遠不像您說得那麼簡單。所以，我們沒必要再浪費時間，事情很嚴重，所以，我的風險就會很大。」

「您什麼意思？」

「意思是，剛才的那個價錢不合適。」

「要多少？」

「一百萬。」

「啊！什麼！不！」西梅隆嚷嚷道：「不！莫斯格拉南姆夫人不是我殺的，我昨晚也遭到了襲擊，被人掐住喉嚨不放。都是一個人幹的，一個叫啞巴的黑人。他追上我，緊緊地鎖住我的喉嚨……」

醫生一把抓住西梅隆的手臂說：

「您說什麼，請再重複一遍這個名字，您剛才說的是啞巴？」

「是，就是他，一個只有一隻手的殘廢軍人，塞內加爾人。」

「您昨天和這個啞巴打在一起？」

「是的。」

「您把他打死了？」

「我當時想要自衛。」

「這個，我不管，您是把他給打死了，是不是？」

「這……」

醫生笑著聳了聳肩膀說：

「聽著，先生，這眞是太巧了。今天早上，當我從貨船上下來的時候，剛好碰上了五六個殘廢軍人，他們對我說他們在尋找他們的戰友啞巴，和他們的上尉貝爾瓦爾，還有他的一個朋友，和他們借宿人家的夫人。這四個人先後失蹤了，按照他們說法，都是一個人幹的……他們把這人的名字告訴了我……啊！眞是越來越奇怪了！那人就是西梅隆・迪奧多基斯。他們憤憤地對我說：『沒錯，就是他』，所以就是您……您瞧，這有多奇怪？可是您這邊卻對我說……所以……」

醫生停頓了一下，然後乾脆俐落地說：

「兩百萬。」

這回西梅隆不再反駁，他感到自己像是一隻老鼠，被貓玩弄於鼓掌之間，醫生一直都在和他演戲，他在欲擒故縱，自己根本沒有希望逃出這場致命遊戲……

西梅隆只是冷冷地說了一句：

「這是敲詐……」

醫生做了個手勢，表示贊同：

「是的，我看沒有比這個詞語再貼切的了。這是敲詐，我不否認，不過，做人就得適時抓住時機。機會能落到誰手上，誰就是贏家。如果您是我，您也會這樣做的，我有什麼法子呢？我和司法部門的糾紛鬧得沸沸揚揚，您肯定也早有耳聞。雖然，我們之間的恩怨已經化解，但是這些案子卻大大影響了我的買賣，所以我做事必須得謹慎。」

「如果我拒絕呢？」

「如果您拒絕，那我就會打電話到警察局去，我的話他們是相信的，因為我也曾幫過那些先生的忙。」

西梅隆看了看窗戶，又看了看門，而醫生已經抓起了話筒。眼下他毫無辦法，只有做出讓步……

「好吧，」西梅隆最後說：「這樣反倒更好，您瞭解我，我也瞭解您，我們有話好商量。」

「剛才的數目談妥了？」

「是的。」

「兩百萬？」

「就兩百萬，您說吧，您打算怎麼辦。」

「這不難，我自有辦法，細節我不能告訴您。重要的是，我能幫您逃走，不是嗎？讓您擺脫危險，對不對？這些都包在我身上。」

「可是誰能保證呢？」

「您不放心的話，先付給我一半酬金，事成之後，再付另一半。至於護照的問題，小事一樁，再弄一份就行，只是用什麼名字……？」

「隨便您吧。」

只見醫生取出一張紙，一邊看著對方，一邊記下對方的相貌特徵，嘴裡還直念叨：

「頭髮花白……無鬚……黃眼鏡……」

接著，他又問道：

「您保證現在會付我錢嗎？……我要的可是現金……貨眞價實的鈔票……」

「沒問題。」

「錢在哪？」

「我把它藏在一個安全的地方。」

「再說清楚點。」

「我可以告訴您，但就算告訴您那地方，您也找不到。」

「您說說看。」

「我把這筆錢交給格利高里保管，一共四百萬……所以，錢就在貨船上，我們可以一起去取，我先付給您一百萬。」

醫生拍了一下桌子說：

「嗯？您說什麼？」

「我說這筆錢在貨船上。」西梅隆不知所措地回答。

「就是停在貝爾杜工地前面的那艘貨船？莫斯格拉南姆夫人死在裡面的那艘『漫不經心的特魯瓦號』？」

「是的，我藏了四百萬法郎在那裡，現在，其中的一百萬歸您了。」

醫生搖了搖頭說：

「不，這筆錢，我不要！」

「爲什麼？您眞是個瘋子。」

「爲什麼？因爲自己怎能賺自己的錢？」

「您說什麼？」西梅隆驚慌失措的喊道。

「這四百萬法郎是我的，您當然不能用我的錢來買通我。」

西梅隆聳聳肩膀說：

「您這是在說什麼胡話，您說錢是您的，它首先得先在您手上才是啊。」

「當然在我手上。」

「錢在您那？」

「是的。」

「什麼？您什麼意思？這到底是怎麼回事？」西梅隆恨得直咬牙。

「您瞧，您說的那個安全的地方就是四本舊的、沒用了的硬殼電話簿，包括巴黎市的，還有其他外省的。每本電話簿掏空，硬殼裡就剛好能放下一百萬法郎，所以總共四百萬法郎。」

「您在說謊！……您在說謊！」

「它們都放在船艙裡的一張小桌子上。」

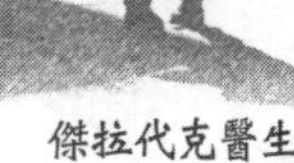

「然後呢？然後呢？」

「然後？好吧，它們就到了這裡。」

「在這裡？」

「就在您面前的這張小桌上，這筆錢現在是我的，所以我怎麼能夠自己出錢幫您逃跑呢？……」

「賊！賊！」西梅隆嚷嚷著，他氣得渾身發抖，朝著醫生揮動著拳頭，「你就是一個賊，我會讓你把錢吐出來的……啊！強盜……」

傑拉代克大夫非常鎮定，他笑咪咪地搖了搖食指，反駁道：

「我原諒您的情緒化，先生，但是您不能隨便誣蔑好人！是的，不能誣蔑！請您注意，我剛剛已經提到了，您的相好，莫斯格拉南姆夫人對我眞的是厚愛有加。一天，準確地說，是一天早上，她坦率地對我講：『我的朋友』，是的，她稱我爲朋友，而且她是放下戒備，對我以朋友相稱的呢，她說：『我的朋友，如果我死了』，是的，她早有預感，『如果我死了，我家裡的所有財產就全歸你了。』所以，現在她死了，她的家就是這艘貨船。所以，如果我不遵從她的遺願，豈不是對不起她的厚愛？」

西梅隆沒在聽醫生說話，他眞想殺了眼前這個傢伙。只見他突然從椅子上站起來，死死地盯著醫生的眼睛。

醫生則不慌不忙，繼續說道：

「您這是在浪費寶貴的時間，我親愛的先生，決定好了嗎？」

醫生擺弄著剛才那張寫著護照辦理要點的白紙。西梅隆一句話也沒說，只是湊了過去，然後，乾脆地說：

「把紙給我……我要看看你打算怎樣替我做護照……用什麼名字……」

說著，他奪過紙片，粗略地掃了一眼，可是，忽然，他嚇得不由得往後一退。

「什麼？你塡的什麼名字？你怎麼會塡這個名字？爲什麼？爲什麼？」

「是您讓我自己隨便寫的。」

「可是這個名字？這個名字？……你爲什麼要寫這個名字？」

「我也不知道……我想了想，我總不能用西梅隆・迪奧多基斯，是不是？因爲這不是您的眞實姓名……我也不能用阿爾芒・貝爾瓦爾，因爲這個也不是您的名字，所以，我就用了這個名字。」

「爲什麼？爲什麼？偏偏是這個名字？」

「因爲這就是您的眞實姓名。」

西梅隆萬狀驚慌，他急忙彎腰湊近坐在那裡的醫生，戰戰兢兢地說：

「只有一個人……只有一個人能夠猜得出……」

接下來是一段不長的沉默……然後忽然，醫生突兀地冷笑道：

「我同意，確實只有一個人能夠猜得出，所以，我就是那個人。」

「只有一個人，」西梅隆繼續喃喃自語，他的呼吸又開始變得困難，「只有一個人……能……能夠找到四百萬法郎的藏匿之處，而且只用幾秒鐘就能把錢找到……」

醫生閉口不答，只是笑咪咪地看著對方，臉上的肌肉越來越鬆弛。

西梅隆不敢把這個令人生畏的名字講出來。他低頭下去，活像站在主人面前的奴才，感到無比卑微、無地自容。現在，他是已經明白自己在這場對決中的份量，他被某種可怕的力量給徹底地壓垮了。現在的他，面對眼前的人，毫無信心。這個傢伙就像一個巨人，一句話，或是一個動作，就能將自己捏碎，他不是凡人。

最後，西梅隆膽顫心驚地自言自語：

「亞森・羅蘋……亞森・羅蘋……」

「說對了。」醫生大叫一聲，憤怒地站起身來。

然後，他摘掉單片眼鏡，從口袋裡取出一罐油膏，在臉上抹了抹，然後又走向壁櫥上擺放的水盆。醫生那張洗淨的臉孔一下子立刻現出了狡黠的微笑和咄咄逼人的氣魄。

「亞森・羅蘋，」西梅隆嚇呆了，只是不停地重複著：「亞森・羅蘋……我輸了……」

「你從來都沒贏過，你這可憐的老頭！你眞是夠蠢的。怎麼？你見識到我的厲害，現在開始害怕了？面對我這樣的正直人，害怕才是對你身心有益的正常反應。怎麼？你卻以為我是個傻瓜，我會輕易讓你把我關進瓦斯屋裡？」

亞森・羅蘋像個駕輕就熟的喜劇演員，在屋子裡踱來踱去，滔滔不絕，抑揚頓挫地念著自己的獨白。他得意地欣賞著自己的講話。他感覺到這個世上沒人能夠替代他，來扮演好這個角色。

羅蘋繼續說道：

「請注意，現在我出其不意地抓到了你，所以，我們的第五幕戲馬上就要開演了。只可惜，我們的這場戲太過短暫。不過，要知道，我可是一名好演員，戲越短才越引人入勝！你瞧，你這個德國人的奴才，你腦子裡的那些鬼主意眞是蠢得叫人忍不住發笑！我來到雜物間，把開著的手電筒掛在一根繩子上，派特里斯居然就相信我人眞的待在裡面。其實，我早就從裡面出來了。而且，我還聽見派特里斯三次表示反對，最後才同意把我關在裡面，是不是？眞對不起，讓他爲了一個手電筒糾結了那麼久！

「這就是你所謂的絕妙計畫？佩服佩服……而且，十分鐘之後的好戲更加精彩，你回來了，聽見我在裡面敲敲打打，於是便毫不懷疑地放心離開，你相信裡面的人是必死無疑……啊，眞抱歉，西梅隆，我讓你失望了，因爲，我當時根本就不在鎖好的雜物間，我是在它隔壁的房間！所以，這就是你所謂的絕妙計畫？結果，全然被我控制了局面，以致於……事後……我根本就沒必要跟蹤你。因爲我想，既然你的思想那麼單純，必定會折回去找你的朋友，看門人阿梅戴・沃什羅先生，哈哈，所以，你眞的就去了。」

說到這，亞森・羅蘋嘖嘖地歎了口氣，表示惋惜，然後繼續道：

「啊！你眞是太粗心了，我可憐的朋友。我輕輕鬆鬆驅車趕到，門房裡沒有人，你去哪了？我怎樣才能再找到你的行蹤？說來眞是幸運，上帝在幫我。你猜，我在報紙上看到了什麼？一個剛剛寫上去的電話號碼。瞧瞧！多麼簡單！就找到了線索！於是，我接通了電話。我沉著地說：『先生，我剛才給您打過電話，很抱歉，我只知道您的電話號碼，卻忘了問地址。』接電話的男人把地址告訴給我：『蒙莫朗西大街，傑拉代克診所。』所以，我一下子全明白了，傑拉代克醫生，何許人也？西梅隆老頭先去看好病，然後順便弄張假護照，溜之大吉。

「哦！哦！西梅隆他想逃跑？怎能這麼容易！我顧不上去看你殺死在房角裡的那位忠誠的朋友，便立刻趕到了這裡。我見到了傑拉代克醫生。他身上招惹了那麼多麻煩，所以人自然變得聰明、隨和多了。醫生人很好，同意把診所借給我一個上午。當然，多虧了我出了個好價錢……你約在十點過來，所以，我還有兩個小時，時間充裕。於是，我再次折回帕西區，上了船，拿走了四百萬法郎，又處理了一些其他的事情，之後就回到這裡。」

亞森・羅蘋獨白完畢，倏地停在了西梅隆的面前，對他說：

「你瞧，都準備好了？」

西梅隆一副驚慌失措的樣子，顫巍巍著身子問道：

「準備什麼？」

亞森・羅蘋不等他把話說完，就插話道：「準備離開，你的護照不是已經備好？巴黎到地獄，單程票，特快列車，棺材臥鋪，請上車吧！」

西梅隆一聲不吭，沉默了很久。顯然，他還不死心，正在琢磨如何逃出去。然而，亞森・羅蘋的妙語連珠讓他心慌意亂。最後，他只結結巴巴地說：

「那派特里斯怎麼辦？」

「派特里斯？」亞森・羅蘋重複道。

「他現在不知道怎麼樣了？」

「你居然想到了他？」

「我用他的命換我的命。」

亞森・羅蘋驚愕地說：

「看來，他現在有危險？」

「是的，所以，我們來談一筆交易，用他的命換我的命。」

亞森・羅蘋雙手交叉在胸前，憤怒地說：

「上帝呀！眞是放肆！派特里斯是我的朋友，你以爲我會對我的朋友見死不救？你以爲我，亞森・羅蘋，會看著朋友遭受生命危險，而自己口若懸河地在這裡胡亂發表演說？西梅隆，我親愛的朋友，看來你眞是已經被嚇昏了頭，應該去極樂世界好好休息休息去了。」

說著，他揭開帷幔，打開門，喊道：

「喂，上尉？」

羅蘋喊了第二聲，然後高興地說：

「啊！看來，您已經恢復知覺了，上尉。眞好！您看到我不至於太吃驚吧，是不是？不！啊！我們之間，不用謝！只是，我要請您過來一下，我們的西梅隆老傢伙要見見您。已經到了現在，他的這點要求就不算過分了。」

說著，羅蘋轉過身來對西梅隆說：

「瞧，這是你的兒子，你還眞是個不近人情的父親。」

chapter 19 西梅隆的最後一個受害者

派特里斯應聲走了進來，頭上纏著繃帶。鐵棍和石碑的雙重撞擊讓他尚未癒合的舊傷口又再裂開。他的臉色蒼白，顯得十分痛苦。

他一眼就看到屋裡的西梅隆，心中頓時燃起怒火，但是他卻克制住了自己，只是站在西梅隆的面前，一動也不動。羅蘋一邊搓著手，一邊低聲說：

「這是怎樣一個畫面啊！多麼精彩！這怎能不是一齣好戲？父親和兒子！加害者和受害人！樂隊注意……顫音漸強……他們要幹什麼？兒子會殺死父親？還是反過來，父親掐死兒子？眞是扣人心弦的時刻……安靜！現在，只有血液靜靜流淌的聲音，我的用詞多麼準確！噓！血管裡流淌著的液體就要沸騰了，他們會抱在一起，爲的是……更容易把對方掐死。」

他的話音剛落，派特里斯就向前挪了兩步。羅蘋猜對了，上尉要去掐住西梅隆，他的手臂已經張開，隨時準備投入打鬥。可是突然，西梅隆一下子癱軟了下去，被強大的力量壓迫著，他感到自己無法翻身，只得放棄，央求道：

「派特里斯……派特里斯……你要幹什麼？」

西梅隆伸出雙手擋住，央求對方放過自己。而派特里斯竭力克制住內心的衝動，不安地盯著對方看了許久。眼前的這個傢伙與他有著太多的糾葛，眞是紛紛擾擾，亦眞亦假，讓他全然理不清楚。

最後，派特里斯舉起拳頭威嚇道：

「克拉麗！……克拉麗！……告訴我她在哪裡，才能保住你的小命。」

老傢伙一機靈，克拉麗重又激起了他的仇恨，讓他恢復了勇氣，只聽他冷酷地笑道：

「不，不……想救克拉麗？不，我寧願去死。況且，克拉麗和金子藏在一起……不，絕不，我寧願去死……」

「那就殺了他，上尉，」羅蘋在一旁煽風點火道：「殺了他，因爲他寧願去死。」

派特里斯一想到可以馬上殺死此人報仇，頓時熱血沸騰，臉漲得通紅，可是，他又猶豫了。

「不，不，」他低聲說：「不，我不能……」

「爲什麼不？」羅蘋追問道，「這是多麼簡單的事啊！掐住他，就像掐死一隻小雞一樣容易。」

「可是，我不能。」

「爲什麼？爲什麼不能？一想到殺人，您害怕了！那就把他當成戰場上的德國鬼子……」

「不是，可是他……」

「您不想直接動手?不想碰到這傢伙,不想掐住他的肌肉?……那好,上尉,拿去,用我的手槍,打到他的腦袋開花。」

派特里斯機械地接過武器,對準西梅隆的腦袋……然後,屋子裡沒了聲音,安靜的嚇人,西梅隆眼睛閉得死死的,大顆大顆的汗珠從他那蒼白的臉上一直流到脖頸裡。

但最後,上尉的手臂還是放了下來,嘴裡喃喃地說:

「我不能。」

「開槍!」羅蘋不耐煩地命令他。

「不……不……」

「我不能。」

「爲什麼?這是爲什麼?」

「您不能?您要我來替您說出您的顧忌嗎?上尉,您是把這人當成了您的父親。」

「有可能……」上尉聲音膽怯:「不知道爲什麼,他的樣貌……讓我相信他就是我的父親。」

「可是,他是一個壞蛋,一個強盜!」

「不,不,我不能。他該死,但是我不能,我沒有權利。」

「這麼說,您打算放棄報仇了?」

「這眞是太可怕了,簡直就是惡夢!」

羅蘋走近派特里斯,拍著他的肩膀,語重心長地說:

「如果他不是您的父親呢？」

派特里斯不解地望著他：

「您說什麼？」

「我是說，不能根據外貌和推測來判斷，沒有確鑿的證據，怎能隨便下結論？況且，您那麼厭惡這個傢伙……這點直覺也得考慮進去。像您這樣一位單純、忠誠、有榮譽感和自信心的正直人，怎麼能接受一個壞蛋做您的父親呢？請您好好想一想，派特里斯。」

羅蘋停頓片刻，然後又重複了一遍：

「請想想，派特里斯……還有一件事也值得您作判斷，我敢保證。」

「什麼事？」派特里斯問，茫然地看著羅蘋。

羅蘋回答說：

「還記得嘛，不管我的過去有怎樣的故事，不管您對我有怎樣的猜測，您始終都認爲我不是壞人，是不是？聽從您的直覺，上尉。要知道，在整個事件當中，我的目的是十分清楚明確的，我也對您直言不諱，什麼因素都不可能影響到我的行動，是不是？」

「是，是的。」派特里斯費力地說。

「那好，上尉，您相信我會讓您殺害您的父親嗎？」

派特里斯似乎沒有明白。

「我不相信，您肯定……哦！我求您了……」

羅蘋繼續說：

「您想過嗎？如果他真的是您的父親，我會叫您去恨他嗎？」

「哦！您是說，他不是我的父親？」

「是的，他不是，」羅蘋自信滿滿，熱情高漲地說：「怎麼可能是？您看看他！看看這個無賴！他卑鄙的臉上寫滿了道德敗壞和罪惡。這一系列的案子自始至終都是他一個人幹的……他一個人，您明白了嗎？我們的對手，不是兩個兇手，罪惡不是從艾薩雷開始，再由西梅隆繼承，不，至始至終，只有一個兇手，一個人，您聽懂了嗎？派特里斯？盜賊只有一個，是他殺死了啞巴，看門人沃什羅，以及他的幫兇格利高里。這傢伙的罪惡勾當實際上早就開始了；現在，他已經除掉了所有妨礙他的人，而且更加不幸的是，被害人中，還有一個您認識的人，派特里斯，一個眞正與您血脈相通的人。」

「誰？您說的這個人是誰？」派特里斯迷惑不解地問。

「您在電話裡聽過這個人的呼救聲，他叫您派特里斯，他活在這個世上都是爲了您！但他卻已經慘遭這個強盜的毒手！他就是……您的父親……是阿爾芒・貝爾瓦爾！現在您明白了嗎？」

現在的派特里斯已經完全懵了，羅蘋的話讓謎團變得更加蹊蹺，沒有給他一絲的啓發。然而他腦子裡忽而冒出一個可怕的念頭：

「我聽見了我父親的聲音……他在叫我？」

「您的父親在向您呼救，派特里斯。」

「可是他卻被這個人給殺了？……」

「是的，就是他幹的。」羅蘋指著西梅隆說。

這時的西梅隆，一雙驚恐的眼睛瞪得大大的，整個人癱在那裡動彈不得，活像個等待判處死刑的囚犯。派特里斯盯著他，氣得直發抖。

然而，忽而有一絲喜悅從派特里斯混沌的思緒中慢慢剝離出來。這喜悅逐漸擴大，直到佔據他的整個頭腦。哦！眼前的這個卑鄙傢伙不是他的父親，他的父親已經死了。這樣反倒好些。他的心情一下子舒暢了，他可以重新自由的呼吸，肆無忌憚地去恨眼前的這個傢伙，因爲他的恨是純粹的，正當的。

「你是誰？你是誰？」派特里斯逼問道。

然後，他又轉向羅蘋：

「他是誰？他的名字？……請您告訴我……我要先知道他的名字，然後才能把他整個人撕碎。」

「他的名字？」羅蘋說，「他的名字？您難道猜不出嗎？不過，我自己之前也尋思了很久，但是，相信我，只有這個假設是合理的。」

「什麼假設？什麼想法？」派特里斯著急地喊了出來。

「您想知道？……」

「哦！求您！我很想馬上就殺了這個強盜，可是我要先知道他的身份。」

「可是……」

接著，兩個人都沉默了，他們站在那裡，互相看著對方。

因爲，羅蘋覺得現在揭曉答案，還不是時候，於是，他說：

「您還沒有做好心理準備，派特里斯，在聽到眞相之前，您得學會平靜。派特里斯，您不要以爲我是在和您開玩笑，人生就是一齣戲，如果準備不足，就不會有戲劇效果。當然，我並不是要追求這樣的效果，但是我要讓您清醒地接受事實，一個無法否認的、殘酷的事實。這個人他不是您的父親，這個，剛才您已經知道了。但是，他也不是西梅隆．迪奧多基斯，儘管現在這個人的外貌、舉止、身份和西梅隆完全吻合。

「您現在有些眉目了嗎？還要我再重複一遍剛才的話嗎？在這次事件中，我們面對的不是兩個對手。罪惡不是從艾薩雷開始，然後被這個叫做西梅隆．迪奧多基斯的人來繼承。無論過去和現在，自始至終，只有一個兇手。他的計畫早就開始了，他消滅了所有妨礙他行動的人和他需要冒名頂替的人，然後，利用他們的身份和模樣去幹壞事……現在您明白了嗎？還需要我再把這一系列悲劇中的主角的名字說出來嗎？這個人不顧他的同夥的反對和抗議，爲了一己私利，一意孤行，製造了多起陰謀。請您仔細想想，有時候親眼所見的反倒是一團迷霧，派特里斯。

「不要只在自己的回憶裡找答案，派特雷斯，再好好回憶一下別人向您透露的資訊，還有，克拉麗告訴您的那些關於過去的事情，誰是那個唯一的迫害者，那個唯一的強盜，兇手，誰是殺害您父親、克拉麗的母親、法奇上校、格利高里、啞巴，還有沃什羅的惡魔？派特里斯，再想想，我感覺您已經差不多猜到了。雖然，眞相還沒有徹底呈現在您的眼前，可是這個人的幽靈已經開始在您的周圍遊蕩，這個人的名字在您的腦子裡生了根。這個人醜惡的靈魂就要從黑暗中走出來，他就要原形畢露了，假面具揭開，他就站在您的面前，也就是說……」

這個名字會從誰的嘴裡說出來？是羅蘋？他會斬釘截鐵、確定無疑地說出來。還是派特里斯？他會遲疑不決，雖然腦海中確定是他，但是卻遲遲不敢講出？可是，在這莊嚴的沉寂中，當只有那三個字迴響在他的腦海之中時，上尉便一秒都不再遲疑，他根本不打算弄明白這個簡單的事實是怎樣被逆向推出的，便立刻接受了這個結論，因爲事實已經無可辯駁，那麼多確鑿的證據都指向他。他曾經無數次地詛咒過這個名字，但卻從來沒有想過會是他。可是，只有這個名字是最合邏輯的解釋，有了這個名字，所有謎團才能迎刃而解。

「艾薩雷……艾薩雷……」

「艾薩雷，」羅蘋重複著派特里斯的話：「就是艾薩雷殺了您的父親，而且，他殺了他兩次。第一次在小屋裡，他剝奪了他的一切幸福和活下來的意義；第二次是在幾天前，在圖書室，您的父親阿爾芒・貝爾瓦爾在給您打電話的時候被艾薩雷殘忍殺害。他還害死了克拉麗的母親，現在又把克拉麗藏在了一個讓人找不到的墓穴之中。」

這回，西梅隆是死定了，上尉的眼神裡流露出無可撼動的決心。這個殺害他父親和克拉麗的兇手應該馬上被處死。這是他派特里斯的義務，因爲他是死者的兒子，是克拉麗的愛人。

「抓緊時間懺悔吧，」派特里斯冷冷地把話丟了出去：「再給你十秒鐘的時間。」

派特里斯一秒一秒地數過去。當他數到十的時候，剛要開槍，兇手卻瘋狂地跳了起來，使勁地叫囂著。看得出來，眼前的這個西梅隆，雖然一副滄桑老態，但其實仍然十分年輕，力氣很大。對方瘋狂地叫囂著，派特里斯有些猶豫了。

「好吧！你殺了我吧！……對，一切都結束了！……我輸了……我接受失敗。可是，這倒也是一種勝利，因爲克拉麗死了，而且我的金子也保住了！……只要我死了，就沒人能找得到它們，無論是我視爲生命的金子……還是我鍾愛的克拉麗。啊！派特里斯，派特里斯，我們都對這個女人欲罷不能，可是她很快就要從這個世界上消失了……她現在是奄奄一息，等不到你去救她了。我得不到她，你也休想得到，派特里斯，我也算報仇了。克拉麗！克拉麗她死了！」

艾薩雷歇斯底里地吼叫著。派特里斯盯住眼前的惡魔，瞄準他，打算開槍，可是這些絕望的叫囂刺中了他的痛處。

「她死了，派特里斯，派特里斯……完了！沒辦法挽回了！你連她的屍首都找不到，她就藏在藏金子的地方。你以爲是在石碑底下？不，不是的，我怎麼會這麼愚蠢？不，派特里斯，你永遠也找不到。金子把她悶死了，她死了！克拉麗死了！啊，看到你這個結局，我真是快活啊！你一定痛苦極了，派特里斯！克拉麗死了！死了！」

「別這麼大聲喊叫，你會把她吵醒的。」羅蘋漫不經心地輕聲提醒道。

說罷，羅蘋從桌上的金屬菸盒裡取出一根香菸點上，悠然地抽了起來，吐出的煙霧徐徐飛向天花板。他的這句提醒的語氣，放在平常，沒什麼大不了。可是，這句話卻激起了一陣驚愕，兩個死對頭都驚呆了。派特里斯將舉槍的手臂放下，西梅隆則癱在扶手椅裡，兩人都知道亞森．羅蘋的厲害，一下就明白了這句話其中的意思。

可是現在，派特里斯需要的不是隱晦的俏皮話，他需要肯定、清晰的答覆。他聲音哽咽地問道：

「您說什麼？會吵醒她？」

「上帝啊！」羅蘋說：「聲音太大自然會吵醒睡著的人！」

「您是說，她還活著？」

「死人自然是不會被吵醒的，只有活人才可以。」

「哦！克拉麗還活著！克拉麗還活著！」派特里斯興奮得就像喝醉了酒，表情都變了，語無倫次地說，「她還活著！這怎麼可能？可是，她現在在哪？哦！求您快告訴我，您得向我保證！……否則，這不是眞的，是不是？我不信……哦！您笑了……」

羅蘋答覆道：

「我把剛才對這壞蛋說的話再對您說一遍，上尉，『您認爲我羅蘋做事情會半途而廢嗎？』看來您是不太瞭解我，上尉，我要麼不做，要做就會做到底。這是我向來的習慣……我一旦認定某事是一件好買賣，還會更加認眞地完成它的。所以……」

說著，羅蘋起身走到房間的一頭。剛才，派特里斯就是跨過這端一扇擋了窗簾的門走進來的，然而與這扇門對稱的地方，還有另外一道門，同樣也用布簾遮擋，羅蘋掀開簾子。

派特里斯疑惑不解地說：

「不，她不在那啊……我不敢相信……不，不要讓我失望……您得向我保證……」

「我不用給您保證……上尉，您只要自己睜開眼睛。天哪！這就是法國軍官的氣魄！您的臉色嚇得慘白！可是您瞧，那不就是克拉麗小姐。她躺在床上，有兩個人看護。她現在沒有任何危險，沒有受

傷，只是有點發燒，身體有些虛弱。可憐的克拉麗小姐，我每次看到她，她都處於昏迷的狀態，而且身體虛弱。」

派特里斯湊上前去，定睛一看，頓時，臉上溢滿了幸福，羅蘋攔住他說：

「好了，上尉，不要再靠近了。我之所以把她弄到這裡，而沒有把她送回家裡去，就是因爲我認爲有必要給她換換環境和氣氛。不能讓她再受刺激了。她已經夠不好受的了，您一出現，說不定會把事情搞糟。」

「您說得對，」派特里斯說：「可是您能肯定？……」

「她還活著？」羅蘋笑著說：「和您我一樣，她還活著，她正準備和您一起幸福的生活下去，準備做派特里斯．貝爾瓦爾夫人呢。只是，您還得再耐心些。因爲，您不要忘了，還有一個障礙要克服，上尉，因爲現在的她畢竟是別人的妻子……」

說完，羅蘋把門關好，把派特里斯帶到艾薩雷的跟前。

「喏，這就是障礙，上尉。這回，您下定決心了嗎？在您和克拉麗小姐之間，還存在著這個無賴。您打算怎麼辦？」

艾薩雷一眼都沒有朝隔壁房間看，他知道，羅蘋的話是不用懷疑的，只是弓著背，軟弱無力地坐在扶手椅裡。

羅蘋喊他：

「瞧啊！我親愛的朋友，你好像不大自在、你在擔心什麼？你是害怕了？爲什麼？我向你保證，在我們三個人還沒有達成一致之前，我們是什麼也不會對你做的。你好像有些高興，是不是？我們三個人來一起決定！派特里斯・貝瓦爾上尉，堂・路易・佩雷納和西梅隆老頭，我們要組成三人法庭，那麼法庭辯論現在開始，沒有人願意爲艾薩雷先生辯護嗎？沒有。那麼好，現在宣判。艾薩雷被判死刑，不能減刑，沒有上訴權，撥回赦免請求，撥回緩刑請求，當庭執行，判決完畢！」

說完，羅蘋拍著老頭的肩膀說：

「瞧，我們可絕不會拖泥帶水，判決一致通過。嗯！現在是皆大歡喜。剩下要討論的問題，該要怎麼個死法呢？你怎麼看？嗯？槍決？很好，這樣乾淨俐落。貝爾瓦爾上尉，這是子彈，槍在這裡。」

派特里斯沒有動，他緊緊地盯著這個給自己造成極大痛苦的卑鄙傢伙。仇恨之火在他心中炸開了鍋，可是他卻說：

「我不殺他。」

「您說得對，」羅蘋說：「您的決定是對的，這樣，您可以使自己的名譽不受玷污。不，您也沒有權利殺他，因爲他是您鍾愛的女人的丈夫。不，這個障礙不該由您來清除，殺人讓您倒胃口，我也這麼覺得，我可不想弄髒我的手。那麼，老頭，現在這個問題，只有請你幫我們來解決了。」

羅蘋等了一會，然後俯身去看艾薩雷。這傢伙他聽見自己剛才說的話了嗎？他還活著嗎？他像是昏過去了，失去了知覺。

羅蘋使勁搖了搖他的肩膀。艾薩雷呻吟著：

「金子……那麼多金子……」

「啊！你在想這個，你這老壞蛋？還是念念不忘啊？」

說完，羅蘋大笑了起來。

「啊，瞧，我怎麼給忘了！你居然還惦記著，老壞蛋！你想知道？那好，我告訴你，我親愛的朋友，金子早都進到了我的腰包了……一個大口袋把一千八百袋黃金全裝下了。」

老頭抗議道：

「藏金子的地方……」

「你的藏金地方？對我來說，它已經不存在了。證據已經很明顯了，不是嗎？因爲克拉麗已經在這裡了，既然你說把她和金子藏在一起，那麼這樣的結論自然合情合理，不是嗎？……所以，你徹底地輸了。現在，你想得到的女人擺脫了你，更可怕的是，她可以自由自在地待在她的情人身邊，永遠不再離開。你的財寶也成了泡影，是嗎？你同意嘛，你把金子看得比命還重要。」

說完，羅蘋把槍遞給了艾薩雷。艾薩雷一把奪過手槍，對準亞森．羅蘋，可是他沒有勇氣，手臂又無力地垂了下來。

「很好！」羅蘋說：「你還沒有糊塗，你不會朝我開槍的。是的！你很清楚，因爲現在就算你活著，也只是苟延殘喘。在一切希望破滅之後，就只有一死，因爲最終，死亡成了我們最大的避風港。」

羅蘋抓住艾薩雷的手，握緊對方扳在扳機上的手指，然後端起槍，讓艾薩雷對準他自己的太陽穴。

「來吧，勇敢一點，我們很欣賞你的決心。上尉和我都拒絕殺你，因爲我們不能壞了我們的名聲，於是，你決定自己動手，這一點，我們真的很佩服。我總是對自己說：『艾薩雷雖然是個強盜，但是他在臨死的時候，一定會像個英雄一樣，嘴上帶著微笑，鈕扣上掛著鮮花，漂亮的死去。』現在，雖然還有點小麻煩，但是我們距離目標已經不遠了。我祝賀你，這樣的死法很高貴。你知道自己在這個世界上已經是多餘的，你成了派特里斯和克拉麗的障礙……因爲，丈夫畢竟是情人之間的一道障礙……這是法律的規定……所以，你甘願退出。勇敢點！拿出紳士風度來！你是對的！愛情沒有了，金子沒有了，艾薩雷！你覬覦已久的金子，以及你想用它來過的舒服日子，現在全都成了一場空夢……沒了，只剩下一場空，活著還有什麼意義？還不如死了？是不是？」

艾薩雷沒有反駁。他已經沒了力氣？還是他看透了？羅蘋說得對，活著已經沒有了任何意義了。於是，他緩慢地舉起手槍，最後頂住太陽穴。

可是，頭一接觸到這鐵傢伙，他不禁打了個寒噤，然後求饒道：

「饒了我吧！」

「不，不，」羅蘋說：

「你罪不可恕，我不會幫你的！如果你沒有殺死啞巴，也許你還能有另一個結局。現在除了你自己之外，這世上沒人會憐憫你。你只有死，是的，你的想法是對的，我不阻攔你。

「況且，你的護照已經準備妥當，車票也裝進了你的口袋，現在沒得退縮了，那邊在等著你的光臨。你大可不必爲那裡的生活擔心。地獄的畫面，你以前總是略知一二的吧？那邊，每個人都有一座自己墳墓，上面豎著巨大的石碑，大家掀起石碑，用背支撐，以便隔開自己腳下炙熱的火焰。那才是眞正的火浴，先生，可是，你要小心，千萬不要讓自己掉下去。可是很不幸，墳墓已經爲你挖好，墓碑也已

豎好，火苗已經噴出，火浴已經就緒，只等你過去。」

慢慢地，羅蘋成功地把艾薩雷的食指按在了扳機上。而艾薩雷現在已經癱軟成了一灘爛泥，如同死了一般。

「你聽好，」羅蘋繼續說：「你是完全自由的，這與我無關，我絕不會逼你，不，我才不要殺你，只是，我想幫你一把。」

他的話是認眞的，只見羅蘋鬆開了艾薩雷的食指，然後扶住他的手臂。但是，他在精神上完全地控制住了艾薩雷，這種控制力具有毀滅性，百折不回，艾薩雷根本抵擋不來。

就這樣，死亡逐漸滲透進艾薩雷癱瘓的意識之中，他的本能開始瓦解，意識越來越不清晰，他現在想要的只有休息，不再動彈。

「你瞧這有多簡單。就像醉了一樣，甚至還有一種快樂的解脫感，不是嗎？終於不再受折磨了！死了就不會再受苦！死了，就不用再想那些本不屬於自己，而將來也再得不到的金子；死了，就不用再想自己的妻子卻成了別人的愛人，和別人相擁相愛……你還願意繼續這樣活下去嗎？你還敢再想這對擁有幸福的情人嗎？你不能，不是嗎？所以……」

艾薩雷慢慢地退讓著，他已經毫無力氣。他感到一股來自自然的強大力量壓制著它，面對宿命，他不得不服從。忽而，一陣眩暈，他像是跌進了深淵。

「走吧，去吧……別忘了你已經死過一次了……人們已經爲你艾薩雷舉行過葬禮，艾薩雷這個人已經埋在了地下。所以，你如果還想在這個世界上出現，那麼擺在你眼前的就只有上法庭，遭審判。另外，我要提醒你，必要的話，我是會出來主持公正的。到時候，等待您的就只有進監獄，然後上斷頭臺。斷頭臺……我的朋友……你想想？淒風冷雨的清晨……明晃晃的鍘刀……」

都結束了。艾薩雷感覺自己跌進了伸手不見五指的深淵。他感到周圍的東西在飛速的旋轉，羅蘋的強大意志徹底地控制住了他的意志，最終將其擊垮。

過了一會，他轉向派特里斯，想哀求他。

可是，派特里斯怎會動容？只見上尉兩手交叉在胸前，死死地盯著殺害自己父親兩次的眞兇。他罪有應得，應該聽從命運的安排，派特里斯才不會介入干涉。

「好了，去吧……沒什麼大不了，從此以後，你就能徹底休息！這樣多好！徹底忘卻！……不再爭鬥……想想看，你的金子，全沒有了……三億法郎的金幣全都泡了湯……兩個克拉麗也全部失去了，母親和女兒，你一個也沒能得到。到頭來，生活就是一場騙局。還是離開得好，只要一點努力，一個小小的動作……」

這個小動作，艾薩雷終於完成了。他下意識地扣動扳機，只聽「砰」的一聲，他向前一栽，跪倒在了地板上。羅蘋馬上跳到一邊去，害怕濺到艾薩雷頭上噴出的鮮血。

「見鬼！濺到他的血，會不會給我帶來厄運？上帝呀，他眞是個壞傢伙！看來，我這是又做了一件好事，他的自殺為我在天堂裡贏得了一席之地。哦！我的要求不高……只要一個附加座位就行了。我有權利要求這個，您說是不是？上尉？」

chapter 20 真相大白

那天晚上將近六點的時候，派特里斯一人沿著帕西河堤向前走著。馬路上，行人稀少，只有幾輛卡車或有軌電車不時地駛過，整個河岸幾乎只有派特里斯一人。

自從上午分別後，派特里斯就再沒見到羅蘋的蹤影。羅蘋只給他留了一句話，請他幫忙把啞巴的屍體運到艾薩雷公館，然後再到貝爾杜工地上面的平臺上。

兩人約好的見面時間就快到了，派特里斯滿心期待著此次會面，因爲，羅蘋會把所有眞相一股腦地統統告訴他。現在，有一部分事情，他能猜得出，但還有很多地方，自己完全搞不清楚，需要羅蘋幫助他來解答。所幸，到此爲止，所有的悲劇戲份已經全部結束，大反派已經死了，劇幕也已拉下，再沒有什麼意外讓人擔心，再沒有什麼陷阱需要防備，危險徹底地解除了。然而，派特里斯仍舊百感交集，迫不及待，所有關於本場悲劇的謎團即將水落石出！

「只要他幾句話，只要這個名叫羅蘋的傳奇人物幾句話，所有的謎團便迎刃而解。他的解釋將會簡短明白，因爲，再過一個小時，他就要離開了。」

派特里斯暗自問自己：

「他會帶著金子的祕密一起離開嗎？他會幫我解開黃金三角的困惑嗎？金子，他又會藏在哪呢？他會把它們統統帶走嗎？」

這時，一輛汽車從特羅加德羅街的方向駛來，然後減速停在河岸上。肯定是羅蘋，派特里斯心想。可是讓他大吃一驚的是，從車上下來的並非他期盼已久的對象，而是警察局的戴斯馬尼翁先生。戴斯馬尼翁先生下了車，徑直向派特里斯走來，和他握手：

「上尉，還好嗎？我是不是準時來赴約，嗯？怎麼？您的頭又受傷了嗎？」

「是呀……不過，沒什麼大礙。」派特里斯答道：「但您這是赴什麼約呢？」

「怎麼？是赴您的邀約啊？」

「啊？可是，我並沒有約您呀？」

「咦！咦！」戴斯馬尼翁感到莫名其妙，「這是怎麼一回事情？您瞧，這是您托人送到警察局給我的字條，我念給您聽：『貝爾瓦爾上尉通知戴斯馬尼翁先生：黃金三角的問題已經解決。一千八百袋黃金現在就在他的手上，請您今晚六點務必趕到帕西河堤，並請您在赴約之前務必獲得政府方面的授權，以便洽談金子移交事宜。另外，請您帶二十名體格健壯的警探一同前往，十名安排在艾薩雷公館前面的一百公尺處，一字排開；剩下的十名安插在公館後面的一百公尺處。』您瞧，就這些，難道這還不夠清

楚？」

「哦，非常清楚，但這字條不是我寫的。」

「不是您寫的？那會是誰？」

「一個奇人，他輕而易舉地解開了所有的難題，一定是他請您過來的。」

「他的名字？」

「恕我不能告訴您。」

「哦！哦！在戰爭期間，哪有什麼祕密守得住？」

「不管在什麼時候，想要守住一個祕密都不難，先生，只要您決心將它守住。」一個聲音從戴斯馬尼翁先生的背後傳來。

戴斯馬尼翁先生和派特里斯同時回頭，發現一位一身英國牧師打扮的先生向他們走來。這人身穿黑色長禮服式大衣，襯衣的領子一直裹住了整個脖子。

「這就是我對您說的那位朋友，」派特里斯好不容易才認出羅蘋來，「他兩次救了我和我未婚妻的命。」

戴斯馬尼翁打過招呼，羅蘋開門見山地說：

「先生，您的時間很寶貴，我的時間也很緊迫，因爲今天晚上我就要離開巴黎，明天離開法國。所以，我的說明將十分簡短，況且，您也已經掌握了這整場錯綜複雜的悲劇的主要情況，所有的案子已經在今早全部了結，貝爾瓦爾上尉會向您詳細解釋您還不瞭解的情況。此外，您是一名出色的法官，您經驗豐富，對案情關鍵之處又十分敏銳，所以有些疑團，您自己就能輕易地解開。因此我只打算說要點：首先，我們可憐的啞巴死了，他是在昨晚與敵人的激烈搏鬥中不幸喪命的。另外，您還會找到其他三具屍體：其中一具在這艘貨船上，死者是格利高里，眞實姓名是莫斯格拉南姆夫人；另一具是看門人沃什羅先生，現在就躺在吉馬爾街十八號某個房間的角落；最後一具在蒙莫朗西大街傑拉代克診所，死者是西梅隆・迪奧多基斯。」

「西梅隆？」戴斯馬尼翁先生吃驚地追問道。

「是的，西梅隆自殺了。貝爾瓦爾上尉會把此人及其他的眞實身份和有關的情況全部告訴您。不過，我相信，您和我的意見一致，認爲此事不宜聲張。所以，還是讓這件事過去吧。因爲，所有這些事情，從您的角度來看，其實都是些無關緊要的細枝末節。您之所以親自受命調查此案，重點還是黃金問題，不是嗎？」

「您說得沒錯。」

「那麼，我們就來談談黃金問題，警探都到了嗎？」

「到了，但那又怎樣呢？您只把藏金子的地方單獨告訴我一個人，不讓他們知道，但我一個人也沒辦法去把東西都弄出來啊？」

「這我知道，但是知道的人越多，祕密就越難被守住。況且，」羅蘋絲毫沒有退讓的意思，斬釘截鐵地亮出了他的底線，「況且，這是我交出金子的一個必要條件。」

戴斯馬尼翁先生笑了笑說：

「您瞧，您的這個條件，我已經提前接受了。我已經按照您的要求，將他們安排好了。那現在，再來談談您其他的條件？」

「我還有另一個條件，這個條件關係重大，所以，我懷疑您是否有足夠的權力做出決定。」

「您說說看。」

「那好。」

羅蘋語氣平淡，就像講述一件稀鬆平常的小事一般，波瀾不驚地講出他的條件：

「先生，兩個月前，由於我在近東①的一些關係，以及我在鄂圖曼帝國一些領域的影響，我成功說服土耳其現在政權接受與協約國單方談和。這不過是花幾億錢就能買通的小事。於是，我向協約國轉達了土耳其的想法，但卻遭到拒絕，而這原因並非出於財政緊張，而是政治考慮，當然，對此，我沒有義務來做任何評價。但是，像這樣的外交失敗，我不想再讓它重演。第一次談判受挫，我可不想讓這第二次也以失敗告終，所以，我不得不謹慎行事。」

羅蘋停下來，休息片刻。戴斯馬尼翁先生雖然困惑不解，但卻不敢打斷他。羅蘋接著說，這次的語氣比剛才莊重了一些：

「現在是一九一五年四月，相信您不會不知道，此時，協約國正在與歐洲最大的中立國②進行祕密談判，談判即將達成共識，它也必須達成共識，因為這個中立國家的命運使然，該國所有民眾對此也是熱情高漲。

「談判涉及的問題很多，其中，錢的問題就是雙方爭執不下的問題之一。該國向我們要求價值三億金幣的貸款，同時，它又放出話來說，無論我方是否接受，他們談判的條件是絕對不會退讓的。正好！現在我手裡有這筆三億黃金。那麼，我就來做主，把它們送給我們的新朋友。所以，這就是我交付黃金的最後一個條件，也是我唯一的條件。」

戴斯馬尼翁驚呆了，到底是怎麼一回事情？這個語出狂言的傢伙是何許人物？他把這些戰爭重大決議把玩在手，打算一個人去解決關於世界和平的國際衝突。

於是，戴斯馬尼翁反駁道：

「可是，先生，這畢竟不是我們職權範圍的事，不應該由我們來討論決定。」

「每個人都有權力按照自己的意願來支配他的錢財，不是嗎？」

戴斯馬尼翁先生做了個手勢，表示他沒辦法幫忙：

「可是您想，先生，剛才您自己說的，這個問題只是談判中眾多分歧中的一個。」

「對，但是光討論這個問題，就會把協議的簽定日期推遲好幾天。」

「那就讓它推遲幾天好了！」

「但只能推遲幾個小時，先生。」

「這是爲什麼？」

「爲了您不曉得的原因，先生，所有人都不曉得……除了我，還有二千公里以外的幾個人知道。」

「什麼原因？」

「我國人已經沒有彈藥了。」

戴斯馬尼翁聳了聳肩膀，一副不耐煩的樣子。這是什麼故事，叫人聽了站著都能睡著！

「俄國人沒有彈藥了，」羅蘋重複道：「但是可怕的戰鬥還在進行。無疑，再過幾小時，交戰就會結束。俄國的前線將被突破，俄國部隊全線撤退……可是撤到哪去呢？很明顯，這種可能性……是確定無疑的，不可避免的。雖然這不足以影響我們談到的這個中立大國的最終決定，但是該國主張中立的黨派現在勢頭正猛。如果推遲簽訂協定，還怎麼再讓他們拿起武器？！這就使準備參戰的該國領導人爲難！這是一個不可原諒的錯誤，我要讓我的國家避免這個錯誤，因此，我提出了這個條件。」

戴斯馬尼翁先生不知如何是好，又是比手畫腳，又是搖頭，嘴裡還嘟囔著：

「簡直不可能……這樣的條件是絕對不可能被接受的。上面需要時間來討論……」

「只要五分鐘……最多六分鐘。」

「可是，先生，您說的事情……」

「這事情，我比任何人都清楚，局勢很明顯，危險在即，但是，轉眼之間便能化解。」

「可是，這不可能，先生，不可能！我們有困難……」

「什麼困難？」

「各種各樣的困難，太多不可克服的困難……」戴斯馬尼翁先生大聲嚷道。

忽然，一隻手抓住戴斯馬尼翁先生的肩膀，陌生人早就站在他的身邊，一直在默默聽著羅蘋的講話。他的車停得比較遠，然後，他從車上下來，一個人走到這裡。派特里斯感到非常的吃驚。這個人的到來居然沒有造成任何的騷動，戴斯馬尼翁和羅蘋都沒有表露出任何的吃驚或是興奮。

此人看樣子已經一把年紀，雖然滿臉的皺紋，但依然不失生氣與活力。只聽他開口說：

「我親愛的戴斯馬尼翁先生，我認爲你看問題的角度不對。」

「我也這樣認爲，總理先生。」羅蘋說。

「啊！您認識我，先生？」陌生人很是驚訝。

「您是瓦朗格雷先生，或者說，總理先生？我很榮幸，幾年前您曾經接見過我③。」

「是的，是這樣！……我好像記起來了……不過，細節記不大清楚了……」

「不用想了，總理先生。過去的事已經無所謂了，重要的是您和我意見一致。」

「我並不知道自己是否和您的意見一致。但是，我要說，這無關緊要。哦，我是要對你說，我親愛的戴斯馬尼翁先生，問題不在於這位先生的建議是否需要時間來討論。因爲，就此事而言，根本沒有討論的必要，因爲沒有交易可言。一場交易的達成，雙方都要拿東西出來，而現在，我們沒有交換的籌碼……他帶著金子來，問我們：『你們要三億法郎的黃金嗎？如果要，就請這樣做。如果不要，那就拜拜了。』就這樣，你說是不是，戴斯馬尼翁？」

「是的，總理先生。」

「所以，你能離得了這位先生嗎？你能不靠先生的幫助找到藏金子的地方嗎？請注意，你瞧，這位先生做事多漂亮，他已經把你帶到了現場，幾乎都快把藏金地點告訴給了你。可是這樣就夠了嗎？在尋找了幾星期，甚至數月但卻仍舊無果之後，你還指望自己能找得到嗎？」

戴斯馬尼翁先生很坦率，他毫不猶豫地回答：

「不能，總理先生，」然後明確地說：「我不指望。」

「所以……」接著，瓦朗格雷轉向羅蘋：

「所以您，先生，這是您的最後條件？」

「是最後的條件。」

「如果我拒絕……您就說拜拜了？」

「您說得沒錯，總理先生。」

「如果我們接受，金子就立即交付？」

「對。」

「那好，我們接受。」

這句話說得毫不含糊。內閣總理一個堅決的手勢，表示他的決心。

然後，他停頓片刻，接著重複道：

「我們接受，今天晚上就通知大使。」

「您向我保證，總理先生？」

「我保證。」

「那好，我們成交。」

「成交，您說吧，金子在哪？」

交易達成之快，總理出場不到五分鐘，事情就全部談妥。現在就只需要羅蘋履行諾言，不能再有任何託辭，不用再說任何空話，只要事實，只要證據。

這是一個絕對莊嚴的時刻。四個人站在那裡，彷彿是散步的人碰在一起閒談似的。瓦朗格雷一隻手撐在海岸護坡的欄杆上，面朝塞納河，用手杖在沙堆上戳來戳去。派特里斯和戴斯馬尼翁兩人則默不作聲，毫無表情。

忽然，羅蘋噗哧一聲，笑了：

「總理先生，您不要指望我會一甩魔棍就變出金燦燦的金子來，也不要指望我領您去看什麼掩藏黃金的神祕墓穴。因爲，我一直都認爲這個富有神祕色彩的『黃金三角』把所有人都給騙了，它把我們引到錯誤的道路上。因爲我對黃金三角的理解一直很簡單，在我看來，黃金三角就是指一個三角形的堆放黃金的地方。黃金三角的含義就是這樣：裝金子的袋子堆放成三角形，且堆放的地點也是三角形。其實，答案比大家猜測的要簡單得多，所以，您可能會感到失望，總理先生！」

「我並不會感到失望，」瓦朗格雷說：「只要您把我領到一千八百袋黃金的面前。」

羅蘋堅持說：

「您發誓？總理先生，我需要您保證。」

「我保證，絕對不會感到失望，只要您把金子放到我面前。」

「那好，您已經站在金子的面前了，總理先生。」

「怎麼，我已經站在了黃金面前！……您說什麼？」

「是的，總理先生。儘管您還沒有摸到它，但沒有人比您更靠近它們了。」

儘管瓦朗格雷克制著自己，但仍不免流露出驚訝之色。

「您不會是說我就站在金子的上頭吧，至少，也得把這平臺和護坡推倒吧？……」

「雖然是還有些小障礙，總理先生。但是您已經著著實實站在金袋子的上面了。」

「我已經站在金袋子的上面了？」

「是的，總理先生，因爲只要您一個小小的動作，就能碰到它們。」

「一個小小的動作！」瓦朗格雷機械地重複著羅蘋的話。

「這個小動作絲毫不費力氣，您甚至都用不著移動，就像蜻蜓點水一樣容易……只要……」

「只要？」

「只要往沙堆裡一戳。」

瓦朗格雷一聲不吭地呆站在那，肩膀微微一顫，他沒有按照羅蘋說的去做，不需要了，因爲他全明白了。

其他人也是一樣，都被這奇跡般、但又如此簡單的事實給驚呆了，就像猛然看見閃電一般。

寂靜中，沒有人提出異議，也沒有任何懷疑的表示。羅蘋繼續輕聲說：

「如果您還有任何懷疑，總理先生——哦，我看您是沒有了——您只要拿拐杖往下一戳……哦！不用太深……頂多五十公分就夠了……您就會感到很硬，戳不動，那就是黃金，一共是一千八百袋。

「您已經瞧見了，並沒有很大一堆。一公斤金子——請原諒，我得贅述一下這一技術細節，但是，這是有必要的——一公斤金子等於三千一百法郎。那麼，我大概算了一下，一袋五十公斤重的金子就等於十五萬五千法郎，按一個金幣一千法郎算，一袋裡只有一百五十五枚，所以體積並不大。

所有金幣一袋一袋地堆起來，最多不超過五個立方。如果把它們堆成金字塔形狀，那麼底座每邊則爲三米，如果計算金幣之間的縫隙的話，每邊最多不超過三米五。疊起來，剛好與這堵護坡一般高。整個上面蓋一層沙子，就成了您現在看見的樣子……」

羅蘋停了一下繼續說：

「金子藏在這裡已有幾個月了，總理先生……想找到它的人一直沒有發現，更沒人意外探到這一大筆意外之財。想想看，它就是一堆沙子！想找到它的人挖空心思，總以爲它被藏在什麼地窖、洞穴、井底、甚至是陰溝。可它就是這麼一堆沙子！誰曾想過去刨開一個口子看看裡面怎麼樣？小狗停在它旁邊，孩子們在上面玩耍、堆沙子，還有流浪漢在這裡休息、睡覺。雨水把它澆濕，太陽將它曬乾，白雪給它穿上銀裝，可這些都作用在表面。底下是一個看不透的神祕世界，是一片探不到的黑暗宇宙。在世人看來，一個公共場所，沙堆裡面是不會藏金子的。因此可以想像這個把三億法郎的金幣埋在沙堆底下的，是個多麼狡猾的傢伙，總理先生。」

瓦朗格雷聽著羅蘋的敘述，一直沒有打斷他。聽到最後，他搖了搖頭說：

「的確狡猾，可是還有比他更精明的人，先生。」

「我不信。」

「那就是猜到沙堆底下能藏下三億法郎的金子的人。他才是眞正的主宰者，人們都要向他鞠躬致敬。」

羅蘋受到這般恭維，向總理鞠躬表示致意，瓦朗格雷則向他伸出了手：

「我不知道該如何獎勵您爲我國所做出的巨大貢獻，先生。」

「我並不要求任何獎賞。」羅蘋回答。

「好吧，先生，可是，至少，也要讓政府裡的顯要人物都來親自向您道謝才是。」

「有這個必要嗎？總理先生。」

「當然有必要，先生。況且，我還很好奇，您到底是怎樣揭開這個祕密的？一小時以後，請您到我的辦公室來一趟。」

「很抱歉，一刻鐘之後，我就要走了。」

「不，不行，您不能就這樣走了！」瓦朗格雷乾脆地說。

「爲什麼？總理先生。」

「天哪！我們還不知道您的尊姓大名和您的身份呢。」

「這並不重要。」

「在和平時期，這也許不重要，但現在是戰爭時期。」

「那麼，總理先生，就請您對我破個例吧。」

「哦！哦！破例……」

「就把這當成給我的獎賞吧，您不願意？」

「恐怕我們不能破這個例，先生，況且，您不該提出這樣的請求，一個像您這樣的好公民一定懂得按規矩辦事。」

「我理解您說的規矩，總理先生，可惜……」

「可惜什麼？……」

「我沒有按規矩辦事的習慣。」

羅蘋的語氣傲慢，可是，瓦朗格雷並沒有察覺，他笑著說：

「這可是個壞習慣，先生，您總得有一次按規矩辦事，這個，戴斯馬尼翁先生會幫助您的。是不是？我親愛的戴斯馬尼翁先生，你和這位先生好好研究一下。一小時後在我辦公室裡見，嗯？我相信您會來的，否則……再見了，先生，我等著您。」

瓦朗格雷先生非常客氣地鞠躬告退，他輕鬆地旋轉著拐杖，在戴斯馬尼翁先生的陪同下向自己的汽車走去。

「好極了，」羅蘋冷笑道：「多麼厲害的人物！點點手杖，三億法郎的金幣就進了他的腰包，具有重大歷史意義的條約就此簽署，然後亞森・羅蘋也終於被他逮捕。」

「您說什麼？」派特里斯不解地問：「他要逮捕您？」

「至少，也會審查我的證件，諸如此類的事，很多很多麻煩。」

「可惡！」

「這就是法律的效力，親愛的上尉。我們只有聽命。」

「可是……」

「上尉，請相信，這樣的麻煩不會讓我退縮，也不會剝奪我爲國效勞的一股熱情。在戰爭期間，我願爲法蘭西做點事，所以，我才要利用在法國逗留的時間，親自爲它效勞。現在事情已經了結，而我也不是一無所獲，還有另外一筆報酬……四百萬法郎。說來，克拉麗小姐眞是讓我欽佩，我相信她不會要回這筆本該屬於她的錢……」

「這個，我能替她擔保。」

「謝謝，請您相信我，我會很好地使用這筆慷慨的贈予，除了爲了國家的榮譽和最後的勝利，我絕不亂花一分錢。現在，我還有點時間，戴斯馬尼翁先生已經在集合他手下的人了。爲了不讓他們費事，我們到沙堆上去，在那裡，他們想要抓我也方便些。」

於是，兩人走了下去，派特里斯一邊走一邊說：

「謝謝您最後留給我幾分鐘時間，首先，我要請您原諒……」

「原諒什麼，上尉？原諒你出賣了我，把我關進雜物間？是您情願這麼做的嗎？您是爲了救克拉麗小姐。原諒您懷疑我，以爲我會把財寶據爲己有？您願意這樣想嗎？可是，你又能怎麼想呢？一個亞森・羅蘋，面對三億法郎金幣，會無動於衷？」

「那麼，不請您原諒，請您接受我的感謝。」派特里斯笑笑說：

「感謝什麼？感謝我救了您，救了克拉麗小姐的命？不要謝，對我來說救人就是一項運動，僅此而已。」

派特里斯握著羅蘋的手，握得緊緊的，然後激動地說：

「那我就不謝了。不謝您幫我擺脫了可怕的惡夢，告訴我不是那個惡魔的兒子，並揭露了他的眞實身份。我也不謝您給了我幸福，讓我的生活翻開了光輝的一頁，不謝您給了克拉麗毫無顧忌、自由愛我的機會。不，統統不謝了。但是我得向您承認，我的幸福還……怎麼說呢？……還有點陰影……我還有點害怕……我對結果已經沒有什麼懷疑的了。但儘管如此，我還是不太明白眞相，所以，心裡總有些忐忑。所以請您說說……告訴我……我想知道……」

「可是，眞相已經很明瞭了啊！」羅蘋大聲說：「通常，看起來錯綜複雜的事情往往總是很簡單的！您現在還不明白嗎？那就請您想想問題是從哪裡產生的。這十六、七年間，西梅隆・迪奧多基默默地幫助您，待您就像他最好的朋友，爲了您，他能作出任何犧牲，甚至是他的生命。總之，就像一位父親那樣。除了復仇・除了您和克拉麗的幸福，他的生活沒有別的。他就是要使你們兩人結合在一起。他搜集你們的照片，跟蹤你們的生活，把花園門的鑰匙寄給您，準備讓你們幽會，他差不多已經把你們兩人拉到了一起。可是，轉瞬之間，他變成了另外一個人，變成了你們兇狠的敵人，只想殺死你們，殺死您和克拉麗！同一個人爲什麼會有兩種截然相反的行爲？表面看是因爲四月三日晚和四日早晨，艾薩雷公館發生的一系列悲劇。在此之前，您是西梅隆・迪奧多基斯的兒子，此後您就成了他最大的敵人？您好像明白了，是不是？我也是一樣，把事情從頭分析，我才一下恍然大悟。」

派特里斯搖了搖頭，他有些明白，但還是沒有徹底搞清楚。

「您坐下來，」羅蘋說：「坐在沙堆上聽我說，十分鐘就能對您解釋清楚。」

他們坐在貝爾杜工地的沙堆上，太陽開始下山，塞納河對岸的景緻漸漸變得模糊，河岸上停靠的貨

船輕輕地在水中搖晃著。

羅蘋說：

「那天晚上您躲在艾薩雷公館的藏書樓的陽臺上，目睹了這場悲劇，您看見兩個人被一夥強盜給捆了起來，一個是艾薩雷，另一個是西梅隆・迪奧多基斯。後來，這兩個人都死了。其中一個是您的父親。我們先來談談另一個，也就是艾薩雷。那天晚上，他的情況很緊急。他受託一個在德國控制之下的東方國家搜羅在法國的金幣，但是，到了最後，他起了歹念，打算把最後一批價值幾億法郎的財富據爲己有。當天晚上，美麗的伊蓮娜號收到火花雨信號，把船停靠在了貝爾杜工地河岸前，準備夜裡挖出埋在沙堆裡的金子，裝船運走。一開始，一切進展順利，可是，被他欺騙的同夥得到西梅隆的通知，趕到了艾薩雷公館。

「一陣討價還價之後，法奇上校死了。而艾薩雷則得知他的同夥已經掌握他偷運金幣的陰謀，且法奇上校已經告發了他。他敗露了，怎麼辦？逃跑嗎？在這樣的戰爭年代，逃跑幾乎是不可能。而且逃跑就意味著放棄黃金，放棄克拉麗，他才不願意。於是，他想出一個辦法，那就是讓自己在人們的視線中消失，卻仍能時刻留在現場，守住金子和克拉麗。等他在夜裡略施手段，打發走布林奈夫之後，他就開始計畫。沒過多久，艾薩雷終於有了主意。他要讓自己變成另外一個人，他的目標就是西梅隆・迪奧多基斯。」

派特里斯靜靜地聽著，每句話對他來說都是指引，讓他逐漸走出令人窒息的黑暗，重見光明。

「現在，那個昔日被人稱爲西梅隆的人。」羅蘋說：「也就是您的父親——對，您的父親，您現在一點也不懷疑，是不是？——他的生命也受到了威脅。昔日的阿爾芒·貝爾瓦爾和克拉麗的母親受到艾薩雷的迫害，他本以爲現在自己就要達成復仇目標：他向法奇上校及其同夥告發了艾薩雷，他成功地把您和克拉麗拉到了一起，他給您寄去花園的鑰匙。他以爲，再過幾天，他就能如願以償。

「但第二天早晨，當他醒來的時候，一定有某種徵兆，雖然，我不大清楚他是怎樣知道的，但是，確確實實，他感覺到自己正面臨危險，他知道艾薩雷正在設計陷害他。於是，他問自己：該怎麼辦？……通知您，必須得通知您。所以，他立刻給你打了電話，因爲時間很緊迫。威脅越來越明顯，艾薩雷整晚都在監視他，他要伺機對您的父親進行第二次迫害。他也許是被堵進圖書室……也許是他自己躲在裡面的……於是，他決定馬上給您打電話，可是能不能找到您？他不確定。

「但是已經管不了許多，無論如何，也得通知您。因此他撥通了電話，很幸運，您在那。他呼喚著您的名字，聽出了是您的聲音，可是就在這時，艾薩雷把門推開，於是，您的父親慌慌張張、氣喘吁吁地在電話裡喊著：『是你嗎，派特里斯？鑰匙收到了嗎？信呢？沒有？眞糟糕！這麼說，你還不知道……』接著，一聲慘叫，您聽見電話那頭一片吵雜，發生了打鬥。可是他竭力貼近電話筒，斷斷續續地喊著：『派特里斯，水晶吊墜……派特里斯，我多想……派特里斯，克拉麗……』接著，又是一聲慘叫……然後，聲音越來越微弱……直到聲音消失，這就是整個過程。您的父親死了，被殺害了。他曾幸運地逃脫了一劫，但這回艾薩雷成功對他的舊情敵報了仇。」

羅蘋停頓下來。他生動的語言使得這出悲劇栩栩如生。彷彿悲劇又在兒子的眼前重演了一遍。

派特里斯大驚失色地說：

「我的父親，我的父親……」

「是的，他是您的父親，」羅蘋肯定地說：「當時正好是早上七點十九分，和您筆記裡記錄的一樣。幾分鐘之後，您爲了要知道和瞭解情況，您又撥電話回去，而這時，回話的則變成了艾薩雷，當時，您父親的屍體就橫躺在他的腳邊。」

「啊！卑鄙，所以，我們沒有找到這具屍體，我們不可能找到……」

「艾薩雷給屍體換了裝，非常簡單，毀容，換裝……所以，上尉，整個事情就是這樣，死了的西梅隆‧迪奧多基斯成了艾薩雷，而活著的艾薩雷則搖身一變扮演起西梅隆‧迪奧多基斯的角色。」

「原來如此，」派特里斯喃喃地說：「我明白……全明白了……」

羅蘋繼續說：

「兩個男人之間到底有著怎樣的關係？我不知道。艾薩雷是否早就已經知道西梅隆就是他的情敵，是克拉麗母親的情人，是否知道他從自己手中逃脫了出去，是否知道西梅隆就是您的父親，也就是阿爾芒‧貝爾瓦爾，這些問題，現在都沒法得到解答，但是已經都不重要了。不過，我敢肯定的是，這場新的悲劇絕對不是偶然。我認爲，艾薩雷一定早有察覺，他發現自己的身材和舉止和西梅隆不盡相似，他早就蓄謀要取代西梅隆‧迪奧多基斯，讓自己消失。這樣一來，事情就容易得多了。西梅隆戴假髮，沒有鬍鬚。而艾薩雷是個禿頭，留鬍子。他先是把鬍子剃光，把西梅隆的面孔弄得血肉模糊，把自己的鬍子粘到他的臉上，自己的衣服穿到死者身上，然後，自己再穿上死者的衣服，戴上他的假髮和黃眼鏡，圍上圍巾，這樣改頭換面就成功了。」

派特里斯想了想說：

「這是早上七點十九分的案子，那麼中午十二點二十三分的那件事情怎麼解釋？」

「根本什麼都沒有發生……」

「可是，鐘錶明明顯示是十二點二十三分？」

「這很簡單，他是爲了逃脫搜查，特別是爲了避免別人對假西梅隆的懷疑。」

「什麼懷疑？」

「怎麼？當然是懷疑他殺死了艾薩雷呀。如果是早上發現的屍體，那是誰做的？西梅隆立即會受到懷疑。他肯定會被帶走問話，只要他一開口說話，那麼假西梅隆立刻就會暴露，艾薩雷就會被識破。不，他要保證新西梅隆享有絕對的行動自由。爲此，他用了整整一上午的時間來改造犯罪現場，他不讓任何人進圖書室，還三次去敲妻子的門，好讓她確信他艾薩雷當時還活著。

「然後，當克拉麗出門的時候，他大聲吩咐西梅隆，也就是吩咐他自己，讓他陪克拉麗到香榭麗舍的野戰醫院去。所以，艾薩雷夫人自然認爲自己的丈夫當時是活著的，然後陪同她去的是西梅隆。可事實上，家裡留下的是西梅隆的屍體，而陪她去醫院的是她自己的丈夫。

「結果怎樣呢？正如這強盜所料，下午一點鐘，司法部門收到了法奇上校預先寫好的檢舉信，派人到艾薩雷公館調查。可是一來，他們就碰上了凶案，然而屍體是誰？他們誰都沒有懷疑。女僕認出死者是家裡的男主人。當艾薩雷夫人趕到現場時，瞧見的也是她的丈夫躺在壁爐前，也就是前天晚上，他遭受酷刑的地方。現場的西梅隆，也就是艾薩雷本人，也出來確認了這一事實。您自己當時也在場，但是

也掉進了陷阱，上了當。」

派特里斯搖搖頭說：

「對，事情就是這樣發生的，環環相套。」

「所有的人都上了他的當，」羅蘋接著說：「沒人將其識破。而且，現場不是還有另外一個鐵證嘛，那就是艾薩雷親自寫好的信件，放在他的書桌上，信上的日期是四月四日中午，收信人是他的妻子，他在信中宣佈說他要離開。然而，有些騙局明明是漏洞百出，可是在這樣的安排下卻顯得相當巧妙，以至於把所有人都給唬住了。比如您父親內衣口袋裡的小相冊，實際上是艾薩雷的疏忽，他忘了脫下他的內衣。可是妙極了！大家發現了這本相冊，便很快地接受了這個說不通的現象：艾薩雷身上珍藏著有他妻子和貝爾瓦爾上尉的照片！

「同時，在死者手中，即您父親的手中，發現一個帶有你們兩人照片的紫水晶珠子，還有一張揉皺了的白紙，上面畫著讓大家頭疼的黃金三角。可是，大家同樣很快接受了，水晶珠子是艾薩雷從別人那裡偷來的，因爲珍貴所以他死也不肯放手。就這樣，兇手排除了所有的懷疑，艾薩雷被人殺害了，人們親眼看見了他的屍體，便再也不會多想！從此以後，所有的局勢將被他假西梅隆牢牢控制。這樣，艾薩雷死了，西梅隆卻活著！」

說完，羅蘋忍不住哈哈大笑起來。對他說來，冒險眞是一件有趣的事情，他就像藝術家一樣，享受著揭穿惡人的詭計和陰謀的樂趣。

「不管怎樣，」他繼續說：「艾薩雷戴著無人識破的面具，繼續著他的勾當。那天晚上，他躲在半掩著的窗戶後面，偷聽您和克拉麗小姐的談話，他氣得怒火中燒，攀著窗戶，對準你們，開了兩槍。當他回過神來，發現自己並沒有擊中，便立刻偷走。然後他在花園小門外自導自演了一場鬧劇，他嚷嚷著要抓兇手，並把鑰匙拋到圍牆外邊，製造假象，裝成被敵人掐得半死的樣子躺在地上，讓你們相信眞有這麼個敵人朝你們開槍，而鬧劇最終以他的裝瘋賣傻而告終。」

「他爲什麼要裝瘋呢？」

「爲什麼？爲了讓大家對他放心，不再盤問他，不再懷疑他。他瘋了，可以不說話，一個人悄悄行動。否則他一開口，艾薩雷夫人必定會聽出破綻，即使他學得再像，也會被發現。

「然而，瘋了之後，他就成了一個對什麼事都不用負責任的人。他瘋了，就可以想做什麼就做什麼，而不會受人猜忌。於是，被人們認爲瘋瘋癲癲的他親自把您領到他的反目同夥那裡，讓你們去抓他們，讓你們相信，他是一個可愛的瘋子，一個可憐的瘋子，一個與人無害的瘋子，任他去吧！

「從此，他就不用與他的兩個仇人——克拉麗小姐和上尉您，起正面衝突。這樣倒方便了。我猜他手裡有您父親的日記本，每天又能讀到您的日記。通過這個途徑，他知道了墳墓的事情，還知道四月十四日，克拉麗小姐和您會去憑弔。他眞是煞費苦心，他要把過去用於父親和母親的那套方法，原般照抄，拿來對付兒子派特里斯和女兒克拉麗。他的這一手在開始的時候是奏效的，但是後來，由於我們可憐的啞巴——他的新冤家，把我引入了這場戰鬥……

「我還有必要說下去嗎？後來的事，你和我知道的一樣多，所以，您也可以像我一樣作出判斷。這個可恥的強盜在二十四小時之內，先是害死了他的女同夥，或者說是他的情婦格利高里，即莫斯格拉南

姆夫人；接著，他把克拉麗埋進了沙堆，然後殺死啞巴，把我鎖起來，或者說，他至少以爲能夠把我鎖在雜物間，然後，把您埋進了您父親挖的墳墓裡，再接下來，他幹掉了看門人沃什羅。現在，上尉，您認爲我該不該阻止他自殺？這個狡猾的傢伙最後還想冒充您的父親呢？」

「您是對的，」派特里斯說：「您自始至終都是對的。現在，所有的事情以及各個細節，我都弄明白了。不過還有一點，就是那個黃金三角，您是怎麼發現它的？是什麼把您引向了這個沙堆？您又是怎麼在危難時刻把克拉麗救出來的呢？」

「哦！」羅蘋答道，「這個說起來反倒更簡單，我幾乎是在不知不覺中發現的。只要幾句話就能說明白，您來看……不過，我們先走遠一點，戴斯馬尼翁先生和他手下的人開始有點礙事了。」

員警這時已經分散到貝爾杜工地的兩個入口，戴斯馬尼翁先生給手下作指示。很顯然，他的話裡講得就是他羅蘋，他們準備要找到他。

「我們到貨船上去，」羅蘋說：「我有些重要信件留在那裡了。」

派特里斯跟著羅蘋上了船。

在格利高里死去的船艙的對面，是與它共用一道梯子的另外一個船艙，這個艙裡陳設簡單，裡面只有一把椅子和一張桌子，兩人走了進去。

「上尉。」羅蘋一邊說，一邊打開桌子的抽屜，他從裡面拿出一封事先藏好的信件。

「上尉，這封信請您轉交給……算了，我還是廢話少說，時間已經不多了。那些先生們就要來了，我還得滿足您的好奇心，我們現在就來談談黃金三角的問題吧。好，現在就開始吧。」

羅蘋一邊聽著外面的動靜，一邊說：

「黃金三角！其實，有些時候，問題的解決純屬偶然，這就叫踏破鐵鞋無覓處，得來全不費功夫。很多時候，是事件本身引導我們去解決它，我們無意識地去取捨，做分析，觀察這裡，排除那裡，突然間目標自己就出現了……今天早上，艾薩雷一把您關進墳墓，就立刻來看我。他以為我被關在雜物間，於是打開了瓦斯，然後就離開了。他從小屋出來，先是來到了貝爾杜工地外的海灘上。這時，他好像有些猶豫，暗中跟蹤的我立刻注意到了這個細節，因此它也就成為了一條寶貴的線索。因為，我猜中他當時肯定是在考慮是否要救克拉麗小姐出來。然而，他看到當時人群熙熙攘攘，不得已便又走開了。知道這個地方以後，我馬上回來救您，然後叫來您在艾薩雷公館的夥計們，讓他們照料您。

「而我自己則回到了這裡，因為以我對整個事態的發展的判斷，我必須得回到這裡來。我猜測金子不在地下排水渠裡，美麗的伊蓮娜號也沒有運走，那麼它一定是在花園的外面，在水渠的外面，也就是這一帶。我上船搜了一遍，但是不是為了找金子，我是想搜尋一些被我忽略掉的情況。我承認，還是為了找到格利高里手上的那四百萬法郎。然而，通常，當我搜遍現場卻仍不能找到我想要的線索時，我總會想起愛德格・愛倫坡④的那個故事，《失竊的信函》，您還記得嗎？故事講的是一份外交檔案神祕被盜，最後，人們確定它就藏在一個房間裡。於是，大家搜遍了房間的每個角落，甚至把所有的地板都撬開，但卻仍然沒有任何發現。然而，當杜彭先生一來，他立刻朝牆上掛著的書報走去，雜亂的報章之間伸出一張皺巴巴的舊紙，原來，那就是大家苦苦尋找的檔案。

「於是，我本能地運用了這個方法，我專揀人們想不到的、並不隱蔽的地方去找，因為那確實太容

易發現了。你猜怎麼著？我眞的找到了四百萬法郎，他們就被包在桌子上的四本電話簿裡，當時，我一下子就明白了。」

「您明白什麼了？」

「我明白了艾薩雷的思維方法，他的習慣，以及他對一個完美的藏匿之處的定義。而我們卻總是喜歡兜圈子或是深入挖掘。我們喜歡把問題複雜化，其實，往往很多事情沒必要想太多，那些外在的、表面的現象就足以解決問題。接下來，兩個小線索給了我幫助。我發現啞巴用過的繩梯上夾雜著很多沙子。忽然，我又想起他在平臺走廊的牆上留下的那個白粉筆三角。我感到納悶，他爲什麼只在牆上畫了三角的兩個邊，而用圍牆的底邊做第三邊呢？這個細節說明了什麼？爲什麼不乾脆在牆上畫下第三邊？難道這意味著金子就藏在這堵牆的下面？於是，我點著一根菸，來到甲板上，我看了看周圍，然後對自己說，『乖乖羅蘋，我給你五分鐘時間。』我每次叫自己乖乖羅蘋的時候，總能說服自己戰勝困難。然後，我的那根菸沒抽到四分之一，問題就被我解決了。」

「您知道了？……」

「我知道了。我在同一時間掌握了這麼多的情況，到底是哪一個給了我啓發，我說不清楚。也許是同時起了作用。總之是一種相當複雜的心理活動，就像化學反應一樣。通過各個元素的相互化合、作用，就像神來之筆，一下子被點醒一般。而且，很奇怪，有時候我會有一種特別的直覺，這種直覺讓我異常興奮，不找到金子藏匿之處我誓不甘休，因爲克拉麗小姐在那裡。

「我相信，如果一步走錯，稍一耽擱，她就會沒命。要知道，她就在這不過方圓十公尺的範圍內。

我必須得知道，然後，我就神奇般地知道了，化學反應發生了，我被點醒了，我徑直朝沙堆跑去……

「到了那裡，我立刻就發現了一串凌亂的腳印，沙堆上面甚至還有一個掙扎過後留下的清晰印記。我開始往下挖，當我碰到第一袋金幣的時候，您知道當時我有多激動嗎？可是我沒時間激動，我得趕快，於是，我又清出了幾個袋子，克拉麗小姐就在下面，幾乎快被沙子掩埋完全了，沙子一點點地壓向她，讓她沒法呼吸，連眼睛裡都是沙子。還是不跟您說這些了，您聽了肯定會受不了。貝爾杜工地和平時一樣，空無一人。我連忙把她弄出來，然後叫了一輛計程車，把她送回家。後來，我又忙著對付艾薩雷。我趕到了看門人沃什羅那裡，識破他的計畫之後，我又和傑拉代克醫生商量，最後我把您接來蒙莫朗西大街的診所，同時吩咐人把克拉麗小姐也接過來。我想，讓她暫時換個環境，對她的恢復會有幫助。喏，上尉，就是這樣，一切都在三小時之內解決。當傑拉代克醫生的汽車把我送回診所的時候，艾薩雷也剛好到達，他是來求醫看病的，而我，是來揭穿他的。」

說到這，羅蘋不再開口。

當然，兩人之間也不必再多說。一個給另一個幫了大得不能再大的忙，另一個雖然感恩戴德，卻明白沒必要說謝謝，而且，他也清楚，恐怕日後也不會有機會去感謝對方，因爲，羅蘋是永遠也不會面臨絕境，他總是有辦法，他總能輕輕鬆鬆地製造奇跡，就像人們處理日常小事一樣簡單。

派特里斯再一次緊緊地握住對方的手，一句話也說不出來。

羅蘋接受了對方對自己默默無言的崇敬：

「如果有人在您面前談起亞森・羅蘋，請您替他維護好聲譽，上尉，他值得您這麼做。」

說完，羅蘋又笑著補充說：

「眞好笑，上尉，我到了這個年紀，卻開始重視名譽了，惡魔也想做修士呢。」

說罷，他側著耳朵仔細聽了一會兒後說：

「上尉，是時候說再見了。請您代我向克拉麗小姐問好。眞可惜，我可能不會有機會認識她了，而克拉麗小姐永遠也不會再認識我。不過，這樣可能倒好。再見，上尉。如果有需要我的時候，比如揭穿壞蛋、解救好人，或者是解答困惑，您可以隨時來找我。我會設法讓您總是能找得到我。那好，我們就此分手吧。」

「現在就要分手了？」

「是的，我聽見戴斯馬尼翁先生來了，您去找他吧，然後把他帶到這裡來。」

派特里斯有些猶豫，羅蘋爲什麼要讓他去找戴斯馬尼翁先生呢？是爲了讓他幫助自己離開嗎？想到這，派特里斯立刻興奮起來，毫不猶豫地走了出去。

而之後發生了一件讓派特里斯永遠也無法理解的事，事情來得很快，沒法解釋，戲劇味道十足，然後，這場撲朔迷離的長劇也就此結局。

派特里斯在甲板上撞見了戴斯馬尼翁先生，戴斯馬尼翁先生問：

「您的朋友在嗎？」

「在，可是您先聽我說……您是不是要……」

「您不用擔心，我們並沒有惡意，正好相反。」

戴斯馬尼翁話說得很明白，上尉沒辦法提出反對。於是，兩人一前一後，派特里斯跟著戴斯馬尼翁雙雙下了船艙梯。

「您瞧，」派特里斯說：「我忘了關艙門。」

他輕輕一推，門就開了，但羅蘋竟然不在裡面。

戴斯馬尼翁立刻到處搜查，然而，沒人看見羅蘋的蹤影，等在河岸上的員警沒有，行人也沒有。

派特里斯說：

「我想，如果我們花點時間把這艘船仔細搜查一遍，肯定能發現點名堂。」

「您是說船上有祕密通道？您的朋友是從那裡跳進河裡游走的？」戴斯馬尼翁先生沒好氣地說。

「也不是沒有可能，」派特里斯笑著調侃道：「或者乘潛艇離開了。」

「塞納河裡開得了潛艇？」

「爲什麼開不了？我的朋友可是無所不能。」

然而，桌上放著的一封信讓戴斯馬尼翁先生開始有了眉目，這封信是寫給他的，是羅蘋在跟派特里斯談話的時候放在那裡的。

「他居然知道我會來這兒，他料到我會再來找他，要求他履行一些手續。」

信的內容是這樣的：

先生：

請您原諒我的不辭而別，但請相信，我很清楚您來這裡的目的。的確，我的情況不太合乎常理，所以您有權要求我做出解釋。遲早有一天我會向您解釋的，我保證。今天，我以這樣的方式算是爲法蘭西效勞了，這種方式不能算最糟糕的，但是，在這個戰爭年代，我還應該爲我的國家做得更多。所以到那時，當我們再次見面的那一天，先生，您再來好好感謝我吧。此外，我瞭解您的抱負。所以我相信，等到我們再次相見的時候，您肯定已經成爲警察署長了。也許到時候，也許到時候我還會親自委任您上任，我認爲您是稱職的，我現在就可以委任您爲警察署長，請您接受……

戴斯馬尼翁先生許久沒說出一句話來，最後他感歎道：

「眞是一個奇人！如果他願意，我們將委以重任，您瞧，瓦朗格雷先生就是要我來向他轉告的。」

「請相信，先生，」派特里斯說：「他現在要完成的任務肯定更重大。」

然後，派特里斯補充道：

「的確是個奇人！比您想像的還要非凡，還要強大，還要與眾不同。如果所有協約國都有這麼三四個奇人，戰爭不到半年就定能結束。」

戴斯馬尼翁喃喃地說：

「我同意您的看法……只是所有的奇人通常都是獨往獨來，不受拘束的，他們不願接受任何約束，我行我素。您瞧，上尉，您聽說過這樣一個著名的冒險家嗎？幾年前，他曾迫使威廉二世親自到監獄去見他，並且幫他越獄……後來，這個冒險家又在經歷了一場不幸的愛情之後，從卡布里懸崖上跳下

⑤……」

「您說的是誰？」

「您肯定知道他，他就是……羅蘋……亞森・羅蘋……」

譯註：

①近東，在此指巴爾幹地區國家。一戰前主要指巴爾幹地區國家，一戰後，巴爾幹地區被稱為南歐、東南歐。

②此處指義大利。一九一五年四月，義大利因為英法答應在戰後可分得阜姆和達爾馬提亞，於是同意簽訂倫敦祕密條約，投向協約國一方，對同盟國宣戰。

③參見《813之謎》，此處指內閣總理接見由羅蘋假扮的巴黎警察局長勒諾曼先生。

④愛德格・愛倫坡（Edgar Allan Poe）（1809-1849），十九世紀美國詩人、小說家和文學評論家，偵探小說鼻祖、科幻小說先驅之一、恐怖小說大師。

⑤此段故事請參見亞森羅蘋冒險系列之三《813之謎》。

國家圖書館出版品預行編目資料

黃金三角／莫里斯・盧布朗著；高杰譯.
—— 初版. ——臺中市 ：好讀, 2011.05
面： 公分，——（典藏經典；37）

譯自：Le Triangle d'or

ISBN 978-986-178-189-1（平裝）

876.57 100005606

好讀出版

典藏經典37

黃金三角

原 著／莫里斯・盧布朗
翻 譯／高杰
總 編 輯／鄧茵茵
文字編輯／莊銘桓
美術編輯／許志忠
發行所／好讀出版有限公司
台中市 407 西屯區工業 30 路 1 號
台中市 407 西屯區大有街 13 號（編輯部）
TEL:04-23157795 FAX:04-23144188 http://howdo.morningstar.com.tw
（如對本書編輯或內容有意見，請來電或上網告訴我們）
法律顧問 陳思成律師

線上讀者回函
獲得好讀資訊

讀者服務專線／ TEL：02-23672044 / 04-23595819#212
讀者傳眞專線／ FAX：02-23635741 / 04-23595493
讀者專用信箱／ E-mail：service@morningstar.com.tw
網路書店／ http : //www.morningstar.com.tw
郵政劃撥／ 15060393（知己圖書股份有限公司）
印刷／上好印刷股份有限公司
如有破損或裝訂錯誤，請寄回知己圖書更換

初版／西元2011年5月15日
初版五刷／西元2023年11月1日
定價：270元

Published by How-Do Publishing Co., Ltd.
2023 Printed in Taiwan

ISBN 978-986-178-189-1